「わたしも――あなたが好きです」
EIGHTY SIX
最前線に立つ、少女たちの想いは――。
The number is the land which isn't admitted in the country.
And they're also boys and girls from the land.
JN073564

ASATO ASATO PRESENTS
ILLUSTRATION/ SHIRABII
MECHANICALDESIGN/ I-IV
86
—Valkyrie has landed—
Episode.
NINE

誇り。願い。絆《きずな》。祈り。あるいは――呪い。

フレデリカ・ローゼンフォルト『戦野追想』

序章　暴食の獣

《――試作案《プラン》・強襲揚陸戦艦型《シュヴェルトヴァール》より、白紙地帯駐屯群各機》

鉄色の巨影の這《は》い上《あ》がる音は、この時でさえも骨の擦れる程度のささやかさだった。

全長三〇〇メートル超、高層ビルを横倒しにしたかの如《ごと》き威容。兜《かぶと》飾りか爬竜《はりゅう》の角のように天を衝《つ》くレーダーマスト。寄せ返す波と海岸の荒い礫砂《れきさ》を無数の脚で斬り裂き、けれど艦体の横腹に開いた大穴。砲身が捻《ねじ》れ、砲塔ごと吹き飛んだ二門の八〇〇ミリ砲と、無惨《むざん》に焼け焦げた四対の銀の翅《はね》。

電磁砲艦型《ノクティルカ》と、人類は呼ぶ。――〈レギオン〉の強襲揚陸戦艦だ。

傷ついた海獣の無様で、巨艦は波打《なみう》ち際《ぎわ》を這《は》い登《のぼ》る。〈レギオン〉にとっても初の海戦、衰えたりとはいえ人類最大の海軍国を相手取っての激戦に傷ついた身だ。捻《ねじ》れた足跡を深く刻んでよたよたと這《は》いずり、ついに脚をとられてどう、と倒れこんだ。

《地点〇八七に上陸。自走不能。救援を要請》

灰に霞《かす》む大気を、機械の苦鳴が亘《わた》る。〈レギオン〉戦争以前より人に見捨てられ、無人となって久しいこの地には、人間全ての敵たる鉄色の自律殺戮《さつりく》機械の展開も薄い。ただ悠々と点在する発電《アトミラル》プラント型《ヴァイゼル》と自動工場型のみが、電磁砲艦型《ノクティルカ》の救援要請を中継し。

《――――試作案・陸上戦艦型《プラン・フェアデイナント》、救難信号を受信。了解。救援に向かう》

その一機が、応答を返した。

こちらも試作型である――既存の〈レギオン〉の改良・発展形である一体。実戦投入のその日まで、人の目の届かぬ〈レギオン〉支配域、無人の白紙地帯に隠れ潜む機種が。

《プラン・フェアディナントよりプラン・シュヴェルトヴァール。確認事項あり。回答を要請》

追って、電波に乗った問いが空間を亘《わた》る。〈レギオン〉同士の、機械の言語。何重にも暗号化されて、人類には伝わらぬ言葉。

文字通りの灰の紗幕《しやまく》の向こうに、これも巨大な――否、全長三〇〇メートル超の強襲揚陸戦艦でさえこれに比べればちっぽけな、街そのものの巨大さの影がぼうと滲《にじ》んだ。

やはり〈レギオン〉特有の、骨の擦れる程度のささやかな駆動音で。

《――統合は可能か》

EIGHTY SIX

The number is the land which isn't admitted in the country.
And they're also boys and girls from the land.

ASATO ASATO PRESENTS
[著]安里アサト

ILLUSTRATION／SHIRABII
[イラスト]しらび

MECHANICALDESIGN／I-IV
[メカニックデザイン]I-IV

DESIGN／AFTERGLOW

86

—エイティシックス—

There are no soldiers
who can't shoot the enemy.

[Ep.9]

— ヴァルキリィ・ハズ・ランデッド —

CHARACTERS

ギアーデ連邦軍
〈第86独立機動打撃群〉

シン

サンマグノリア共和国で人ならざるもの――〈エイティシックス〉の烙印を押された少年。レギオンの「声」が聞こえる異能の持ち主で、高い操縦技術を持つ。新設「第86独立機動打撃群」の戦隊総隊長を務める。

レーナ

かつてシンたち〈エイティシックス〉とともに戦い抜いた指揮管制官《ハンドラー》の少女。死地に赴いたシンたちと奇跡の再会を果たし、その後ギアーデ連邦軍にて、作戦指揮官として再びくつわを並べて戦うこととなった。

フレデリカ

〈レギオン〉を開発した旧ギアーデ帝国の遺児。シンたちとともにかつての家臣であり兄代わりだったキリヤと戦った。「第86独立機動打撃群」ではレーナの管制補佐を務めている。レギオン全停止の「鍵」であることが判明。

ライデン

シンとともに連邦へ逃れた〈エイティシックス〉の少年。"異能"のせいで孤立しがちなシンを助けてきた腐れ縁。

クレナ

〈エイティシックス〉の少女。狙撃の腕は群を抜いている。シンにほのかな想いを寄せていてるが、果たして――?

セオ

〈エイティシックス〉の少年。クールで、少々口が悪い皮肉屋。前回腕を切断する重傷を負ってしまい……。

アンジュ

〈エイティシックス〉の少女。しとやかだが戦闘では過激な一面も。ミサイルを使った面制圧を得意とする。

グレーテ

連邦軍大佐。シンたちの理解者でもあり、「第86独立機動打撃群」の旅団長を務める。

アネット

レーナの親友で〈知覚同調《パラレイド》〉システム研究主任。シンとは、かつて共和国第一区で幼馴染の間柄だった。

シデン

〈エイティシックス〉の一人で、シンたちが去って以降のレーナの部下。レーナの直衛部隊を率いる。

シャナ

共和国第86区時代からシデンの隊で副長として活躍する女性。シデンとは対照的に、醒めた性格。

リト

「第86独立機動打撃群」に合流した〈エイティシックス〉の少年。かつてシンがいた部隊の出身。

ミチヒ

リトと同じく機動打撃群に合流した〈エイティシックス〉の少女。生真面目で物静かな性格、なのです。

ダスティン

共和国崩壊前〈エイティシックス〉への扱いを非難する演説をした学生で、連邦による救援後、軍に志願した。

マルセル

連邦軍人。過去の戦闘での負傷の後遺症から、レーナの指揮をサポートする管制官として従軍する。

ユート

リト・ミチヒらと戦線に加わった〈エイティシックス〉の少年。寡黙だが卓越した操縦・指揮能力を持つ。

オリヴィア

ヴァルト盟約同盟より、新兵器の教導役として機動打撃群に合流した女性のような見た目の青年士官。

ヴィーカ

ロア=グレキア連合王国の第五王子。異常な天才「紫晶」の今代で、人型制御装置〈シリン〉を開発した。

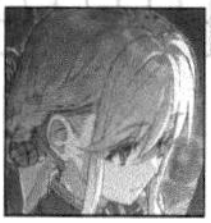

レルヒェ

半自律兵器の制御装置〈シリン〉の一番機。ヴィーカの幼馴染であった少女の脳組織が使用されている。

EIGHTY SIX

登場人物紹介

The number is the land which isn't admitted in the country. And they're also boys and girls from the land.

第一章　人魚の取引

ついに叶《かな》わなかったとはいえ原生海獣《クジラ》最大の〝巣〟の制圧、数千キロの海の彼方《かなた》への遠征を目的としたのが船団国群の征海艦《スーパーキャリアー》だ。

つまり想定では最大で半年にも亘《わた》る遠洋航海の間、艦の中だけで乗組員四千余名の生活を完結させねばならない。基本的な衣食住は無論のこと、図書室に礼拝所にジムに酒保。基地一つの機能が丸ごと、満載排水量十万トンの巨艦の腹に納まっているようなものだ。

充実した医療設備もまた、その機能だ。

「征海艦隊《せいかいかんたい》との共同作戦だったのはまだしも、不幸中の幸い――だったのかな」

夜の港に、傷ついた征海艦《せいかいかん》は巨大な死骸のように、影そのもののようにわだかまる。

その黒いシルエットを遠く臨んで、視線を戻してダスティンが言う。海と港とそこから広がる街を見下ろす、小高い丘の上の軍病院のその廊下。

摩天貝楼《まてんかいろう》拠点攻略作戦で出た負傷者のうち、入院が必要な重傷者の搬送と収容は今しがた終わって、けれどまだ面会はさせられないからと入院棟への立ち入りは拒まれて。負傷者につき添ってきた者と、迎えに来た者たちがやるせなさを押し殺して立ちつくす。

負傷者。そう。

電磁砲艦型《ノクティルカ》を敗走に追いこむのとまるで引き換えのように片手を失った――……。

「征海艦《せいかいかん》なら手術室も集中治療室もあるから。――必要な治療がそれだけ、早く受けられたからまだ……」

「言いたいことはわかるけどな。黙っててくれねえか、ダスティン」

遮ってライデンは口を開く。

獣が唸《うな》るような、押し殺して軋《きし》む声が出たのはわかったが、今は取り繕う気にもならなかった。

征海艦《せいかいかん》の医療施設は、複数の手術室と集中治療室、入院加療設備をも備えた高度なものだ。本国を遠く離れ、原生海獣《クジラ》との死闘に身を投じるのが征海艦隊《せいかいかんたい》である以上、乗員の負傷も本国への後送は叶《かな》わないことも当然、その旗艦たる征海艦《せいかいかん》は想定している。

実際セオも回収されてすぐに手術が開始されて、だから心臓に近く太い血管も通る左腕の喪失という重傷にもかかわらず、命が危ぶまれる事態にはならずにすんだ。

けれど。

「だからなんだって気分なんだ。……あいつが、腕なくしたことには変わりねえだろうが」

「……すまない」

ぽつりとミチヒが呟《つぶや》いた。

「負傷除隊……に、なるのでしょうか」

「本人が退役望むんでなけりゃ、非戦闘職に転向ってかたちになると思うけどよ」

応じたのはマルセルだ。

その場にいる全員の視線が集まって、その誰をも見返すことなく床の一点を見るともなしに見つめたまま続けた。

「俺ら特士士官は、軍から投資されてんだから。ほんとは士官には足りないのに、これから教育受ける条件で先払いで士官の給料もらってるわけだろ。だから怪我《けが》くらいで退役されちゃ軍も困るんだ。障害が残って戦闘職でいられなくなっても、軍に残る道は提示してもらえる」

特士校で彼と同期だったシンは、この場にいない。

だからマルセルが、負傷して管制官に配置換えとなる前は〈ヴァナルガンド〉の操縦士《オペレーター》だったことは、この場にいる誰もが聞いた話でしか知らない。

「特士士官側も、軍辞めたら食ってけない奴《やつ》が多いからよっぽどじゃない限り退役なんざしねえし。そんで……エイティシックスは、その。いろいろ配慮っつーか、特士士官の中でも教育とか待遇とかで金かけさせてるから。……そう簡単には手放してもらえねえと思う」

「でも……」

言いさし、口ごもったアンジュの言葉を引き取るかたちで、ダスティンが続けた。

「プロセッサーのまま残ることは、できないんだろうな」

片腕ではいかなエイティシックス、いかな号持ちといえど、多脚機甲兵器《フェルドレス》の戦闘には堪えられない。時に一秒にも満たない刹那に生死が決するのが現代の機甲戦闘だ。本来なら両手に振り分けるべき操作を片手だけでこなせるほど、甘くはない。

ましてや高機動戦闘に特化した〈レギンレイヴ〉ともなれば。

結合手術は、斬られた腕が海に落ちて失われてしまったから実施しようがなくて、あとは。

「義手――は」

どこか縋《すが》るような、ライデンの問いに。

「――そう聞かれると思って一応、連合王国と盟約同盟の技官に確認しやしたが。どっちの軍にも、〈レギンレイヴ〉の戦闘についてこられるほど高性能の義手はないそうです」

淡々と、応じたのはベルノルトだ。

〈シリン〉を応用した義手や義足の技術を有する連合王国。〈ストレンヴルム〉の操縦に神経接続を用いる盟約同盟。それぞれに高度な技術を誇る、北と南の二国であっても。

「連合王国の義手は、元々あの国の〈バルシュカ・マトゥシュカ〉は重量級で、機動性能は重視してないですから〈レギンレイヴ〉どころか〈ヴァナルガンド〉の操縦にも追従できない。盟約同盟の方はそれよりは反応性も精密性も高いそうですが、〈ストレンヴルム〉の操縦は神経接続が前提で、やっぱり〈レギンレイヴ〉には対応しきれない、と」

続けてミチヒが補足した。

「加えてオリヴィア大尉が言うには、精神面の負荷も懸念《けねん》されるそうなのです。市民の大半が従軍していて、神経接続ポートも埋め込まれている盟約同盟人は、精密義手操作用のポートを頭部に埋めこむことにも忌避感はない。でも連邦人やエイティシックスには見慣れない『異物』で、正直気味が悪いだろうからと……」

「そもそもそこまでしたところで〈レギンレイヴ〉を今更、神経接続に対応させるよう改修する余裕も連邦にはねえですしね。どっちにしろ厳しいでしょう」

マルセルが首を傾《かし》げる。

「なんだっけ。生体技術とか疑似生体技術《パラバイオ》って、たしか戦前までは共和国が得意だったろ。元の手同然に動かせる義手って、共和国なら作れねえの？」

知覚同調《パラレイド》のレイドデバイスにも応用されている疑似神経結晶をはじめ、生体組織の培養と人工素材での再現を得意としたのが戦前の共和国だ。

それをエイティシックスであるセオが、是とするかはともかく。

目を向けられた先、ダスティンが小さく首を振る。

「大攻勢の前なら、もしかしたら。でも……それも今は……」

共和国の技術はその多くが大攻勢により、研究者や技術者ごと消滅してしまった。

記録が完全に散逸したわけではないから、そのいくらかはいずれ復旧できるだろうけれど

——すぐにというのは、難しい。

　してやれることはもう、何もないのだと。

　悟らざるを得なくて、けれど納得などはできるはずもなくて、ライデンは沈鬱に黙りこむ。

「………」

　ブリジンガメン戦隊は十八人が戦死《KIA》、あるいは戦闘中行方不明《MIA》となった。

　電磁加速砲《レールガン》の自爆に巻きこまれ、海上要塞の崩落から逃げ遅れ、炎上する海に転落したのだ。戦死を確認できた——遺体を回収できた者さえ数名程度、それ以外の者は機体の欠片《かけら》一つ、引き揚げることは叶《かな》わなかった。

　戦隊副長のシャナも、その一人だった。

「狙撃のために最上階に残ったせいで、逃げ遅れたんだろうってよ。射撃なんざそんなに、得意でもなかったくせに……」

　救出が間に合ったわずかな生き残りの一人であるシデンを見舞い、彼女の居室を訪れたレーナはその軍艦特有の小さな部屋の入口で足を止める。

　あちこちに包帯を巻かれたシデンは、立てた膝の間に頭を抱えこむようにしてベッドにうずくまっている。灯《あかり》を消して暗い船室。荒れた海のように皺《しわ》の寄った白いシーツ。

「……あんな死に方もあるんだな」

落下した海から〈キュクロプス〉が引き揚げられる直前、シャナとの同調が切れた。

それから二度と、繋《つな》がらなかった。

「寒い、ってさ。最後に。……血が、たぶん足りなくなったんだろうな」

「………シデン」

「四年と少し、だったかな。あいつとのつきあいは。最初はお互い気に入らなくて、初対面でつかみあいの喧嘩《けんか》になってよ。けど、そん時の戦隊は次々仲間がおっ死《ち》んでたもんだから、嫌でも協力しあうしかなくて。最後は二人で、戦死した戦隊長を埋めてやったんだ。次に埋めるのはお前で、自分がその穴を掘ってやるんだって、そんな時まで言いあいしながらさ」

そうやって、言いあいをしながら。つかみあいをしながら。それでも協力しあいながら、あの絶死の戦場を生き抜いた。

大攻勢さえ生きのび、ついには連邦の手で八六区の外に出されるまで戦いぬいた。

戦いぬいてきた、のに。

くしゃりとシデンは、その癖の強い赤い髪を両手でつかむ。

「八六区で。……あたしらの知ってる戦場で死んだならまだ、天国だか地獄だか知らねえけど行くべきところに行けるってのはわかるんだ。墓なんざなくても、死体もまともに残らなくても。獣に喰われて雨ざらしになって、最後にゃ土に還《かえ》るってわかるんだ。でも、」

海で死んだ者は。――遺体も上がらず、沈んだ者は。

「水の底に沈んじまった奴《やつ》は、どうなるんだろうな……？　先に逝《い》った奴《やつ》らと、同じ場所に行けるのかな。あたしがいつか行く場所に、あいつはいるのかな。……それとも原生海獣《クジラ》の野郎にでも、連れていかれちまうのかな……？」

あのいけ好かない、忌々《いまいま》しい、――うつくしい死神に、ではなく。

レーナはそっと、目を伏せる。

思い描く。光の一筋も届かない、暗い昏《くら》い水の底。そこに沈んだシャナの遺体とその身を崩す、名も知らぬ気味の悪い生き物の群と酷薄な水の流れ。

地上で死んだならば遺体を崩して地に溶かす、血餓《う》えた獣と残忍な風雨と、それはきっと変わることなく。

「きっと、会えます」

ちらりと見やる、雪の影の銀色の左目を――薄闇の底でなお昏《くら》い、光ないその目をまっすぐに見返して、小さく、けれど確信を以《もっ》て頷《うなず》いてみせた。

同じ戦場で死んだなら、同じ場所に行ける。

それがきっと、神様も天国も信じることをやめてしまったシデンたちエイティシックスの信仰で、それならきっと。

「同じエイティシックスなのですから。シャナも貴方《あなた》も貴方《あなた》の戦友たちも、最期《さいご》には同じ場所で眠るのだと……そう思います」

『……さて。それじゃあ新型〈レギオン〉――電磁砲艦型《ノクティルカ》の追撃と、私たち機動打撃群のこれからの作戦行動について、だけど』

第八六独立機動打撃群《ストライク・パッケージ》には四個の機甲グループが存在し、四人の総隊長が各グループのプロセッサーを統括する。

船団国群に駐屯する第一機甲グループ総隊長のシンと、連邦の本拠基地で訓練中の第二機甲グループ総隊長ツイリ、基地近在の学校で休暇中の第三機甲総隊長、盟約同盟に駐屯する第四機甲総隊長。互いに遠く距離を隔てた彼らが、けれど通信回線越しに一堂に会する。

摩天貝楼《まてんかいろう》拠点攻略作戦で出た負傷者のうち、軍病院が受け入れきれたのは重傷者のみだ。比較的軽傷だった者は停泊する〈ステラマリス〉の医療区画にそのまま留め置かれて、その病室のベッドの上。海中に転落した際の負傷のせいで血が足りないのかそれとも体力の消耗のためか、起き上がっていると眩暈《めまい》がおさまらなくてシンはそろそろと息を吐いた。

それを見とがめたわけでもないだろうが、サイドテーブルの情報端末のホロウィンドウの中でツイリが眉を寄せる。

『その前に。――大丈夫かしら、ノウゼン。怪我《けが》もそうだけど、それ以上にリッカの件は』

「……ああ、」

平気だ、と答えようとして、思い直してシンは頭《かぶり》を振る。

平気なわけがない。

セオが――特別偵察さえ共に生きのびた戦友が、負傷によるものとはいえ戦列を離れることになったのは、……指摘されずとも自覚している程度には、堪えている。

「ずいぶん動揺してると思う。無茶を言ったと思ったら、指摘してくれ」

『わかっています。仲間が戦列を離れるのは、覚悟していても慣れているつもりでも、やはりきついですからね』

ツイリと同じウィンドウで、鳶色《とびいろ》の髪に銀縁の眼鏡の、浅黒い細面《ほそおもて》の少年が小さく頷《うなず》く。

第三機甲グループ総隊長、兼、同第一戦隊〝ロングボウ〟戦隊長、カナン・ニュード。同じく〝ロングボウ〟の名で呼ばれた共和国八六区西部戦線・第一戦区第一戦隊の、大攻勢時の副長だった――戦隊長は大攻勢で戦死している――少年だ。

『まして長く一緒だった戦友なら、なおさらにね。心のどこかで、無事なのが当たり前だって思ってるから。……わかってる。それは、僕たちだって同じだ』

こちらは二人とは別のウィンドウで、長い朱《あか》い髪を一つに編みさげた少女――スイウ・トーカンヤが続ける。第四機甲グループ総隊長、兼、同第一戦隊〝スレッジハマー〟戦隊長。八六区北部戦線・第一戦区第一戦隊〝スレッジハマー〟は大攻勢において戦隊長以下全員が戦死しているため、第二戦区の戦隊長だった彼女の戦隊がその名を引き継いだかたちだ。

　ツイリが嘆息する。

『だから私としても、この会議の前に少しくらいは休ませてあげたかったんだけど。こういう時に限って連邦軍ってば、いつもの余裕ぶった良い大人面《おとなづら》ができないんだから』

「それは構わないけど――ずいぶん性急だな。会議もそうだけど、作戦の決定自体も」

　機動打撃群が電磁砲艦型《ノクティルカ》と会敵したのは今朝がたのことだ。〈ステラマリス〉から船団国群本国への打電の内容がそのまま連邦に共有されたとしても、まだ一日と経過していない。

『それだけ偉い人たちが危機感を持ってるってことじゃないかな。射程四〇〇キロ、共和国の《グラン・》要塞壁群《ミュール》を陥落させ、連邦では基地四つを一日足らずで消し飛ばしたっていうあのレールガンの復活だ。無理もないと僕は思う』

『まずはその緊急事態についての、認識の擦りあわせといきましょうか。……船団国群の報告では、大破した電磁砲艦型《ノクティルカ》は海中に逃走し、以降の行方は不明。征海艦隊《せいかいかんたい》への追撃はなく、船団国群領海の固定ソナーにも哨戒《しょうかい》にも捕捉されていない以上、船団国群の沿岸にも近づいていない。原生海獣《クジラ》とやらの進出で碧洋《へきよう》にも出られない。よって、碧洋《へきよう》と人の領域の境界を移動したと推測される――と』

「ああ。……〈ステラマリス〉と入れ替わりで船団国群の軍艦が捜索に出てるけど――戦闘で音紋は記録したから、条件が揃《そろ》えば相当遠くにいてもソナーで捉えられるからとは言っていたけど、やはり見つかってはいないらしい」

　言って、シンは痛恨に眉を寄せる。

「進路だけでも、把握できていればよかったんだけど。……すまない。おれも作戦終了後に動けなくなっていたから」

　セオを含めた生存者の回収が完了し、治療が開始されたと報告を受けたところで緊張の糸が切れてしまったのだろう。ふっと目の前が暗くなった、その後のことは覚えていない。

　目が覚めたらこの病室のベッドの上で、その時にはすでに、電磁砲艦型《ノクティルカ》の声は遠くどこかに消えてしまっていた。

『負傷の程度についても聞いてるわ、無理もない。というか、むしろなんでそんな大怪我《けが》してんのに無理して艦橋なんて行ってんのよあんた』

『そもそも動けなかったのは作戦中からで、負傷直後などまともに一人で歩けもしなかったのでしょう。自力で立っていられないならおとなしく病室で寝ていなさい』

『一番上が無茶してると、その下にいる奴《やつ》も無茶をしないといけなくなるだろ。そういうのはむしろ、周りに迷惑だよ』

「………」

　ぐうの音も出ずにシンは黙りこむ。これについては、無茶をしたつもりはなかったのだが。

　嫌そうにツイリが鼻から息を吐く。

『ともあれ、その電磁砲艦型《ノクティルカ》ね。——希望的観測を言うなら、そのまま沈んでおっ死《ち》んだんでしょうけど』

『もちろんそんなわけはありませんから、ノウゼンが異能で聞き取れる範囲外に出た、と考えるのが妥当でしょうね』

ばっさりカナンに切り捨てられて、ツイリがさらに嫌な顔になる。

まるきり無視してカナンはくい、と中指で眼鏡を押し上げる。

『とはいえさすがに、側面に大穴が開いたまま大陸南部や東部、西部まで移動はできないはずです。というより、わざわざそんな遠くに策源地は置かないでしょう。戦闘による損傷の修繕に、弾薬の補充。燃料は、原子炉には不要だそうですが』

『つまり、どこかで自動工場型《ヴァイゼル》や発電プラント型《アトミラル》と合流しないといけないわけだね。けど、摩《ま》天貝楼《てんかいろう》以外の海上拠点が確認されたという報告は、今のところどの国からも入っていない』

イシュマエルが言うには、そもそも大陸北側の他の海域は、海底までの深さと原生海獣《クジラ》の領域との距離の関係で、摩《ま》天貝楼《てんかいろう》同様の海上拠点建設は難しいのだとか。

『そういうあれこれを踏まえて、電磁砲艦型《ノクティルカ》の逃亡先は大陸北方の沿岸のどこか。そこにある一定以上の規模の〈レギオン〉生産拠点。——私たち機動打撃群の次の任務は、その電磁砲艦型《ノクティルカ》の逃亡先を含めた複数拠点の、同時一斉強襲よ』

『目的は電磁砲艦型《ノクティルカ》の破壊、加えて情報収集。特に自動工場型《ヴァイゼル》の現在の生産部品と、引き続きの制御中枢鹵獲《ろかく》に重点を置くようにとのことです』

〈レギオン〉は人語を介さず、支配域は阻電撹乱型《アインタークスフリーゲ》の電磁妨害《ジャミング》で覆われ、報道も外交も交易もしない。――情報収集の手段は観測範囲の〈レギオン〉各部隊の動静以外には、それこそ生産拠点や司令拠点を制圧し、生産物や情報を奪取するくらいしかない。

『〈レギオン〉に迎撃態勢をとらせないために急襲をかけるから、摩天貝楼《まてんかいろう》拠点制圧では見送った例の新装備――〈アルメ・フュリウーズ〉をついに投入することになるね』

〈レギンレイヴ〉用の新兵装〈アルメ・フュリウーズ〉は、昨日の摩天貝楼《まてんかいろう》拠点制圧作戦では征海艦《せいかいかん》への搭載が難しいこと、奇襲の利を棄《す》てるほどの戦果は見こめないことから使用を見送られた。船団国の作戦時に訓練を完了していたのは、シンたち第一機甲グループだけだ。秘匿していた新兵装を〈レギオン〉に知らしめるのに、砲陣地一つでは見あわない。

『今回は正規の訓練期間を終えたツイリたち第二機甲に加え、我々第三も作戦に加われますから、最低でも三か所同時に奇襲をかけることができます。……休暇は、最低限で切り上げて訓練に入ったので。グレーテ大佐やうちの作戦指揮官はいい顔をしませんでしたが、まあ、慣れていますからね。私たちエイティシックスは』

八六区では休暇など、たった一日さえ与えられなかった。

それでも何年も生きのび、戦いぬいた。

それができる者しか、休息などなくとも戦闘能力を維持できる者しか、生き残れなかった。

『僕たち第四は休暇と予備を兼ねて本拠基地で待機になるけど、僕らも休暇より訓練を優先する予定だ。〈レギオン〉との戦闘では何が起こるかわからない。〈アルメ・フュリウーズ〉の扱いは、なるべく早く身につけておきたいからね』

『……って二人が言いだしたせいで、もうグレーテ大佐がカンカンよ……。もし戦争が終わっても、ここで切り上げた分はみっちり学校に通わせてやるし規定の課程を修了するまで全員退役は許さないんだからって』

盟約同盟に駐屯していて不在のスイウに代わり、カナンと一緒に叱られたらしいツイリが遠い目をする。スイウが苦笑する。

『……まあ、うん。大佐が——連邦がそう言ってくれるのはありがたいよ。戦闘だけこなしていればいいって言うんじゃなくてさ』

『実際、通わせてくれるというなら今回切り上げた分も、課程の修了までも学校には行きたいものです。——久しぶりだったので、忘れていましたよ。楽しいですね、学生というのは』

『連邦に来ても相変わらず、ほんとに戦争なんか終わるのかしらって戦況なわけだけど。だからって終わらなかった時のことばっかり考えてても、もう仕方ないんだしね』

機動打撃群はこの半年近く、連邦の各戦線と周辺各国に派遣されてきた。

シンと第一機甲グループが連合王国で〈シリン〉と、船団国群で征海氏族と出会ったように、ツイリもカナンもスイウもその部下たちも、それぞれに派遣先で様々な経験を経た。

多くのものを見た。

〈レギオン〉の大軍勢と人の悪意に鎖《とざ》された八六区では、見られないはずだったものを。

ふ、とシンは少し無理に笑った。

うまく笑えたかは、わからなかったけれど。

「課程修了までだと、おれたち総隊長はずいぶんかかるぞ」

『そうなんだよねぇ……』

『嫌なこと言うわよねあんた』

『やめましょう今は。戦争が終わったらその時たっぷりぼやきましょう』

彼ら総隊長四名と、ついでに大隊長格とその副長は特士士官課程に加えてその上の課程の修了を求められているのである。そして特士士官課程さえ、まだ誰一人終わっていない。

話を戻しますが、と眼鏡の奥の目をまだ微妙に泳がせつつカナンが言う。

『制圧目標となる拠点は三か所に留まらないため、私たち以外にも連邦軍からもう何個か、部隊が投入される予定です。とはいえ連邦軍にも抽出可能な予備戦力はないため、元大貴族の私兵部隊を接収して編入するのだとか。すぐに投入可能な部隊は十個連隊もないそうですが、その投入可能な全部隊は全てつぎこむと』

なるほど本当に、軍上層部は切羽詰まっているのだなとシンは思う。

連邦軍にもはや正攻法で前進する余裕がないから、設立されたのが機動打撃群だ。

そのはずが、軍の外部から戦力を接収してまでの、情報収集への部隊の投入。軍上層部は自分が感じた以上に電磁砲艦型《ノクティルカ》に——あるいはそれを投入した〈レギオン〉の思惑に、危機感を覚えたらしい。

それとも電磁砲艦型《ノクティルカ》への対策に偽装した別の目的だろうか。私兵の接収も、投入可能な元私兵部隊を十足らずとはいえ揃《そろ》えるのも、一日やそこらでできることではない。もっと以前から動いていた話のはずだ。

たとえばエルンストに〈レギオン〉全停止の手段を明かした、一月前から。——停止のための鍵の一つ、所在不明の秘匿司令部は、戦力不足のために捜索が実施されていない。

「……了解。それで、——おれたち第一はどの拠点へ？」

『ああ。それは予定通りよ。船団国群の後にノウゼンたちが派遣されるはずだった国。ノイリャナルセ聖教国よ』

大陸北西部、極西諸国と総称される金系種《アウラータ》の国家群の、その盟主の座にある国家である。

共和国を越え、さらに幾つかの小国家群をも超えた先にある、西の果ての異邦。連邦とも共和国とも国境を接さぬ、言語も文化も異なる国だ。

共和国と極西諸国の間の国々は、〈レギオン〉戦争で滅び去ってしまったらしい。二か月前に連合王国が無線を傍受し、生存を確認できた極西諸国もやはりこの十一年、全周を〈レギオン〉に包囲され抗戦を続けてきたそうで、極西諸国最北に位置する聖教国は大陸西部最北端、白紙地帯に布陣する〈レギオン〉と対峙《たいじ》しているのだとか。

白紙地帯は〈レギオン〉戦争以前からの無人の半島だ。そのため戦争序盤から大規模な生産拠点の建造を複数、許すこととなり、結果として聖教国の戦況は極めて厳しい。その救援が船団国群に派遣される以前の第一機甲グループの任務で、電磁砲艦型《ノクティルカ》の登場で任務の内容が多少変わってしまっても、派遣先は同じだ。

そう。

ふ、とシンは目を細める。冷徹に。

大陸西部最北端の、白紙地帯。

意識を失うまでにシンが聞き取っていた、電磁砲艦型《ノクティルカ》の進行方向は——西。

『第一機甲グループは、電磁砲艦型《ノクティルカ》がいる確率が最も高い極西に派遣されることが決まった。

……敵討ちが、できるといいね』

『——聖教国にはお前を派遣できないのは、当然わかっているだろうけれど、ヴィーカ。たとえばお前の可愛《かわい》い小鳥《シリン》たちのような、国防に関する情報についても注意を払うようにね』

レーナが作戦指揮官として、ライデンが戦隊総隊長の代理として。作戦後の処理に奔走しているのと同様に、ヴィーカにも連合王国の王子として、派遣の士官として成すべき職務がある。

摩天貝楼《まてんかいろう》拠点攻略作戦の顚末《てんまつ》と、電磁砲艦型《ノクティルカ》探索の要請。それらへの一通りの質問を終え、つけたされた兄王子《ザファル》の言葉にヴィーカは頷《うなず》く。船団国群の、港街の駐屯基地の一室。

ノイリャナルセ聖教国。――狂国、ノイリャナルセ。

「ええ、兄上。……かの教国は狂国と呼ばれるほどに、我々とは相容《あいい》れぬ価値観を持つ国。最低限の道義の共有もできない国には、友邦としての信はおけない。連邦もかの国に対しては知覚同調《パラレイド》も、ノウゼンの異能も開示しないつもりのようです」

『だろうね。……ああ、そう、念のためこれも注意しておくけれど』

「さすがにわかっております。エイティシックスには、狂国の謂《いわ》れは伏せるつもりです」

よろしい、と、ザファルは典雅に笑う。

『この休暇の間は、連邦の将官たちとも情報交換に努めてくれると助かるよ。お前の言うとおり、摩天貝楼《まてんかいろう》拠点と電磁砲艦型《ノクティルカ》は少しばかり妙だ。ああそれと、休暇といえば』

何気なく、雑談の調子で兄王子は続けて、だから何か日常の小言か注意でも頂戴するのかとヴィーカもつい、身構えることなく聞いてしまった。

『盟約同盟での休暇の時から。――私に何か隠しているね？』

だから完璧な、不意打ちだった。さしものヴィーカもぎくりとなる。

顔色にはまるで出さずに答えた。

それこそ髪一筋、睫毛《まつげ》一つも震わせなかった自信があった。

「まさか。俺が兄上に、隠し事などするはずがないでしょう」

　――〈レギオン〉が第二次大攻勢を企図し、自己の改良を図っている。

　ゼレーネからの情報として、ヴィーカがザファルと父王に報告したのはそれが全てだ。

　大陸全土の全〈レギオン〉の停止手段――現実には実行不可能な、連邦に対する周辺国の感情を無意味に悪化させるだけの情報については、彼らに対してさえ伏せている。

　ザファルの笑みは変わらない。

『そのしなかったはずの隠し事を、ついに私に対してするようになったとはね』

「……兄上、」

『よかった。――エイティシックスたちとはどうやら、うまくやっているようだね』

　見返した先、ザファルは何故《なぜ》かひどく嬉《うれ》しそうな顔をしている。

『子供が親や年上の兄弟に反抗したり、友人との約束を優先したりするのは成長の証《あかし》だそうだからね。……隠し事はそれなら、ないということにしておこうか』

　可愛《かわい》い弟の成長に免じて、目をつぶってやろうと。

『もし戦争が終わったら、連邦の大学に留学でもするかい？　お前はこの戦争でまともに学校に通えていないのだから、戦後はその分まで学生生活を満喫してもいいと思うよ』

　ヴィーカは淡く、長兄か父にしか見せない顔で苦笑した。……成長した、と言いながら、ザファルはすぐにこうして自分を甘やかそうとする。

「──兄上と父上がお許しくださるなら」

戦後、か。

そういえばシンやエイティシックスたちはどうするつもりなのだろうかなと、関心というよりは単なる興味でヴィーカは思う。連合王国に来た頃の彼らは問うても答えられはしなかったろうが、今の彼らならどうなのだろう。

戦場に立つことの叶わなくなったセオは。

通信を終えて情報端末の電源を切り、それから通話の間無言で控えていたそれを顧みた。

「──壊れるな、と何度言えばわかるんだお前は」

「面目ありませぬ……」

ようやく再起動したレルヒェは、またしても体が半分ほどなくなっている。今度は横ではなく左半身が縦に失われて──つまり冷却系やら主動力部やらも軒並み壊れた惨状だ。少女を模した顔面も一部の皮膚がはげ落ちて、まるきり魚についばまれた水死体である。

これはすぐには直せないなと、全体を流し見て嘆息した。

「連邦に戻って確認したいこともできたし、聞いてのとおり次の派遣に俺は行けないから時間はあるが。あまり手間をかけさせるな」

「殿下。あの後、電磁砲艦型《ノクティルカ》は……」

「痛手は与えたが取り逃がした。それを知らんということは、ノウゼンの生還も知らんか。誰が死んで誰が生き残ったかも」

「そう、そうです。死神殿は……生きておられたのですね。よかった。それではユート《カラス》殿は。人狼《じんろう》殿に、雪魔女殿、単眼姫殿は。……最後に残られた、狐《きつね》殿は」

ヴィーカは一つまばたいた。冷然と。

この作戦での一人一人の生死を逐一述べてやるほど暇ではないし、レーナやシンと違って彼は把握してもいないが。

「とりあえず、ノウゼンとシュガ、エマとククミラの前でリッカの名は出してやるな」

「っ、それは……」

「死んではいないが無事でもなかった。詳細と他の死人は、報告書の写しを回してやるから後で確認しておけ」

悄然《しょうぜん》とレルヒェは嘆息した。

吐く息など〈シリン〉にはないが、ヴィーカが与えた感情表現のとおりに。

「そう……ですか。それは……死神殿はお辛《つら》いでしょうな……」

「今回は思いの外に死人が多かった。ノウゼンを含め、誰も彼も湿っぽくてかなわん」

「当然でしょう。……それこそ死神殿や人狼《じんろう》殿、雪魔女殿に狙撃手殿の前では、口にすべきでないお言葉ですぞ」

それからレルヒェは、いかにもおそるおそるといった風情《ふぜい》で問うてきた。

「……殿下、その。……それがしの回収を優先して、どなたかが代わりに亡《な》くなったということは……」

問われてヴィーカは片眉を上げる。なるほど〈シリン〉であるレルヒェは気になるだろうが。

「それはないから気にするな」

私情で救出順序を左右させるなど上に立つ者の名折れだ。

フレデリカも征海艦《せいかいかん》の救難要員も、レルヒェを含めた〈シリン〉の優先度は、感情はどうあれ最低と見なしていただろう。その中でレルヒェが助けられたのは、たまたま。

「お前が落ちた場所に別の転落者がいて、そいつのついでに拾い上げただけだ。サンダーボルト戦隊の、サキとかいったか。会ったら礼を言っておけ。ずいぶん重かったろうからな」

速射砲の至近弾で吹き飛ばされて転げ落ち、救助を待っていたところに〈チャイカ〉ごとレルヒェが落ちてきたのだとか。

沈む前に〈チャイカ〉のコクピットをどうにかこじ開け、ひっぱりだしたレルヒェの残骸をサキが抱えていることなど、救難艇が彼を拾い上げるまで誰も気づいていなかった。ヴィーカ自身、報告を聞くまではレルヒェも失われたものと覚悟していたくらいだ。……ああ、そう。

「言い忘れていたが、よく戻った。……それだけは褒めてやる」

なんとなく窓の外に視線を向けて、なんでもないことのようにつけたした。

視界の端、レルヒェは小さく微笑《ほほえ》む。

「ありがたく」

「……えっとさ。間違ってもそれが駄目とか、なんで生きてんのとか言いたいわけじゃなくてさ。ほんとに、ほんとによかったなって思ってるんだけど……」

負傷者が収容された病院の、入院患者の大部屋のある病棟は、建物こそ古いけれど掃除が行き届いて清潔だ。ベッドの横の丸椅子に掛けて、リトは目の前のベッドと、そこに起きあがれず横たわる人に泳がせていた目を戻す。

「ユート、よく無事だったよね」

「まったくだ」

事情を知らなければ全く無事には見えない、包帯とギプスだらけの惨状でユートは頷《うなず》く。

重度の打撲傷と合わせて十数か所にものぼる骨折、肋骨《ろっこつ》の骨折に伴う外傷性の気胸。それでも軽く見積もっても数百トンは優に超える八〇〇ミリ砲の砲身に殴り飛ばされて、命があっただけでもいっそ奇跡の域だろう。身代わりのように彼の〈ジャガーノート〉は全損したが。

「肋骨《ろっこつ》が左右両方折れて、肺の片方に穴が開いたのが最悪だな。息をするたびに痛いが、だからといってしないわけにもいかない。生き残ったことをつい呪いそうだ」

「あ、ひょっとしなくても喋《しゃべ》るの辛《つら》い？　もうちょっとしてから来た方がよかった？」

「いや、ありがたい。人がいるだけでも気が紛れるし、お前はとりわけうるさいから」

「なんか酷《ひど》いこと言われた気がする―」

むぅとリトは膨れてみせたが、別に本気に捉えてはいない。

寡黙なユートが今日に限って妙に口数が多いのは、本人の言うとおり気を紛らわせたいからだろう。呼吸なんて、それこそひとときも止めてはいられない動作に伴う激痛から。そして。

「生き残っただけ、俺は幸運だったのに不平を言いたくはないから。気が紛れるのは助かる」

仲間を失った、心の痛みから。

ユートの指揮するサンダーボルト戦隊も、各小隊の前衛《ポイントマン》を中心に戦死者・行方不明者を数多く出した。シデンのブリジンガメン戦隊同様、次の作戦までには戦隊の解散と再編が行われるだろうし、その時にはおそらくまだ、ユートは復帰できていないだろう。

「……うん。けど、やっぱり喋《しゃべ》ると痛いんだろうからとりあえず俺が勝手に話すよいろいろ。ユートが気絶してた間のこととか防衛線の戦闘とか、あっそうだ、原生海獣《クジラ》！　なんだっけ、砲光種《ムスクラ》だっけ？　怪我《けが》治ったらどんなだったか教えてね！」

「……すまんが、俺はその時沈みかけていた上に気絶していたから」

「あそっか。じゃあ……ノウゼン隊長は今は駄目だろうし、王子殿下にでも聞くかなぁ。いやでも、殿下に聞いても面白くなさそうというか、別の意味で面白い感想言いそうだしなあ。旨《うま》そうだったとか言いそうだよね殿下。やっぱりしばらくしてから隊長に聞くかなあ」

「…………」

本当に。

うるさいというか、とにかく話があちこち飛んで落ち着きがないなとユートは思う。

今は——否、本当はいつもそれが、ありがたい。

リトは多くのエイティシックスがしばしば引きずる、死の影を纏《まと》っていないから。平気で明日の話をするから。

今日死なずに、明日も当然生きのびるつもりで、生きているから。……そう。

自分も、生き残った。

八六区も、大攻勢も、まるで死に向かう塔を登るような、摩天貝楼《まてんかいろう》拠点の戦闘も。

生き残った。

生きている。

それなら生きているなりの身の振り方を、してもいいはずだから。

作戦前に水平線の見える灯台を教えてくれた、破獣艦《はじゅうかん》の女性艦長を思いだした。

今度は遊びに来てねと笑って、囮《おとり》として波の向こうに消えていった。

幼い頃に原生海獣《クジラ》の骨格標本を見たのだという、シンの話を思いだした。

あの鉄面死神も、幼い頃には怪獣に憧憬を抱くような可愛《かわい》げを有していたのだという微笑《ほほえ》ましい、他愛もない小話。

子供の頃の他愛もない夢を、八六区で棄《す》てざるを得なかった夢を、今は再び見てもいい。

「……それなら俺も、聞きたいな」

ん？　と小首を傾《かし》げるリトに、苦労して肩をすくめてみせた。

「原生海獣《クジラ》だ。……いや、それより見てみたい。今度は自分の目で」

今度はただ、観光として。

戦争が終わったら。……あの女性艦長がそうしてくれと、最後に願ってくれたとおりに。

「あとちなみにだが、実際、原生海獣《クジラ》も種類によっては食うと旨《うま》いと乗員の誰かが言っていたぞ。新鮮なものを生のまま薄切りにして、魚醤《ぎょしょう》につけて食べるんだとか」

「……食べれるんだ……」

「まあ、生き物に変わりはないはず……だしな……？」

レーザー撃ってきたが。

「……生き物だよな？」

「俺に聞かないでよユート」

外洋の荒々しい潮騒《しおさい》は気づけば重機の稼働《かどう》の騒音に取って代わられていて、〈ステラマリス〉はとうの昔に港についていたらしい。

待機状態だったシステムが突然ホロウィンドウを表示させたのに、己の〈ジャガーノート〉

——〈ガンスリンガー〉の中でうずくまっていたクレナはのろのろと顔を上げる。

見れば〈ガンスリンガー〉のすぐ横に、立っているのはフレデリカだ。

「——なに」

キャノピは開けず、外部スピーカー越しに応じたクレナにフレデリカは身をすくませる。

『……その、そろそろプロセッサーの下船の順番であるからの。その前に食事くらいとったらどうじゃ。帰路の間中、もう半日もそこにおるのであるぞ。飲まず食わずでは体に悪いし、体も休まらぬ。じゃから——……』

「要らない」

『しかし……』

「要らないってば。……たかだか半日、食べないからってどうにかなるほどやわじゃない。丸一日戦いっぱなしとか、八六区じゃしょっちゅうだったし連邦でもないわけじゃないもん。そうじゃないと生き残れなかったんだから、死んじゃうんだから今更そんなことくらいで、」

光学センサの死角に立ったらしい、ホロウィンドウには映らぬ第三者の声が突然言った。

『どいて、ちびちゃん』

言うなりキャノピが持ちあがる。——緊急用の共通パスコードが入力されて、キャノピの外部開放レバーが引き上げられた。

反射的に睨《にら》みつけた先、彼女と同じ鋼色《はがねいろ》の機甲搭乗服《パンツァーヤッケ》の、エイティシックスの少女が立っている。シデンとシャナと同じ、ブリジンガメン戦隊の小隊長の一人。ミカ。

「軍艦の食堂って、誰が食べに来て誰が食べてないかきちっと把握してるんだって。エイティシックスのお嬢ちゃんが一人食べに来なかったって、艦のコックが気を揉《も》んでたの」

ほら、と片手に持った、冷めた食事のトレイを突きつけられて無言でそっぽを向く。

ぴりっとミカは眉を逆立てる。

「それと、気づいてないふりしてるんだろうけど、もうとっくの昔に港について重傷者の移送も終わって、今は〈ジャガーノート〉の搬出作業が始まってるわけ。医療区画に入院してる連中以外の、プロセッサーの退艦準備もね。……わかる？　あんたがそこでうだうだ膝抱えてるの、あっちこっちに迷惑なの。デブリーフィングだって、あんたの隊は隊長格が二人も負傷離脱してライデンは総隊長の代理務めて、なのに怪我《けが》もしてないあんたがすっぽかすとか」

少し離れた先でこちらを見守る、馴染《なじ》みの整備クルーが目に入った。

スピアヘッド戦隊の他の〈ジャガーノート〉はあらかたなくて、彼らが気を回して〈ガンスリンガー〉の搬出を後回しにしてくれていたのだとようやく気づく。

デブリーフィングも、言うとおりシンは負傷のせいで気を失ってしまって、ライデンは副長としてその代理を務めてセオは——回収されてすぐ手術室に運ばれて。クレナがいないなら残りの隊長格はアンジュと第四小隊長の二人だけで、相応に大変だったろうことは想像がつく。

後ろめたさを振り払うように、逃げるように睨《にら》みつけた。

もっともらしいことを、言っていないで。

「……言いたいこと言ったら。誰かが迷惑とかじゃなくて、あんたが気に入らないってそれだけでしょ。──シャナが死んだのはあたしのせいだって、そう言いたいんでしょ⁉」

ぐいとミカの手が伸びて、襟首をつかんで引き寄せられた。

「それはあんたがそう言ってほしいんでしょ」

鼻先が触れあうような至近距離で見下ろしてミカは言う。激昂《げっこう》のあまりむしろ凪《な》いだ、緑の虹彩《こうさい》に金の粒子が散る金緑種《アベントゥラ》特有の瞳。

「あたしは言わない。……シャナが死んだのは、シャナが戦ったから。戦いぬくってシャナ自身が選んだから。それを勝手に、──あんたなんかに背負われたらたまんない」

罪悪感なんて。

所詮、浸るための。自己憐憫《れんびん》のための。……責められることでむしろ、自分が楽になりたいがための罪悪感なんて。

赦《ゆる》しはしない。

赦《ゆる》すものか。

「シンが安否不明になったからってセオが負傷したからって、その程度で作戦中も今も戦えなくなるようなあんたなんかに！　……何よ、シンは生きてたし、セオだって死んだわけじゃないんでしょ！　だったらまだいいじゃない！　こっちだってシャナが死んだの。アルトもサンナもハニもメリョーも、帰ってきやしなかったの！　それでもあたしもあんたも生きてるんだもの——そうやって膝抱えてうずくまってる場合じゃないでしょ！」

きゅっとクレナの、金の双眸《そうぼう》の瞳孔が収縮する。その程度？

まだいい——だと？

襟首をつかみ返した。嚙《か》みつくように、悲鳴のようにクレナは叫ぶ。

「そんなの、いいわけないでしょ！　まだいいなんてそんなわけないでしょ！」

セオも。自分も。——自分たちエイティシックスには、最早《もはや》。

「戦うしかないんだよ。あたしたちには家族も故郷もなんにもなくて、戦いぬくしかもうないんだよ。それなのに戦えなくなったら——戦いぬくしかないのに、それさえ失《な》くしたら、」

誇りしかない。

己の形を保つものが、誇りしかない。

あったはずのものは何もかもが共和国に奪われて、それだけしかないはずの。

その誇りさえ。

「そうなったら、あたしたちは——……！」

考えたこともなかった。

そして今や、考えないといけない。つきつけられた。目の前に。

誇りさえも奪われるということを。

それでも死ねないと——生きねばならないということを。

エイティシックスでなくならざるを得ない。そんな未来が——セオに、そして自分にも、訪れるかもしれないなんて。

そんなの。

「平気なわけ——ないじゃない」

ちいさな子供みたいな、いかにも情けないその響きが嫌で、ミカを突き飛ばすようにしてクレナはその場を駆け去る。


胸倉つかんで引き寄せた時に食事のトレイのことは頭から吹き飛んでいて、気づかないまま落としてしまったかなと思って振り返ったら、フレデリカが小さな両手で持っていた。無意識に落としそうになったところで、どうにか取り上げてくれたらしい。

「……ちょっと、言いすぎたわね」

クレナに対してはまったくそうは思っていないし反省もしてないのだが、セオに関しては。

——死んでないんだからまだ、いいじゃない。

いいわけがない。

戦死するのも戦えなくなるのも、自分たちにとっては大差ない災禍だ。むしろ戦死するより、悪いかもしれない。

戦いぬくのが、エイティシックスの誇り。

それしかないその誇りさえ、己の形を保つ唯一のものさえ、失ってしまうのだから。

……なるほどそれは、思い至ってしまえば立ちあがれなくもなるか。

クレナについてもちょっと、言いすぎたかなと思い直しつつミカは言う。

「ちびちゃん。とりあえずそれ、食べちゃってくれない？」

「要らぬわ」

逃げるようにミカの前から駆け去って格納庫も出て、クレナの足は自然と、そちらへと向く。

〈ステラマリス〉の医療区画。シンが今、いるはずの場所。

声を聞きたい。シンの顔を見たい。

――クレナ。

八六区のあの懐《なつ》かしい隊舎で、クレナが白ブタへの憤《いきどお》りや悔しさで塞ぎこむといつも、傍《そば》に呼んでただ黙って一緒にいてくれた時のように。ただ静かで穏やかな声で呼んでくれたら。

最後の角を曲がって、クレナは足を止めた。

目指す病室の前に誰かが立っている。青みがかった月白種《アデュラリア》の銀髪と険しい銀の目。頑強な武人の体軀《たいく》と、従軍司祭の腕章。

「あ、神父さま――……」

おおきな熊が頭を巡らすように、長身の神父の視線が向く。ライデンよりも、今はもういないダイヤやクジョーよりも背の高い、見上げるばかりの巨軀《きよく》。少女としては平均程度の身長のクレナなど、ほとんど真上から見下ろすほどの。

まるで。

――あの時両親の死骸と姉と幼いクレナを、見下して嗤《わら》っていた奴《やつ》らのような。

「……あ、」

まるで見上げるようだった。あの時クレナは幼くて、小さかったからほとんど巨人のように見えた。――あいつらはまるで暴虐な、不死身の、誰も敵《かな》わない神話の巨人のようだった。

その場に立ち戻ったかのように蘇《よみがえ》る。夜の闇を引き裂くマズルフラッシュと、血の匂い。

悪鬼のように笑う、ぎんいろの。

ざっ、と血の気が下がる。

くるりと踵《きびす》を返《かえ》して、クレナはその場を逃げだした。

　セオやユートら重傷者たちについての現状の報告を聞き終えて、〈ステラマリス〉に残った軽症者についても確認と見舞いをとレーナは再び戻った征海艦《せいかいかん》の狭苦しい通路を歩く。

　医療区画に入ったところで、出てきたクレナとぶつかりそうになって慌てて避ける。まるで逃げる兎《うさぎ》のようなその背を怪訝《けげん》に見送り、目を戻すと老神父が黙然と立ち尽くしていた。

「すみません。部下が、何か失礼を」

「……いや」

　駆け寄ったレーナに、緩く首を振って神父は振り返る。

「あの子らのされたことを思えば、無礼でもなんでもあるまいよ。私の銀髪を恐れるのも、銀の目を怖がるのも」

　意外な言葉にレーナはまばたく。

「怖がる……ですか？」

　クレナを含め、エイティシックスたちは白系種《アルバ》に――彼らの言う白ブタに、冷たい侮蔑を向けこそすれ恐れるそぶりはこれまで見せたことがなかったように思うが。

「恐ろしいだろうと思うがね。あの子らが八六区へと追いやられたのはせいぜい七つ八つの幼子の頃だ。そんな小さな子供が、大の大人に怒鳴られ引きずり回されて――恐ろしかったろうよ。手向かいもできない圧倒的な暴力に、身を護《まも》る術もなく曝《さら》されたのだから」

「………………」

己の不明を恥じてレーナは沈黙する。開戦以前から白系種《アルバ》以外の住民の少ない第一区で育ったレーナは、エイティシックスの護送の様を直接目にしていない。八六区への護送がどんなありさまだったのかを、想像こそすれ、実感できてはいないのだ。

「……そうか。私の背丈も――幼子が大人から見下ろされたように感じたことも、引金になったのだな。これからはあの子らをあまり見下ろさぬように、気を配らねば」

「神父様……」

「なに、子供に怖がられるのは慣れている。なにしろこの図体《ずうたい》だ。……中で寝ている、気難し屋の元仔猫《こねこ》も会ったばかりの小さな頃には、ずいぶん怖がってくれたものだよ」

大仰に、いかにも冗談とわかる仕草で肩をすくめる。

その仕草と、つい想像してしまった幼い頃の怖がりなシンとやらに、レーナも少し無理にだが笑みを返す。レーナが覚えた羞恥を、察してくれたのだろう気遣いがありがたかった。

ところで。

「シン……ノウゼン大尉、寝ているんですか？　もう？」

クレナもレーナ自身もこうして出歩いているとおり、就寝時間にはまだ少しあるが。

無言で戸口の前を譲られてそっと覗《のぞ》きこむと、幽《かす》かな寝息が聞こえた。

消灯前で灯《あかり》はついたままの、病室の奥。けれどベッドの周りのカーテンを閉め切って、……シンは寝入ってしまっているようだった。

「負傷で体力を消耗した上に、新型〈レギオン〉の追撃に関して他の総隊長たちと話しあっていたそうだ。そのせいで、疲れたのだろう」

「…………」

消耗したのは負傷のせいだけではなくて、セオのことだってずいぶん負担になったはずで。それでも戦隊総隊長として、無理をおして責任を果たして。

そういう人だからレーナも様子を見に来たのだけれど、……やっぱり無理をしすぎてしまったのか。

「どうにか大人しくさせてくれと、軍医殿から注意されたところだ。明日にでも貴方《あなた》から、厳しく言っておいてもらえないか」

言われてレーナはぱちくりとまばたく。それは、言うのは構わないが。それなら親代わりである――……。

「神父様から、言われた方が……」

「もう育ての親の言うことなど素直に聞く年でもない。それに、貴方《あなた》から言われる方が堪えるだろうしな」

意味ありげに流眄《ながしめ》に見られて、レーナは頰を染める。

……まあ、うん。

ライデンは周り中みんな大体知っていると言っていたし、だから神父が気づいていても当然なのはわかっているのだが、それはそれとして恥ずかしい。

はわはわと視線を彷徨《さまよ》わせる彼女の様子に、……神父はふと、目元を緩めた。

「……収容所で私が見送った時、あれは笑い方も泣き方も忘れてしまっていた」

見返した先、神父は横の病室に目を向けている。半ば白くなった銀髪。月色の瞳。

「それがまた笑えるようになったのは——貴方《あなた》の存在も大きいのだろうから」


自室に戻ると同室のアンジュはまだ戻っていなくて、隣の部屋のフレデリカも向かいのシデンもまだのようで。

……シデンと同室のシャナは、もう二度と帰ってこない。

扉の前でごろごろしていた黒猫のティピーがクレナに気づいて身を起こす。とてとてと歩み寄り、ブーツに頭をすりつけてにゃあと鳴いた。

ようやく小さく、笑みが零《こぼ》れた。

「……ただいま」

わしゃわしゃ頭を撫《な》でてやって、抱きあげる。八六区でダイヤが拾った猫。その時にはまだほんの仔猫《こねこ》で、ダイヤが拾ったのに何故《なぜ》かシンに一番懐《なつ》いてしまった猫。

〈レギオン〉との戦闘や日々の雑務が終わって一息つける夜には、シンの傍《かたわ》らを定位置にしていた。本のページにじゃれて邪魔をして、だからといってシンも追い払うでもなくて。猫を構おうとすると自然とシンの傍《そば》に行くことになるから、クレナはいつも猫とシンの傍《かたわ》らにいた。

戦隊長の個室は執務室も兼ねて少し広くて、いつのまにかみんなのたまり場になって。

「今はもうあんなこと、……ほとんどなくなっちゃったね」

言うともなしにティピーに言う。見上げてくる黒猫の、人のそれとはまるで違う透明な瞳。

機動打撃群の基地の執務室や居室がたまり場になることはまずなくて、かわりに食堂や併設のカフェや、談話室や娯楽室がプロセッサーたちのたまり場だ。どれもあの小さな戦隊長室よりもっとずっと広くて、だからもっとずっと大勢が集まる場所。

戦隊ごとのなんとなくの定位置はあるけれど、戦隊の仲間しかいない空間というわけではない。あの時みたいに仔猫《こねこ》みたいに、甘えるには人目が多すぎて気恥ずかしい。

大抵シンはクレナたちと一緒に、スピアヘッド戦隊の指定席の娯楽室奥のソファにいるけれど、基地の自習室に行くことも多くなったし。

いつのまにかライデンやアンジュも。同じスピアヘッド戦隊のプロセッサーも何人も。

「……わかってはいるんだよ。単にあたしも、一緒に行けばいいんだって」

寂しいなら、置いていかれたように思うなら、自分も一緒に行けばいいのだと。誇りさえ失われるならなおさら、戦場の外を指し示すあの部屋に今からでも行くべきなのだと。

別にシンだってライデンだってアンジュだって、具体的に何か、戦場の外でやりたいことができたわけではない。まだ漠然と、何かを目指すための準備を始めただけだ。本当に自分の身の振り方を決めるのは、もっと後でもいいはずだ。それもわかっている。

それでも怖い。

自習室に行こうとするとどうしても、クレナは足がすくんでしまう。戦場の外の、未来というものを意識するのが恐ろしくて、考えたくない。

あるいはそれは、彼女と同様に今なお戦場に固執する、戦場の外の未来を頑《かたく》なに拒む多くのエイティシックスに共通する感情だったかもしれない。

踏みだした先に、地面なんてないかもしれない。

未来なんていつも保証がない。自分たちは今日、死ぬかもしれない者だ。明日には生きていないかもしれない者だ。まともな支援もない絶死の戦場に長く暮らして、諦観にも似たその認識はどうしても彼女たちの内から去っていかない。

望めば幸福な明日が来るなんて――信じられない。

みぃ、と黒猫が鳴いて、クレナは抱きしめたその毛並みに顔を埋める。

†

任務を終えて船団国群から撤収する、その日になっても機動打撃群のプロセッサーたちの気分は晴れない。

船団国群に派遣された当初の作戦目標は、きちんと完遂している。電磁砲艦型《ノクティルカ》こそ取り逃がしたものの、あれは想定外の事態だ。だから追い払っただけ上等で、そのはずなのに。

海では去った嵐など、戦嵐など知らぬげに今日も呑気《のんき》に海鳥が鳴き交わしていて、〈ステラマリス〉はその沖合に、幽霊船のようにひっそりと停泊している。

遠目のここからは大した損害もないように見えるが、艦の走行に関する部位に致命的な損傷を負ったのだという。十年の戦乱で消耗しきり、また元より国力も技術力も高くない小国の船団国群では、もはや修復できないのだと。

隠密《おんみつ》の出航を終えて、最後の作戦を終えて、もう拠点としている港がどこか〈レギオン〉たちに隠す必要がない。だから沖合に身を晒《さら》したまま。

征海艦《せいかいかん》の元乗員も征海艦隊《せいかいかんたい》のわずかな生き残りも、街の人々もどこか火が消えたようだ。

出撃前の、祭りの喧騒《けんそう》が嘘《うそ》のように火が消えたようだ。

「──国の名前とか、どうすんだろな。だってもう、船団国じゃなくなったわけじゃん」

「やめなさいよ。……悪いでしょ」

「けどさ、だってもし、」

自分たちがもし、そうなったとしたら？

それをつい、少年兵たちは考えてしまう。他人事《ひとごと》だとどうしても、割り切れはしない。

かつて一度、奪われたのだ。八六区ができた時に、強制収容というかたちで彼ら自身が。

それならもう一度、同じことが起きない保証なんてない。

辛《かろ》うじて抱えた大切なものも、新たに手に入れるかもしれない大切なものも。——奪い取る者にはそんなもの、知ったことじゃないのだから、だからまた奪われない保証なんて。

どこにもありはしないのだから。


八六区にいた時分から戦闘の度に無茶をするので負傷することも多かったシンと、何年も副長としてつきあってきたライデンはその代理を務めての書類仕事にも慣れている。慣れてはいるが、部品扱いなせいで万事でたらめだった八六区とは違い、連邦での彼らは正規軍人だ。書類一つの処理であっても適当とはいかない。実務は参謀たちが処理してくれてなお量の多い、移送のためのチェックリストに音を上げてライデンは傍《かたわ》らに目を向ける。

「おいセオ、悪いんだがちっと手伝って……」

目が合った相手は、たまたまそこにいたらしいアンジュだった。

舌打ちを堪えてライデンは天を仰ぐ。そうだった。今、あいつはいない。

視線の先、アンジュが微笑《ほほえ》む。

無理をしているなと、その微妙な双眸《そうぼう》の翳《かげ》りに思う。

「手伝うわね、ライデン君」

「悪い」

「いいえ」

ついと手を伸ばして、リストの半分を持っていく。一枚目をざっと流し見た、その天色《あまいろ》の双眸《そうぼう》にはもう微《かす》かな笑みの欠片《かけら》もない。

「……堪えてんな。思ってたよりずっと」

自分もアンジュも、姿の見えないクレナも、……当然シンも。

仲間の死は八六区ではいつものことで、連邦に来てもそれは変わらなくて。

死んではいないが戦えなくなる。……そういう喪失はライデンたちにもこれが初めてで、その痛みとやりきれなさには、仲間の死に対するそれと同様にきっと、慣れることはできない。

視界の端、アンジュが唇を噛《か》むのが見えた。

嗜《たしな》みで、それ以上に楽しむものだから、とグレーテたち女性軍人が勧めるものだから、機動打撃群では多くの少女が化粧をするようになった。ライデンも今ではすっかり見慣れた、淡く紅を差してペールピンクの唇。

「そうね。私たち五人の誰かがいなくなるなんて、いつのまにか思わなくなってたのに、ね」

作戦前には見に行くつもりもなかった海なのに、作戦が終わってからは気がつくと、クレナは海辺に行ってしまう。

帰還を控えて、仲間たちは一人もいない海辺。作戦の翌日にはプロセッサーの有志と、征海《せいかい》艦《かん》の乗員と街の人たちがそれぞれに、花を捧《ささ》げに訪れていた海辺。

戦死者たちを、セオの片腕を今もどこかに、飲みこんだままの海のほとり。

「――クレナ」

声がかけられて、振り返るとシンだ。

「ぎりぎりで面会の許可が出たから、これからセオの見舞いに行くけど。……大丈夫か？　お前も」

慌てて頷《うなず》いた。

「うっ、うん！　あたしはもう、大丈夫！」

自分でも不自然だと感じるくらい、明るい声が出た。

取り繕っているとシンも察したのだろう。物思わしげに歪《ゆが》む血赤《ちあか》の双眸《そうぼう》に、何か言われるよりも先にとクレナは言葉を続ける。

「あの、ごめんって、言っておいてくれる？　……あたしはあの時、全然駄目だったから」

動けなくなった。撃てなかった。高機動型《フォニクス》との戦闘でも、続く電磁砲艦型《ノクティルカ》との戦闘でも。

仲間の助けとなるのが、自分の役目で存在理由だったはずなのに。

「あたしがあの時ちゃんとしてたら、セオは……」

「クレナ」

静かな声に遮られた。

見返すとシンはどこか、痛みを堪えるような顔をしていた。

「お前のせいじゃない。誰のせいでも」

――シャナが死んだのは、シャナが戦ったから。

うん。

「……うん。でも、あたしがちゃんとしてなかったのも事実だから」

自分が役目を果たさなかったから、セオは。シャナは。――シンのことだって。

自分がちゃんとしていたら、今とは何かが変わっていたはずだ。そのはずだ。

だって、そうじゃないなら。

自分には誰のことも救えなかったなんて――何もできないだなんて、そんなのは。

嫌だ、と、思い至ってしまった思考にぞっとなった。何も、できなかったら。戦いの役に立てなかったとしたら。

そうなってしまったらもう、――目の前のひとの傍《そば》に、いられない。

「次は、ちゃんとするから。ちゃんと戦う。もう失敗とか、しないから」

「――クレナ」

「みすてないで」

船団国群の軍病院の、カーテン越しの陽《ひ》ざしが淡い縞《しま》を描く寄木の廊下を歩きながら、シンはクレナの言葉と表情が頭を離れない。

――あたしがあの時ちゃんとしてたら、セオは。

――あたしがちゃんとしてなかったのも事実だから。

取り繕った、今にも泣きだしそうな、見捨てられる子供みたいな顔で。

シン自身、自分が高機動型《フォニクス》との交戦で墜落しなかったらと、考えないわけではない。

また誰の責任かと問われれば、それは戦隊長である自分の責だ。レーナやイシュマエルも自分の責任、自分の失態だと言うだろうが、それにはシンは頷《うなず》けない。

けれど自分の罪だと叫ぶ感情とは裏腹に、そうではないと理性ではわかってしまっている。

自分が落ちても落ちなくても、おそらく結果は変わらなかった。電磁砲艦型《ノクティルカ》に対し無力なのは〈アンダーテイカー〉も変わりない。せいぜい制御中枢の位置特定に時間をかけずにすむだけで、撃沈には〈ステラマリス〉の接近と主砲の斉射が必要だったことは変わらない。そうである以上レールガンの排除は必須で、つまり甲板上での戦闘は避けられない。

何よりシンもまた予想だにしていなかった、電磁砲艦型《ノクティルカ》の最後の射撃。流体金属による砲身の再生。〈ステラマリス〉を撃たせぬためにはやはり誰かが、その射線に割りこむしかない。

その役を自分が、代われたかもしれないというだけだ。自分なら覆《くつがえ》せたと考えるのは、——増長で傲慢だ。

教えられた病室の前につくと、今は閉ざされた扉に寄りかかって待っている人がいた。潮風に褪《あ》せた金髪に、船団国群の藍碧《らんぺき》の軍服。イシュマエル。

「よう」

片手を挙げてみせるのに目礼を返す。背後の扉をイシュマエルは目線で示す。

「坊主《ぼうず》含め、機動打撃群の負傷者はある程度傷が治って移送できるようになるまで、船団国群で責任持って預かる。……手足じゃねえけど、経験者だ。話くらいは聞けるから」

「ええ。……頼みます」

真摯に頭を下げた。イシュマエルが深く頷《うなず》く気配。

藍碧《らんぺき》の軍服のその背が廊下の向こうに消えてから、シンは病室の扉を開けた。

細く開けた窓から潮風の入る個室で、セオはベッドに腰かけて外を見ていた。

扉の開く、軋《きし》む音に気づいてか目を向ける。どこか茫洋《ぼうよう》とした翡翠《ひすい》の双眸《そうぼう》が、こちらに焦点を合わせて一つまばたく。

「シン。……もう出歩いて大丈夫なの？」

「傷の具合を聞くのはおれの方だと思うけど。……ああ。少なくとも、もう動ける程度には」

「そう。よかった」

自分こそまだ、退院の許可は出ない重傷者のくせにセオはほっと肩の力を抜く。

お前は、と返せなかったシンの内心を察したように、なんでもないことのように続けた。

「こっちもとりあえず、感染症とかそういう心配はないってさ」

茫洋《ぼうよう》と、どこか虚《うつ》ろな翡翠《ひすい》の双眸《そうぼう》の、どこも見ていない無感動な眼差《まなざ》し。

「わりあい綺麗《きれい》にすっぱり切れてたらしくて、だから順調に塞がってるからもうそれほど痛くもないよ。ただなんていうか、変な感じ。座っててもそうだし、立ってみるとなおさらバランスがとれないいんだよね。こんな……」

包帯に覆われた、肘と手首の半ばから先がなくなった左腕を目で示して、力が抜けるみたいに苦笑した。

「先の方がちょっと、なくなっただけなのにさ」

「………」

「腕って、重いんだって。普段はくっついてるからあんまり意識してないだけで、何十キロとかある人体の一部なんだから、ちゃんと重いんだって」

翡翠《ひすい》の双眸《そうぼう》はそのまま、失われた左手のあったはずの場所を見つめている。

「前に、八六区でシンと会うよりもっと前にさ。戦隊の仲間が片手吹っ飛ばされて。僕はそれを拾ったんだ。僕がそれを拾ったんだから知ってたはずなのに……忘れてた」

あるのが当たり前だと、思っていたものの重さを。

あるいはそれはその実、いつ失われるともしれないものだったという儚《はかな》さを。

手とは。――戦いぬく誇りとは。

「……そいつはさ。そのまま死んだんだ。もう戦えなくなったから治療なんかしてもらえなくて、だから血が止まらなくて、そのまま死んだ」

八六区での医療は、人間ではないエイティシックスへのものだったからその程度だった。治療すればすぐに戦列復帰できる程度の傷なら対処されるが、復帰できない傷、しばらく療養が必要な傷は、それが適切な治療を受ければ救命可能な傷であっても見捨てられる。戦えない家畜に無駄に餌をやるのを、共和国は厭《いと》ったから。

「僕はもう、戦えない」

その、八六区で死んだというシンの知らない戦友と、同じ傷を見つめてセオは言う。

八六区では確実に、見捨てられた傷。

八六区の外ではそれが当然のことのように、治療された傷を。

「でも、死ななくていい。こうやって助けてもらえて、自分で始末つけろなんて言われたりもしない。……ここは本当に八六区じゃないんだなって――僕は本当に、あの戦場の外に出られたんだなって。今更だけどようやく、実感できた気がする」

五年の従軍の終わりに必ず死ねと、どれほど望もうと未来などないと、定められていた彼らの死に場所から。

兵役の終わりに必ず死ぬと、定められてそのまま受け入れてしまった彼らエイティシックスの運命から。

「あとは僕が、囚《とら》われるのをやめるだけ」

それが自分たちの運命だと。思って抱えこんでしまっていた傷を――手放すだけ。

「……大丈夫だよ。生きてるから。僕は生き残ったんだから、ちゃんと幸せになるから。そうじゃないと隊長にも、先に死んだ奴《やつ》らにも顔向けできない」

「それは――」

「わかってる。呪いだよね。でも、だって今は、縋《すが》れそうなものがそれしかないから」

己の最期《さいご》の一瞬まで戦いぬくのが、エイティシックスの誇り。唯一の存在証明《アイデンティティ》。

その誇りを、それしかない存在証明《アイデンティティ》をけれど、失ってしまった今となっては。

「縛られたら本当に呪いになっちゃうけど、君みたいに誰か、何か、見つけるまでなら願いみたいなものでしょ。それくらいなら隊長も赦《ゆる》してくれるだろうし、……多分隊長なら今なら、ちゃんと幸せになれって願ってくれたと思うから」

「――セオ」

堪えかねてシンは口を開く。

黙って聞いてやるべきなのだろうけれど、……とても聞いていられなかった。

「無理しなくていい。……平気なふりをするな」

言われてセオは、泣き笑いに双眸を歪ませる。

そういうつもりで来てくれたのは、わかっているけど。

「うん。でも、かっこつけさせてよ。これまでもずっと頼りきりだったのに、もうこれ以上、」

頼らせないで。

甘えていいなんて、言わないで。

「……ごめん。これまでずっと、重かったよね。我らが死神、なんて」

共に戦い、先に死んだ戦友全員を、その名と心を抱えて己の行きつく最期《さいご》まで連れていく。

それはセオにも、シンと共に戦ってきた全員にとっても得難《えがた》い救いだったけれど、その全員から頼りきりにされたシンにとっては、……いったいなんという重荷だったろう。

「ごめん。これまで――本当に」

反射的に否定しようとして、思い直してシンは口を噤《つぐ》む。

そんなことはない、と言おうとした。

けれど、そんなことはない、わけではなかった。

「そうだな。……重かった。本当は、最初からずっと」

頼りにされたことは。――預けられた思いは。

「重いから、簡単に死んで投げだすような真似《まね》はできないと思えるようになった。それだけ大勢に頼られていたから、折れずにいられた。……支えてもらってたのはおれも同じだ。それだけでもしてやれることがあると思えるから、楽になれた」

頼られることで、支えられていた。

救いになることでシン自身、救われていたのだと思う。

その関係が、軽いはずがない。誰も彼も重くて――それは、大切だったからだ。

「………。そっか」

しばし、その答えを吟味するように沈思して、セオは頷《うなず》く。一度。もう一度――深く。

「そっか。あれでも役には立ててたんだ。じゃあ……」

顔を上げた。その翠《みどり》の瞳はまだ頼りなくて、途方に暮れていて、けれど少しだけ、せいせいと明るかった。

「……僕がいなくても、もう平気？」

「平気じゃないけど、そうだな。大丈夫だ」

「僕も、今は大丈夫。……ちょっとだけだけど、ほっとしてもいるんだ。僕らの誇りを、呪いにしなくてすんだから」

最期《さいご》まで戦いぬくという誇りを、戦うだけの未来とその果ての死しか選べぬ呪いに、変えてしまわずにすんで。

隊長の祈りを、呪いのように。思って戦死する最期《さいご》を迎えずにすんで。

「とりあえず、がんばってみるよ。……駄目になった時に今度は、頼らせてって言えるように」

これまでのように一方的に、頼りきりになってしまうのではなく、今度は対等に。

「その時までには僕も君に、きついなら頼ってって言えるようになりたいから」

軍病院を出て、総隊長の自分は帰還準備の指揮を執らないといけないとわかっているのに、気がつけばシンは基地のホールの、遊弋《ゆうよく》する原生海獣《クジラ》の骨格標本の前に立っていた。

初めて見た幼い日にはまるでおとぎ話の竜の骨のようだと思い、それから十年以上も時を経て再び見上げた今もやはり、竜のようだと思えてしまう巨大な白骨。

あの大海の覇王に比べれば、まさしく赤子の大きさなのだと知った、今でさえも。

——僕がいなくても、大丈夫だよね？

「……どうだろうな」

大丈夫だとセオの前では言ったけれど、正直なところ自信はない。

セオに対してとてもそんな弱音は吐けないから、言えなかったけれど自信はない。

だって思い知らされた。

何もできない。

セオの行きついてしまった結末に、戦いぬいた果てに辿《たど》りついた望まぬ喪失に、シンは何もしてやれない。かけてやれる言葉さえなかった。

できることなんてない。

覆《くつがえ》す力なんか自分にはない。

今も。――いつも。

見下ろす巨竜の白骨は、当たり前だけれど何も言わない。嘆息を零《こぼ》し、戻ろうと振り返ると

レーナがそこに立っていた。

さすがに虚をつかれてシンはまばたく。

「……どうしたんですか？」

「どうしたって。……シンの帰りが遅いから、心配で」

苦笑して歩み寄ってくる、レーナのその表情だって繕ったものだ。

レーナとてセオとのつきあいは短くはない。それどころかセオとの諍《いさか》いがあの音声だけの、けれどたしかに通じあう何かのあった数か月に繋《つな》がったのだから、そのきっかけとなった彼の離脱は、レーナにも相当に堪えているだろう。

「セオは、どう……」

「元気なふりをしてました。……自分は平気だから、甘えさせないでくれと」

八つ当たりをしてもいいと、整理のつかない、抱えきれない感情を吐きだしてぶつけてくれていいと、会いに行ったのもあったのだけれど――それはさせないでくれと。

「そう、ですか……」

レーナが並んで立つ。白銀の双眸《そうぼう》が、シンの視線を追って白骨標本を見上げた。

「つらい、ですね」

誰のことかを、明示しない言葉だった。どちらに対しても向けられた言葉だった。

セオの負ってしまった、喪失にも。してやれることのない、シンの無力にも。

「――ええ」

傍《かたわ》らにある自分より低い体温のせいか、素直に頷くことができた。

頷いてしまったら、たまらなくなった。

「何かできている、つもりだったんです」

我らが死神と、そう呼ばれて。慕ってもらって。

「心だけでも、守れているつもりだった。でも、いざこんなことになったら、してやれることがない。かける言葉の一つも思いつかない。おれはあいつにどうしてやったらいいのか……」

見当も　つかない。

「……すみません。情けない弱音になってしまいましたね」

「いいえ。……そのために、来たので」

見返してきた血赤《ちあか》の瞳を、その、どこか脆《もろ》く揺らいだ瞳を、レーナはまっすぐに見上げる。

それでいいのだと、無言で肯定するように。

誰も彼もは救えないと、何もかもは背負えないと、それはシンとてわかっているだろう。

セオの選択も結果も、セオ一人のものだ。それは誰にも代わってはやれないし、代われると思っていいものではない。

それはシンもきっと、わかっていて、それでも。こんなことにならなければよかったと、こんなことになって哀《かな》しいと、思うシンの気持ちも間違いではない。

辛《つら》いだろうと心を寄せて、無力にうちひしがれてしまうのも――それだけシンにとってセオが大切だったからで、その気持ちが間違いなはずがない。

だからその発露が、情けないはずがない。

「頼ってください。つらいなら、寄りかかってください。抱えきれないほど哀《かな》しいなら、分けてください。支えますから。共に、抱えますから。貴方《あなた》が辛《つら》くて、哀《かな》しくてたまらない時には、わたしが貴方《あなた》を――守りますから」

優しい人だ。誰かの不幸を、哀《かな》しめる人だ。でも、――その優しさのためにこの人はひどく自分をすり減らして、削れて、耐えきれずに潰れてしまうかもしれないから。

「シン。これからは辛《つら》いときはわたしが、傍《そば》にいます。必ずわたしは、傍《そば》にいます」

決して貴方《あなた》を、置いてはいかない。

貴方《あなた》をわたしは哀《かな》しませない。わたしだけは決して、貴方《あなた》の傷にはならない。

「わたしも――あなたが好きです」

「一緒に生きたい。一緒にまた、海を見たい。貴方《あなた》が見せたいと言ってくれた海を」

静かに青く光孕《はら》むという、北の無情な海を。

眩《まぶ》しく光降るのだという、南の夏の海を。

革命祭の花火を。レーナはまだ知らない連邦の秋と冬を。見にこいと言われた、連合王国の極光を。見てほしいと勧められた盟約同盟の絶景を。〈レギオン〉支配域の向こうの、未だ見知らぬ異国の街を。八六区に再び、咲くのだろう花々を。

戦場の向こう、あなたが見せたいと、共に見たいと望んでくれたものを。

「見たことのないものを共に見たい。それを見て笑う、貴方《あなた》を見たい。気持ちを分かちあいたい。嬉《うれ》しいことも、辛《つら》いことも。できるなら――いつまでも」

あなたが今、抱える痛みも。未だ秘めたままの首の傷の由来も。いつか。

首の、傷痕をなぞるように両手で触れて、伸びあがって唇を重ねた。

人目を拒むように襟に隠した傷痕に触れられて、シンは拒まなかった。むしろ壊れ物に触れるように肩と腰に腕が回って、そっと抱き寄せられた。

噛《か》み締《し》めて切れた唇の、血の匂いと味が淡くした。

涙の味だと思った。

わたしの前では流さない、誰の前でも流さない涙の。

拭うように再び、口づけた。

神様の前でするキスは誓いで、王の口づけは奇跡を起こすという。

戦場を統《す》べる死神の前で、誓いとして。

鮮血の女王がひき起こす、奇跡として。

「いきましょう。一緒に。この戦争を越えて。命ある限り生きぬく、その最期《さいご》まで――共に戦いぬきましょう」

死が二人を分かつまで？

そんな期限つきの幸福は望まない。死なんてそこら中に、小石みたいにごろごろ転がっているこの戦場で、そんな弱々しい願いでは一瞬後には蹴散らされてしまう。

死にも二人を、分かたせない。

「わたしは必ず、貴方《あなた》の帰りを待っています。決して貴方《あなた》を、置いてはいかない」

それはこの絶死の戦場では、奇跡でもなければ必ず叶《かな》うとはいえぬ願いで、互いに履行を迫る以上これは誓いだ。

「だから貴方《あなた》は必ず、わたしの下に帰ってきなさい」

これからどんな、戦禍が待っていようとも。その死線を抜けて。

「必ず無事に――帰ってきなさい」

間章　スペードの王とハートの女王の、とても永くてくだらない諍《いさか》い

《——何故《なぜ》いる、蛇。次の作戦が始まったのではないのか》

「またご挨拶だな、ゼレーネ」

戻された連邦の研究所のコンテナの中。怪訝《けげん》に言ったゼレーネにヴィーカは肩をすくめる。

答えはしないまま、性悪の蛇のように薄く笑った。

「いい加減、ノウゼンの前でも今のように話したらどうだ？　それが〈レギオン〉としての卿《けい》の本性だろう。先日など笑ってまでみせて——それが今の卿《けい》にはどれだけ不自然で負荷のかかることか、あれは未《いま》だに思い至りもしていないぞ」

《——————》

〈レギオン〉は所詮、殺戮《さつりく》のための戦闘機械だ。

戦闘機械に人の語彙も感情も、本来必要ない。〈羊飼い〉であるゼレーネにはそれらは記憶されてはいるけれど、再現する機能は〈レギオン〉には備わっていないのだ。

雑談など本当は——流体マイクロマシンの脳が焼けるような負担だ。

　それでも、今の自分にとっては自然な、機械的な語彙と振舞でシンに接するのは嫌だ。シンは〈レギオン〉のゼレーネを、それでも人間と扱おうとしてくれる。そのシンに対し、自分は所詮は殺戮《さつりく》機械なのだと示してしまう〈レギオン〉としての振舞で接したくはない。

　その事実は、あのやさしいこどもを酷《ひど》く傷つけるのだろうから。

《──何用か》

　ヴィーカは肩をすくめて、それ以上は追及しなかった。

「卿《けい》が第二次大攻勢の先陣として、伝えてきた電磁加速砲型《モルフォ》の四番機。それに相当する機種と船団国群で遭遇した。──レールガン搭載の海戦仕様。戦艦、あるいは強襲揚陸艦型の」

　ゼレーネは一瞬、沈黙した。量産型電磁加速砲型《モルフォ》の建造は、彼女が推察したとおりだが。

　戦艦？　それも──船団国群で？

《不明。管轄外。──本拠および新型実験機の建造は、当該戦域指揮官機のみが把握》

「それはそうだろうな。機密保持のためには、担当外の情報は知らせないものだ」

《その上で──不可解》

「……ああ」

　粗末な外部カメラの粗い映像で、ヴィーカの帝王紫の双眸《そうぼう》が鈍く光る。

「確認したいのは、その戦艦型の制御系が既存の〈羊飼い〉に、外部データベースとして別人の脳構造を追加していたことについてだ。──卿《けい》の言う〈レギオン〉の改良というにも不自然だろう。単純に元の〈羊飼い〉から、新しいそれに置き換えればいいだけのはずだ」

戦闘機械である〈レギオン〉には中枢処理系とて部品だ。入れ替えられないはずがない。

「加えて高機動型《フォニクス》。言っていたな、人工知能の研究だと。そして——面白い名をつけたと」

フォニクス。——死に瀕《ひん》しては己が身を焔《ほのお》に投じ蘇《よみがえ》る、不死の鳳《おおとり》。

「死なないことこそ、高機動型《フォニクス》の本領。——あれは人工知能の不死化の研究だ。量産されいくらでも代えの利《き》く〈レギオン〉の中、唯一量産できないそれらを死なせぬための改良。つまりは、〈羊飼い〉の不死化の叩《たた》き台《だい》だ」

そして〈羊飼い〉の置換ではなく、不死化を図るのは。

新たに得た脳を接続するにとどまり、現行の〈羊飼い〉と置換しないのは。

「今いる〈羊飼い〉どもが己の人格と存在の保持に——俺らしくもなく詩的に表現するなら、己の生存に、固執しているんだな？　まるで」

死を恐れる人間のように。〈羊飼い〉が生前そうだった、——脆《もろ》くも儚《はかな》い人間のように。

「——〈羊飼い〉の強化に、高機動型《フォニクス》の量産。電磁砲艦型《ノクティルカ》の投入。全体的に、不自然だ」

それは機動打撃群からの報告を受けた連邦軍の将官たちに、共通する所感だ。

言い放ったリヒャルト少将にヴィレム参謀長と、三か所同時に進行する作戦の統括のため連邦に戻ったグレーテがそれぞれに頷《うなず》く。西方方面軍統合司令部の、参謀長の執務室。

「高機動型《フォニクス》で将の首を狩り集めるのはまだしも、歩兵として強襲揚陸艦に搭載だと？　ありえんよそんな運用は。近接猟兵型《グラウヴォルフ》で充分——むしろ、近接猟兵型《グラウヴォルフ》の方がマシなくらいだ」

リヒャルトからすれば高機動型《フォニクス》は、速度だけを追求して重い装甲も火砲も廃したのがとにかく致命的なのだ。現代の砲の射程は数十キロから百キロ近く。近接兵装しか持たぬ高機動型《フォニクス》は、一方的に弾雨に晒《さら》される数十キロもの死の行軍を抜けねば一切反撃ができない。多少の俊足も光学迷彩も、殺傷範囲の広い榴弾《りゅうだん》に対してはてんで無意味だ。

接近したところで、機動打撃群とその女王によって対策はほぼ確立しているし、そもそも同じ白兵特化で有人機の〈アンダーテイカー〉にさえ、何度も敗北している為体《ていたらく》。

量産に至る結果など、高機動型《フォニクス》は出せていないのだ。それなのに。

「そもそも電磁砲艦型《ノクティルカ》自体、おかしいと思うわ。連邦北部戦線には海がない以上、投入予定だったのは船団国群か、連合王国の戦線でしょう。前者は奇襲の利が生かせる最初に、狙うべき敵じゃない。既存の戦力で締め上げて、干上がらせればよかったんだから」

ソファのひじ掛けに頬杖《ほおづえ》をつき、逆の手を軽く振ってグレーテが応じる。内容は彼女の好まぬ非情だが、時にそれが必要だと理解していなければ大佐の大任など務まらない。

「連合王国も、かの国の北方は寒冷にすぎる気候で住民はごく少数、加えて上陸は不可能な断崖絶壁。つまり電磁砲艦型《ノクティルカ》が投入された戦域に、電磁砲艦型《ノクティルカ》が必要な戦場なんて存在しない」

「とはいえ無視できる戦力ではない、というのがまた、いかにも陽動くさいな。裏があると見るべきだろう。それでもそんな見え透いた囮《おとり》に、対処せざるを得ないのが業腹《ごうはら》だが」

珍しくも言葉通りに腹立たしげにヴィレム参謀長が続ける。――内心を読み取られるをよしとしない彼のこと、つきあいの長いリヒャルトやグレーテの前でしかそういう顔は見せない。

「〈レギオン〉の本当の目的は、摩天貝楼《まてんかいろう》拠点の方だったと思うの。あれこそ海上に作る必然性がない。生産施設にしろ司令拠点にしろ、拠点を置くだけなら陸上で充分よ。ヴィークトル殿下の指摘通り、資源の無駄だわ。そうであるからこそ――」

「海上にこそ拠点を置かねばならぬ理由が、〈レギオン〉にはあった、と言えるわけか。……君はなんだと思う？　グレーテ」

「推論には材料が足りないわよ、参謀長閣下。ただ……そうね。見つからないことに重きを置いた、ように思う。陸上の彼らの支配域は、どこも相応の警戒と探索の目が向けられている。でも、これまで海戦型は存在しなくて戦場になったことのない海は、その限りじゃない」

ふむ、とリヒャルトは鼻を鳴らす。……一理ある。派遣に際し聖教国からもたらされた追加情報――明らかに不自然な敵機の登場とその動静も、あるいは同じ目的か。

何かを――たとえば建造した施設とその目的を、時が来るまで人類の目から逸《そ》らす囮《おとり》。

「ヴィレム。〈レギンレイヴ〉のミッションレコーダーから、摩天貝楼《まてんかいろう》拠点の詳細な再現と、解析は可能か？」

「進めているが、完全な再構成には映像データが足りない。他でもない電磁砲艦型《ノクティルカ》が破壊してしまった以上、追加調査も不可能だ。……ただ、電磁砲艦型《ノクティルカ》がわざわざ己が拠点を破壊したのも、かの拠点こそが本命だったと裏付けているようには思うが」

「だから次の作戦では、彼らの本拠には保管されているだろう情報を狙うわけね。これまで避けてきた、旧貴族階級の私兵を義勇部隊として編入するのにとうとう踏み切ってまで」

帝国の時代には己が血族と配下で軍事力を独占し、連邦でも軍上層部に権勢を維持するかつての大貴族と、革命以降従軍の権利を得、軍全体における人数と勢力を着実に増す市民階級。その双方の思惑から、私有地警備の名目で大貴族が保有する私兵団は、これまで連邦軍には編入されずにいた。十一年に亘《わた》りなお続く戦争の、夥《おびただ》しい戦死者にもかかわらず。

その私兵組織の投入は、連邦軍がいよいよ余裕を失いはじめた、その現れだ。

大貴族たちが本当に温存する、連邦正規軍内部の精鋭部隊は未だ手つかずとはいえ。

「言っておくけど評判は良くないわよ、義勇連隊。……貴族どもは平民出の雑兵がどれだけ死のうが権力争いを優先してきたくせに、手柄の匂いを嗅ぎつけるなり手駒を投入したって」

ちくりと言うグレーテに、その貴族の一人であるところのヴィレムはまるで動じない。

「貴族どもの軍への影響力をこれ以上増やしたくないと、我々の私兵の編入を拒んできた市民どもにそれを棚に上げて言われてもな」

そもそも雑兵どもが〈レギオン〉と相打ちとなり、数を減らして市民の勢力が衰えるのを待つのが、私兵投入を見送ってきた最大の理由なわけだからな。

冷徹に、だがさすがに口には出さずに、リヒャルトは思う。

市民が大半を占める〈レギオン〉戦争での戦死者の増大をあえて座視し、戦争終結後に初めて無傷の私兵を戦力不足の連邦軍に提供することで再び軍全体を旧貴族の掌握化に置く。それが貴族側の目的だった。——戦後に真に激化するだろう、貴族同士の争いに備えて。

帝国末期の宮廷は多分に漏れず幾つかの派閥に別れ、そのうち帝室護持を掲げた帝室派は、その帝室が滅びた今は烏合《うごう》の衆だ。けれど弱体化した帝室に代わり、自らが新帝朝と成るを目指した一派はそうではない。権勢を維持しながら今も、政権転覆の機を狙っている。——そう。

「ブラントローテ大公は——新帝朝派の女王きどりは実際、下民がどれほど死のうと構わぬからミルメコレオと言ったか、例の連隊を寄越したのだろうしな」

機動打撃群の一隊と共に、聖教国に派遣される部隊だ。蟻獅子《ミルメコレオ》。獅子《しし》の頭と蟻《あり》の体の、まざりものの獣。どれほど必死に獲物を狩ろうと、自らは喰《く》らえずいずれ飢え死ぬ哀れな獣。

……気の毒なことだな。

「——本当に、あなたたち大貴族は帝国が滅びてさえも伝統の不仲を改めやしないのね」

皮肉に、わずかばかり暗澹《あんたん》と目を眇《すが》めたリヒャルトの思考は、グレーテの声に遮られる。

「帝国開闢《かいびゃく》からの伝統の、夜黒種《オニクス》と焔紅種《パイロープ》の反目と対立。……聖教国の敵機は、電磁砲艦型《ノクティルカ》の修復後か、少なくとも関連する新型だと推測された。かの敵機については情報鹵《ろ》獲《かく》よりも、破壊を優先して例の試験兵器を投入するのでしょう。重要な情報はミルメコレオ連隊には――焔紅種《パイロープ》には渡さないと、そういうつもりよね？」

リヒャルトは無言で肩をすくめる。たしかにある意味、グレーテの言うとおりではある。電磁砲艦型《ノクティルカ》は、情報収集の役には立たない。それはシンに確認してある。あれに宿る〈羊飼い〉は帝国軍人ではない。彼らが本当に欲しい情報は、持っていない。

ただ。

「思惑があるのは焔紅種《パイロープ》らも同じだ。なにしろ第一機甲グループにはノウゼン大尉がいる。暫定大統領エルンスト・ツィマーマンの保護下にあり、何より『ノウゼン』である彼が」

エルンストが大統領となったのは革命を指導し市民から支持を得ているからだが、革命を成功させたのは彼一人の力ではない。彼は黒珀種《ジェット》で、つまりは黒系種《アクイラ》の従種――臣民だ。後押しをしたのは領袖《りょうしゅう》の判断に従いあえて民主化を支持した、リヒャルトの生家アルトナー家やヴィレムのエーレンフリート家を含めた夜黒種《オニクス》の一派だ。

あくまで自らの戴冠を狙うブラントローテ大公家やその配下の焔紅種《パイロープ》たちと、戦後激突するだろう夜黒種《オニクス》の最大派閥。その領袖《りょうしゅう》こそが――ノウゼン家だ。

帝国の魔剣、漆黒《くろ》の将騎《しょうき》。アデルアドラー帝室の守護者にして――征滅者の末裔《すえ》。

「〈レギオン〉最大の兵種を見事討ち取る戦功を掠《かす》め取《と》らせたくないのは――民草にこれ以上彼とエイティシックスを英雄視させたくないのは、ブラントローテの女狐《めぎつね》と新帝朝派の方だ」

第二章　灰かぶりの戦場

雪のように灰が、降り続く。

どこか祈りの言葉にも似た、独特の抑揚のノイリャナルセ聖教国管制官のアナウンスが響く臨時格納庫の中を、グローブを嵌《は》めつつシンは歩く。

格納庫には〈レギンレイヴ〉がずらりと並んで、それはシンが指揮する第一大隊の——この作戦では挺進《ていしん》大隊と呼称される部隊の機体だ。発足時からは数を減らし、その欠落を埋めるように〈ストレンヴルム〉と〈アルカノスト〉が一機ずつ隊列に加わる。

笑う狐《きつね》のパーソナルマークは、隊列のどこにも最早《もはや》ない。

……セオ。

今はもう連邦の病院に移送されたところだろうかとふと考え、小さく頭《かぶり》を振った。作戦前だ。気を取られていていい時ではない。

聖教国の軍施設の特徴の一つとして、外気を完全に遮断する造りとなっている点が挙げられる。シンのいるこの臨時格納庫も、外壁と透明な建材のシャッターで外部からは完全に密閉され、外気はフィルターを通してから供給されている。そのせいだろうか、格納庫の中は戦場だというのに埃臭《ほこり》さも金属の焼ける匂いもなく、どこか宗教施設を思わせる清浄な空気だ。やはり軍施設という印象の乏しい、仄輝く真珠色の建材の床と壁と天井。

その中ではまるで浮かびあがった不吉な影のような、昏《くら》い色彩の巨影が目についた。

〈レギンレイヴ〉の隊列の向こう、格納庫の暗闇にそれは厳然と佇《たたず》む。高い天井を擦りかねない巨軀《きょく》。生あるもの全てが寝静まる夜の空のような、特有のガンメタルの塗装の。

〈亡霊騎行《アルメ・フュリウーズ》〉。

「――作戦を確認しましょう、ヴラディレーナ・ミリーゼ大佐」

ノイリャナルセ聖教国軍第三機甲軍団シガ＝トゥラの司令所は、連邦軍の無骨なそれに慣れ親しんだレーナの目には、まるで異教の至聖所と映る。

楕円《だえん》の天蓋を縦横に走る銀枠が葉脈のような、オパール色の硝子《ガラス》天井。白金に虹をはらんだ真珠色の、鏡のように磨かれた床と壁。硝子《ガラス》の半球内部に映像が浮かび上がる独特の形状のホロスクリーンや、中空に光の文字で投影されるタッチパネル状コンソール、頭部をすっぽりと覆うフードが修道僧の印象の、これも真珠色の軍服も相まって神域のような清浄さだ。

司令所正面の半球状のホロスクリーンに投影された作戦図上で、北方、〈レギオン〉支配域内の一点が、第三機甲軍団軍団長の言葉に合わせて明滅する。

「目標は白紙地帯内部、前線より七〇キロ地点に進出した新型〈レギオン〉、攻性工廠型《ジリャル=クク》の排除です。参加戦力は我が第三軍団シガ=トゥラと第二軍団イ=タファカ、そしてこのたび連邦より派遣された、機動打撃群第一機甲グループと義勇連隊ミルメコレオから成る二個連隊、連邦派遣旅団」

無数の硝子《ガラス》の薄片が煌《きら》めきながらさざめくような、繊細で玄妙な響きの声音だ。微細な無数の金の鈴を振り鳴らすような。水琴窟が雨に歌う、その反響のような。

つい、困惑気味にレーナは見返してしまう。……聖教国に派遣されてもう半月近くも経《た》つというのに、この軍団長閣下にはどうしても、まだ慣れられない。

視線の先で――陽光の金色の髪と目をした小柄な、繊弱《ひわやか》な少女がくすりと笑った。

「極西諸国軍の将の皆様方には慣れていただけたようですが、そういえば最初にお会いした頃は、どなたも目を剝《む》いておられました。久しぶりに驚かれるのも、新鮮で嬉《うれ》しいですね」

ヒエメルナーデ・レェゼ聖二将。

レーナたち連邦派遣旅団が協同する聖教国軍第三機甲軍団の、軍団長だという少女だ。

軍団長、である。

軍団とは国にもよるが、数個師団十万余名にもなる大兵力だ。師団よりも小さな旅団、連隊を二十代のグレーテや十代のレーナが率いるのさえ戦時だからこその異例だというのに、まさか十代半ばの少女が軍団長である。異例を通りこしてもはや異常だ。

たしかに祖国にあっては方面軍——おおよそ数個軍団から成る——の指揮官だったヴィーカにこそ劣るものの、連合王国は王が統帥権を独占する専制君主制で、彼はその王子だ。王の子が父王の統帥権を預かるのは当然のことだ。

「失礼を、レェゼ二将。聖教国では特別なことではないと、伺ってはいるのですが……」

「どうぞ、ヒェルナとお呼びください。大佐はちょうど、お姉さまくらいのお年頃なんです。妹のように扱ってくだされば嬉《うれ》しいですから」

やはり困惑を隠しきれないレーナに、ヒェルナはころころと上品な笑声を立てている。細かく波打つ、春の淡い陽光の金髪。白く甘く熔《と》け落ちる落日の金の瞳。水鳥のように華奢《きゃしゃ》な肩とほっそりとした肢体を金刺繍《ししゅう》の白い衣に包み、小柄な彼女の背丈よりも長い指揮杖で、硝子《ガラス》の細管を連ねた鈴が身じろぎに合わせてしゃらしゃらと鳴る。

可憐《かれん》な微笑はそのまま、ごく当然のことを言う調子で邪気なく言った。

「放埒を好むは人の性、低きに流れるは人の習いなれば、我らノイリャ聖教の厳格なる教えに異国の民が従えぬのは無理なきこと。まして地の姫神が定めし御役目に身を捧《ささ》げぬ放埓《ほうらつ》を自由などと謳《うた》う、共和国の民が理解しえぬのは三百年前からわたくしどもは存じ上げておりますれば、お気になさることはありませんわ」

「…………」

出立前に、グレーテが。

聖教国はものの考え方が違うから、戸惑うことも多いだろうけれどと前置きして教えてくれたことを思いだしてレーナは内心嘆息する。ヒェルナや聖教国の幕僚と話しているとしばしば思い知らされるこの、価値観の断絶。

聖教国を中心に極西諸国で信仰されるノイリャ聖教は、地神と彼女が司《つかさど》る運命を絶対視して信奉する。人には果たすべき役目、従うべき運命がそれぞれに課され、ゆえに、全ての魂はその果たすべき役割を担《にな》う家の下に生まれつく。ノイリャ聖教を国教とし、その教義を国の法よりも上位と定めて厳格に従う聖教国では、未《いま》だに職業選択や婚姻には家門こそが重視され、選択の自由はないのだとか。

傍《かたわ》らで無言のまま佇立《ちょりつ》していた聖教国軍のまだ若い参謀官が、正面を向いたまま一つ咳払《せきばら》いをした。たしなめられてヒェルナがぴくんと細い肩をはねさせる。

「あっ……すみません。わたくし何か、失礼を申し上げてしまったのですね？」

とたんに金色の双眸《そうぼう》をおろおろとさせて、叱られた仔猫《こねこ》のように見上げてくる。——そう、あくまでヒェルナに悪気はないのである。考え方が少し、根本から異なるだけで。

そして聖教国は共和国、連邦とは使う言語が違うというのに、レーナやエイティシックスたちに合わせて、派遣された当初から常に連邦語で話してくれているのがヒェルナだ。時にレーナがそのことを、忘れそうになってしまうくらいに自然に。

「いいえ、お気になさらず。……それからヒェルナ。わたしのこともどうぞ、レーナと」

ぱっとヒェルナは顔を輝かせた。――そういうところはやはりレーナより三つも年下の、まだ幼い少女だった。

「ありがとうございます、レーナお姉さま！」

もう一度参謀官が咳払《せきばら》いをした。ヒェルナは今度は、おどけた様子で大仰に肩をすくめた。

あくまで正面を見据え続ける参謀官の、淡金の双眸《そうぼう》にはけれど妹に向けるような優しい情愛と、姫宮に向けるような深い尊崇《そんすう》があって、レーナは微笑《ほほえ》ましくなる。愛されているのだろう。

この小さな軍団長閣下は、彼女の部下たちに。

「それでは、ヒェルナ。――ついでに教えていただきたいのですが、前線から七〇キロも離れた攻性工廠型《ジリャルニクク》を、どうやって捕捉したのですか？」

「予測官の『神託』が捉えたのです」

怪訝《けげん》な顔になるレーナに、参謀が補足する。

「陽金種《ヘリオドール》の異能を我らはそう呼ぶのです、大佐殿。己と同胞に迫る脅威を、肌で感じる能力――とでも言いましょうか。焔紅種《パイロープ》の千里眼や青玉種《サフィール》の予知のように具体的な脅威の内容は把握できませんが、代わりに検出可能な距離は極めて広い。今代の神託官たちなら極西の友邦の戦線全体を感知可能です」

「この十一年聖教国と極西諸国が国の形をどうにか保てた理由の一つが、この神託にあると評価していただいておりますわ。聖教国が成立するより遥《はる》か以前の太古には、半径数十万キロの超々広範囲を感知圏とした者さえいたそうです」

共和国全体、連邦西部戦線全体にも及ぶ感知範囲を持つシンの異能と似たようなものか。

……数十万キロというのはさすがに誇張だろうけれど。

ヒエルナが続ける。

「参謀の申したとおり、神託は具体的な脅威の内容を把握し得ません。確認のため〈レギオン〉支配域に斥候を浸透させた結果――かの巨獣、攻性工廠型《ジリャル＝クク》の発見に至りました」

「聖教国の事前観測で、攻性工廠型《ハルシオン》の改良元は自動工場型《ヴァイゼル》と推定されておるのであったか。――時速数キロだという自動工場型《ヴァイゼル》譲りの鈍足さは、まだしも幸いであったの」

公用語は互いに方言程度の違いしかない共和国と連邦、連合王国と盟約同盟とは異なり、この聖教国を中心とする極西諸国の言語は、共和国生まれのシンたちにも連邦軍人にも聞き取りにくいし発音しづらい。

攻性工廠型《ハルシオン》につけられた幽世の麗鳥《ジリャル＝クク》なる呼称もそれは同様で、ゆえに連邦軍同士の交信では連邦の言葉に置きかえた呼称が用いられる。

ハルシオン。北の海に棲《す》む、伝説上の鳥の名前。

視線を向けた先、歩み寄ってきたフレデリカが眉を寄せる。

「……それにしても、ややこしいのう。要するに攻性工廠型《ハルシオン》は、かの電磁砲艦型《ノクティルカ》と合体したようなものなのであろ。電磁砲艦型《ノクティルカ》とそのまま、呼んでしまっても良いように思うがの」

「あくまで状況から、そう推測されるというだけだ。撃破して調査するまでは確定じゃない」

実際にはシンの異能により、ほぼ確定している事実だ。聖教国の前線に配備されてすぐに電磁砲艦型《ノクティルカ》の存在をシンは感知し、それが聖教国の言う攻性工廠型《ジリャル＝クク》から聞こえる声だと確認するのにそう時間はかからなかった。

ただしこの聖教国では、表向きにはそういうことになっている。知覚同調《パラレイド》さえ聖教国においてはその存在を明かさず、必ず無線と併用して隠匿を図るようにと作戦にあたり厳命された。

「そうであったの。……して、その電磁砲艦型《ノクティルカ》かもしれぬ〈レギオン〉めが、こちらを射程に収めたにもかかわらず砲撃してこぬということは、」

「火砲の射程のぎりぎり外から、一気に前線から後方段列まで砲撃するつもりだろうな。――これも推測のとおりか。あれだけの砲撃と巨体の移動は、同時には行えないんだろう」

敵機は射程こそ長いものの、進行速度が極端に遅い。砲撃を開始すれば足を止めざるを得ない以上、迎撃される寸前まで接近し、そこから長射程を生かして遥《はる》か後方まで一息に薙《な》ぎ払《はら》うのが最善だろう。

言って、シンは目を細める。それは、聖教国は焦《あせ》るだろう。

「電磁加速砲型《モルフォ》や電磁砲艦型《ノクティルカ》の最大射程なら、射撃開始位置次第では聖教国全土を砲撃できる。──下手をすればたった一機の〈レギオン〉に、一晩で聖教国が陥落させられかねない」

「──だからその、射撃開始予測地点に攻性工廠型《ハルシオン》が到達する前に、攻性工廠型《ハルシオン》をぶっ倒すのが俺たちの任務ってことだよね」

ユートに代わってリトが率いる第二大隊と、ミチヒが指揮を執る第三大隊はスピアヘッド戦隊と〈アルメ・フュリウーズ〉から十五キロも離れて前方、最前線近くに控える。弾薬や燃料の集積所に偽装した、これさえも真珠色のプレハブの偽装倉庫群の中。

この倉庫は気密が甘いからフェルドレスに搭乗していた方がいいと、通訳の聖教国の若い女性士官に言われて乗りこんだ自機の中、呼びだした作戦図を見つつリトは言う。

知覚同調《パラレイド》と今はまだ有線の通信回線越しに、苦笑してミチヒが応じる。

『いろいろすっ飛ばしすぎなのです、リト。それじゃあまるで、私たちが全員で突撃するみたいなのです』

「わかってるってば。──まずは聖教国軍が陽動として〈レギオン〉正面を圧迫、敵部隊を誘引して拘束。ノウゼン隊長たち挺進《ていしん》大隊と俺たち旅団本隊はその間このまま隠れて待機、でしょ。……聖教国の人たちは結構強そうだから、陽動は任せちゃって全然平気だろうけど」

聖教国軍は少年兵上がりのリトの目から見ても規律正しく統率の取れた、訓練の行き届いた精強そうな軍隊だ。装備や設備こそ大国たる連邦のそれと比べずいぶん消耗しているけれど、士気は高いし前方に展開する部隊の配置にも、控える兵士たちの佇《たたず》まいにも隙はない。

軍団長だという少女への崇拝というか、どうやら全員が肖像画を持っていてことあるごとにお祈りみたいに彼女の名前を唱えて、今もあちこちで肖像旗が翻《ひるがえ》っていたり無貌の兵士たちがやっぱり名前を歓呼していたりする熱狂はちょっと異様だが、それよりも。

「――やっぱり、どうにもアレは不気味だよね」

ちらりと目を、向けた先。

格納庫の外をちらほらと行きかう聖教国軍の兵士は、ぴったりと全身を覆う形状の真珠色の搭乗服に防塵《ぼうじん》用らしいマスクとゴーグルで頭部を完全に覆って、誰も彼も全く顔が見えない。彼らの乗機である同じく真珠色の装甲の、見慣れぬ形状のフェルドレス。

降りしきる灰の雪の中ぼうと仄輝く、顔のない軍勢が駆る異形の馬群。

『わかりますが、でも仕方ないのです。聖教国の戦場は――白紙地帯は、どこもこんな風に灰だらけだそうですから』

大陸の北西の果て、断首半島。――通称、白紙地帯。

数百年に亘《わた》り火山灰の雪が降り続く、火山灰に鎖《とざ》された荒野だ。

半島中央に位置する火山が活動期に入り、大量の噴煙と火山灰を撒《ま》き散《ち》らしたために人の住める地ではなくなった。住民も獣も、国そのものさえ逃げだして無人となって数百年——今なお陽光は厚く滞空する灰に遮られ、地表は厚く灰の層が覆い、マグマと共に汲《く》み上《あ》げられた重金属が水を汚染する、あらゆる生命を拒む北の異境。

聖教国に対峙《たいじ》する〈レギオン〉の主力は白紙地帯を勢力圏とし、だから聖教国の戦場はどこも、この灰の雪が支配する。当然、聖教国の軍装やフェルドレスの形状をも。

火山灰とは地下で溶融した熔岩が、地表に噴きだして固まった微粒子だ。つまりは微細な天然の硝子《ガラス》である。その縁は砕けた硝子《ガラス》片同様に鋭利であり、皮膚や眼球を傷つける。長く吸えば肺腑《はいふ》さえ痛めてしまうから、とてもではないが生身を晒《さら》して戦場にはいられない。

故に、聖教国の軍人たちは格納庫外では例外なく防塵《ぼうじん》装備に身を包み、またそもそも歩兵に相当する兵種が存在しないのだという。聖教国のフェルドレスは随伴歩兵ではなく無数の小型の子機を従え、その援護の元戦場を進む。

くす、とミチヒが笑う。

『リトはでも、操縦士《オペレーター》の人たちとは仲良くできてたじゃないのですか』

「あーうん。言葉がわかんないならわかんないなりに、遊べるものだったよね意外と」

プロセッサーとちょうど同年代の、十代後半の少年兵たちはなにしろ物心ついて初めて見る他国人に興味《きょうみ》津々《しんしん》で、暇を見つけては機動打撃群の隊舎に遊びに来ていたのである。

菓子を交換しあったり、絵合わせのカードゲームをしてみたり軍隊定番の腕立て伏せの回数を競いあったり。最終的にお互い調子に乗って、チリソースと聖教国特有の香辛料をお茶に加えながら回し飲むチキンレースをしていたら、シンと聖教国側の上官らしい年かさの少年が叱りに来て。——そうだ、その時に彼らの軍団長の肖像画を見せてもらったのだった。淡い金髪と金の目の雫金種《シトリン》の少女が、まるで宝物を扱うみたいな手つきで見せてくれた、おとぎ話の妖精みたいな姫君の絵姿。

「貴女に栄誉を、ヒエメルナーデ《レマ・レフォア・ヒエメルナーデ》。我らを導け星たるレェゼ《ツリジュ・ユーナ・レェゼ》……だっけ」

そういう意味だと教えてくれたのは、ブリーフィングに来ていた聖教国の参謀官だ。連邦の言葉がわかる彼も、その言葉を唱える時には真珠色の軍服の胸元に手を置いていて、絵姿を収めたロケットか何かがその手の下にあるのだと知れる敬虔《けいけん》な手つきだった。

崇拝。熱狂。あるいは——信仰。

そんな風に見る対象は、神様も天国も信じないエイティシックスにはいないけれど。

おりしも〈レギンレイヴ〉の居並ぶ格納庫の外、灰の雪降る白紙地帯の戦場からはリトが口にしたのと同じ歓呼が聞こえてきて、作戦が開始されたのだとそれで気づく。聖教国の貌《かお》のない兵士たちが、彼らの将姫を称《たた》える言葉。

——レマ・レフォア・ヒエメルナーデ！

——ツリジュ・ユーナ・レェゼ！

作戦の第一段階の開始。聖教国軍二個軍団から成る陽動部隊の、出撃だ。

通信回線越しに轟《とどろ》く歓呼に応えるように、ヒェルナは片手の指揮杖を、軽く石突を真珠光沢の床について鳴らす。しゃらん、と硝子《ガラス》の鈴が涼やかに、冷ややかに鳴る。

「地のさだめと護国の誇りの下に、――シガ＝トゥラ、出陣を。この地の戦は我らが戦。我らこそ本攻の心持ちで、あい務めなさい」

ヒェルナの号令はやはり高く澄んで、そして独特の繊細な反響で灰の戦場に玲瓏《れいろう》と響く。煌《きら》めく珪砂《けいしゃ》の微細な響きに、次の瞬間軍団全員が咆哮《ほうこう》したかのような鯨波《げいは》が返る。

思わずレーナは気圧《けお》されてしまう。――これほどの大軍勢を、レーナは指揮したことはない。

「すごい――のですね」

レーナよりも更にいくつも年下とは思えぬ統率力、兵の支持だ。ほとんど熱狂、狂信とすらいえるほどの。

ヒェルナは正面スクリーンを見上げたまま、こちらを見ない。彼女が指揮する第三軍団〈シガ＝トゥラ〉の、連銭葦毛《れんぜんあしげ》の駿馬《しゅんめ》の部隊章。

「我が軍団のこどもたちは誰もが皆、〈レギオン〉に親兄弟を殺されておりますれば」

あ、とレーナは目を見開く。

聖教国では生まれた家で、就くべき職業が決まる。軍人たちはつまり軍人の家系の生まれで、それならこの十一年の聖教国での戦死者は、全員が今、戦場に立つ兵士たちの家族だ。

軍団を構成する五つの師団の、それぞれに動くシンボルを見上げたまま、まだ紅も引かない珊瑚《さんご》色の唇が一瞬、涙を堪える様に引き結ばれた。

「――わたくしも、」

わずか十五歳で軍団長を務める、務めねばならぬ、彼女の家門。

「わたくしの家族も、〈レギオン〉に。――レェゼの家門は、聖者の家門。祀《まつ》りごとを司《つかさど》る聖者は政《まつりごと》たる戦も司《つかさど》りますれば、十一年前の開戦時にレェゼの一族はみな将として出陣したのです。そして全員が戦死した。わたくし以外の、全員が」

聖者とはノイリャ聖教における高位聖職者の呼称だ。聖教国では高位の聖職者はそのまま政治上の高官であり、また軍指揮官でもあるらしい。けれど開戦時にはまだ幼すぎて戦場には立たなかったろうヒェルナ以外の、まさか全員が。

それほどの――激戦。

落日の金色をしたヒェルナの双眸《そうぼう》が、一瞬苛烈な光を帯びる。

けれど振り返った時にはその白貌は、元のやわらかな微笑だった。

「それを知っているから、皆わたくしを慕ってくれるのです。――わたくしたちは皆、家族を亡《な》くした……仲間ですから」

〈アルメ・フュリウーズ〉の周囲には進発順に〈ジャガーノート〉が固まっていて、その一角、待機状態の〈ヴェアヴォルフ〉の傍《かたわ》らにいたライデンが片手でインカムを抑える。目を向けたシンに、見返して言った。

「――シン、陽動の聖教国第二、第三軍団が動いたぜ。現時点では進捗通りだ。俺らの進発も、予定通りじきに始まる」

「了解。――フレデリカ、お前も移動を」

血赤《ちあか》の双眸《そうぼう》と静かな声が向けられて、うむ、と少し誇らしくフレデリカは頷《うなず》く。――この作戦ではフレデリカはレーナと同じ発令所配備ではなく、その異能を用いた観測員として戦列に加わる。今は前線後背に控えるリトやミチヒたちと同じ旅団本隊、その射撃大隊への配備だ。

「聖教国の陽動部隊が〈レギオン〉前線部隊を引きつけている間に、そなたら挺進《ていしん》大隊が前線後背に進出、攻性工廠型《ハルシオン》を作戦域に拘束。その上でわらわたち本隊は陽動により生じた敵部隊の間隙《かんげき》を通過、〈レギオン〉支配域六〇キロ地点まで進出し、攻性工廠型《ハルシオン》を撃破する……であろ。――作戦概要はこのとおり、きちんと把握しておる。任せておくがよい」

頷《うなず》いてみせて。

ふと、笑みを消してフレデリカはシンを見上げる。

「――わらわを使う、決心はついたのかの。シンエイ」

それはこの作戦で、観測員の役割をフレデリカに任せることではなく。

〈レギオン〉全停止の号令を、帝国最後の女帝に下させることへの。

「……正直、気が進まないことに変わりはないけど」

小さく嘆息してシンは応じる。戦いぬくを誇りとした、エイティシックスの彼。少女一人に人類の命運を背負わせることを、少女一人を戦争終結の贄《にえ》とすることをその誇り高さと優しさから彼は良しとせず、……けれどその結果、彼の戦友の一人は戦いぬく道を絶たれた。

その酷薄《こくはく》な天秤《てんびん》を、苦く、けれど目を逸《そ》らさず見据える瞳。

「セオのような犠牲を、これ以上は増やせない。あいつにおれは何もしてやれなくて、けど、これについてはできるんだから、……やらないわけにはいかないと思う」

エイティシックスの仲間たちだけではなく。機動打撃群の戦友たちだけではなく。〈レギオン〉に対峙《たいじ》するあらゆる戦場で、今この時も失われゆく全ての兵士たちを——これ以上失わせぬための戦いを。

見上げてフレデリカは言葉を紡《つむ》ぐ。真摯に。——その選択の責を彼一人には負わせぬために。

「言うたであろ。わらわとていつまでも、子供ではない。そなたとてライデンや、ヴラディレーナは恃《たの》みとするであろ。同じようにわらわを頼ったとて、それは戦友の力を借りるだけのことじゃ。……負い目に思うことではないわ」

「準備が全て、終わるまで実行はさせない——お前を犠牲にはしないのも変わらないからな」

「過保護な兄さまじゃのう。……仕方がないの。そなたを、共和国と同じにはさせられぬ」

やれやれと苦笑し、――思いついてつけ加えた。

「……したがあの厄介者の切り札については、いかにそなたが過保護でも次からは願い下げじゃからの」

「ああ……」

攻性工廠型《ハルシオン》は元が自動工場型《ヴァイゼル》、電磁砲艦型《ノクティルカ》であるとおり、極めて巨大だ。〈レギンレイヴ〉の八八ミリ砲は無論、〈ヴァナルガンド〉の一二〇ミリ砲や〈バルシュカ・マトゥシュカ〉の一二五ミリ砲でさえも撃破するには威力が足りない。

それゆえの新兵器、それゆえの観測員《フレデリカ》なのだが――なにしろその、新兵器というのが。

「……毎度毎度、いきあたりばったりだの」

「対策が用意されてるだけ、今までよりはまだマシだと思う」

突然誰かの声が割りこんだ。

「――我らが黒鳥が、持たざる者らにはさぞ羨ましいのでしょうけれど、卑賤《ひせん》とはこれだから嫌ですわ。酸《す》い葡萄《ぶどう》の逸話さながら、狐狼豺虎《ころうさいこ》の如《ごと》き下民は貴人を妬むものなのですわね」

ぴりっとフレデリカは眉を上げる。

「……なんじゃと？」

というか。

誰だ。

割りこんだつんと権高《けんだか》な声に、さすがにシンは面食《めんく》らう。何しろ軍基地にはあるまじき。

「そもそも這《は》いつくばるが如《ごと》きみすぼらしい骸骨風情《ふぜい》が、お兄様と〈ヴァナルガンド〉をさしおいて主力面とはかはたら痛いのです！　誇り高く雄々しき騎士の有り様、この機に見習うが良いのですわ！」

甲高い――幼い少女の声だったので。

無意識に目を向けた、フレデリカの目線の高さにはその少女はまだ辛《かろ》うじてつむじしか届いていない。更に視線を下げる。猫のように吊《つ》り上《あ》がった、金色の瞳と目が合う。

十歳ほどの小柄な少女だ。きつく巻いた、薔薇《ばら》色《いろ》に近い真紅の髪を仔犬《こいぬ》の垂れた耳のように頭の左右に結い上げ、最前線近くにもかかわらず緋色《ひいろ》の絹のドレスと赤い宝石のティアラ。

なんというか、全体的に真っ赤な少女だ。

彼女自身に見覚えはなかったが、その赤一色の外見はこの派遣で見慣れていて、マスコットの少女だろう。攻性工廠《ハルシオン》型の確実な撃滅と、情報収集のためにシンたち第一機甲グループに加えて派遣された、もう一個の連邦の機甲部隊の。

シン自身、八六区では彼女と大差ない年齢で戦場に出ていたわけだし、ついフレデリカで見

慣れてしまったけれど、連邦軍のマスコットといい〈シリン〉たちといい聖教国軍の軍団長だという少女といい、どこも非常識だなと今更ながら思いつつシンは応じる。

「かたはら、か？」

「あっ」

意外と素直に、マスコットの少女は声を上げた。

フレデリカが遠慮なく（おそらく最前の意趣返しのつもりで）噴きだしたものだから、少女はきりきりとまなじりを吊《つ》り上《あ》げる。

「なんですの！　生意気な！」

「なんじゃと！　そっちこそ生意気な！」

シンはげんなりとため息をついた。

リトのことはたしなめたけれど、ミチヒにとっても聖教国の軍の様子は少し不気味だ。

輝く真珠色の無貌《むぼう》の兵士たちに、無数の小さな子機を連れた見慣れぬ形状のフェルドレス、何よりまるで巡礼にでも向かうかのような、見慣れた合理と殺伐ではなく荘厳《そうごん》と敬虔《けいけん》に満ちた聖教国軍の様子。

それがミチヒにはどこか頼りなく、薄っぺらい。エイティシックスはほとんどが神様も天国も信じないから、そのせいだろうか。

がざ、とインカムが雑音を発して、知覚同調《パラレイド》ではない通信回線越しの声が言った。

『緊張してるのかな、お嬢さん。——大丈夫だ。我々ミルメコレオ連隊はか弱き聖教国の民草も君たち機動打撃群のいたいけな子供たちも、必ず守り通してみせるから』

その天鵞絨《びろうど》を撫《な》でるような、居心地が悪いくらい滑らかな旧ギアーデ帝国の貴族階級訛《なま》り。

大陸随一の大国で諸侯の人数も多かったギアーデでは、貴族訛《なま》りといっても幾つかあるらしい。ミチヒの書類上の保護者の訛《なま》りとも、リヒャルト少将やヴィレム参謀長のそれとも違って耳慣れないせいか、なおさら気障《きざわ》りだ。

ともあれ青年に聞こえないように、ミチヒはそっとため息をつく。この相手なりに気を遣ってくれているのは、わかるのだが。

ちらりと見やった先、格納庫の中には彼女の〈ファリアン〉を含めた〈レギンレイヴ〉の純白の機影の他に、もう一つ別の機群が控える。蹂躙《じゅうりん》をその任とする頑強な八脚。堅牢な複合装甲に鎧《よろ》われた厳《いか》めしい車体。二挺の重機関銃に、戦車型《レーヴェ》や重戦車型《ディノザウリア》をも相手取るための強力無比な一二〇ミリ滑腔砲《かっこうほう》。——ただし装甲の塗装は連邦の鋼色《はがねいろ》ではなく、鮮やかな辰砂《しんしゃ》の。

連邦の主力フェルドレス、M4A3〈ヴァナルガンド〉。

この作戦で協同する、同じ連邦から派遣された部隊の所属機だ。

「義勇機甲連隊ミルメコレオ——でしたか」

あまり関心はなかったが、事情はグレーテから一通り説明されている。かつての大貴族の私兵部隊を、連邦軍に組みこんだのだという部隊。

塗装色が辰砂《しんしゃ》なのは〈ヴァナルガンド〉に加え、随伴する装甲歩兵の装甲強化外骨格《アーマードスケルトン》〈ウルフヘジン〉も同様で、なるほど貴族趣味といえば貴族趣味だ。聖教国の灰の戦場にも連邦西部戦線の市街や森にも、どんな戦場にだって溶けこまないだろう場違いなまでの派手派手しさ。合理の支配する現代の戦場で仰々しくも名乗りを上げる、時代錯誤の鎧騎士のような。

朱《あか》い装甲は薄明りを鏡のように均一に弾いて、それは塗装面に傷の一つもないためだ。初陣《ういじん》に備えて塗装し直し、磨き上げたのかもしれない。歴戦ゆえに装甲に無数の傷を負い、それを当然として気にも留めない〈レギンレイヴ〉とは真逆の、――戦知らずの無傷。

「親切のつもりなのはわかりますが、そっちこそ初陣《ういじん》の新兵に子供扱いされるいわれはないのです。……馬鹿にしないでほしいのです」

聖教国軍第三機甲軍団の五個の師団はそれぞれ機動を開始して、そのどれもまだ〈レギオン〉との交戦は始めていない。ふう、と一息をついたヒェルナが、レーナを見上げてそういえば、と小首を傾《かし》げる。

「義勇連隊の方々は、どのようなお人なのでしょうか？　わたくしあまり、お話しできなかったのですが……」

むしろ、それならエイティシックスたちとは話したのだろうかとレーナは思う。レーナたち連邦派遣旅団に与えられた宿舎は、聖教国軍のそれとは別だったのだが。

「エイティシックスの方々は、格納庫や会議場や回廊でお会いした時など気さくに応じてくださって、遊んでいただいたりもしていたのですが」

話していた。

絵合わせが得意なことには感心してもらえたんですよ、とヒェルナはにこにこしている。

「戦場を故郷とする精鋭たちと伺ってはいましたが、仲良くしていただけて本当に良かったです。エイティシックス同士も、ずいぶん仲良しのようでしたし」

レーナも微笑《ほほえ》ましく、少し誇らしく微笑《ほほえ》んで応じる。

「八六区の戦場を、戦いぬいてきた戦友同士ですから、彼らは。それで……すみません、わたしも共和国軍人なので、連邦軍の事情にはあまり詳しくなくて」

代わってマルセルが、説明してやりなさいと参謀たちに促される形で口を開いた。

「元々帝国貴族が持ってた、所領の連隊の名残っすよ」

ヒェルナの金色の、大きな澄んだ瞳に見つめ返されてマルセルはどぎまぎと目を逸《そ》らす。

「帝国の頃は、領主もそれぞれ軍隊持ってたんで。連邦ができた時にほとんど連邦軍に統合されたんすけど、一部の有力者は私兵として幾らか手元に残すの許されたんです。で、帝国だと軍人になる権利は貴族とその配下が独占したから、所領連隊もほぼ貴族の子弟とか、その家門に連なる血筋の出とかで」

貴族が即《すなわ》ち戦士階級であった帝国においては、従軍とは市民の義務ではなく、王侯にのみ許された権利だった。

「だからミルメコレオの連中も、多分元貴族の子弟っす。主君にあたるブラントローテ大公家は焔紅種《パイロープ》の権門だから、あいつらも焔紅種《パイロープ》の貴公子様ってことです」

「なるほど……」「そうなのですね……！」

存外に流暢《りゅうちょう》な説明に、レーナもヒェルナも感心して頷《うなず》く。なるほど言われてみれば作戦会議やブリーフィングで顔を合わせたミルメコレオ連隊長や士官たちは、貴公子の名に相応《ふさわ》しい品の良い好青年ばかりだったが。

説明した当のマルセルは、けれど、何やら納得のいかない顔をしている。

「ただ、……それにしては、あの人たち、」

真珠色をした臨時格納庫をさっきからちょこまか走り回っているのは、マスコットを見慣れたベルノルトや戦闘属領兵《ヴァルグス》たちからしても幼すぎる、ようやく六、七歳の少女だ。

水晶の柱結晶を彫りぬいたらしい振り香炉を、聖教国軍の兵士たちの頭上で振り回しては何やら唱えているので出撃前のお祈りか何かなのだろう。ベルノルトたちのところへもぱたぱた走ってきて、長い杖《つえ》の先に吊《つ》られた振り香炉を頭上にかざしてくれたので何となく頭を下げた。聖教国軍の通訳の若い兵士が、少し慌てて駆け寄ってきた。

「失礼、連邦の下士官殿。出陣の前に祝福を受けるのが我が国の習わしなのですが、ご不快に思われたのでしたら——……」

「ああいや、ありがてえっすよ。——ありがとな、お嬢ちゃん」

後半は連邦の言葉がわからないためだろう、きょとんと、少しばかり不安そうに通訳とベルノルトとを見比べていた少女にしゃがんで目線を合わせて言う。礼を言われたと雰囲気で察した少女が、ぱっと輝くように破顔する。

ちょうどこの作戦で協同するミルメコレオ連隊の、特徴的な色彩の一団が格納庫に繋《つな》がる通路を通りすがるのが見えたので、ベルノルトは声をかける。

「あんたらもどうっすか。初陣《ういじん》前に祝福をいただいたら、」

言葉はおろか、視線一つも返らなかった。

いかにも育ちの良い、整った体つきと姿勢の士官の一団は、けれど聞こえなかったかのように、ベルノルトたちがそこにいないかのように歩み去る。犬の仔《こ》にでもそうするように。

ふん、と戦闘属領兵《ヴァルクス》の一人が鼻を鳴らす。

「派遣された時からあんなですから、もう慣れましたけど。ほんっと感じ悪いすね連中」

「ま、お貴族様だからな。こっち人間扱いしてねえのは、どこの領主も変わんねえだろ」

戦闘属領兵《ヴァルグス》を人獣と見下しているのではない。帝国貴族は同じ貴族以外を、人間だと見なしていないのだ。臣民も人獣も、彼らにとっては等しく視線をくれてやる価値もない下賤《げせん》。その扱いはある意味では平等で、だからベルノルトはいまさら腹も立たない。

幸い少女も気にした様子はなく、今度はサイス戦隊のプロセッサーを祝福している。

「うちっとこの元ご主人様は、俺らが嫁もらったのガキ生《ガキども》まれたの親父《おやじ》殿が見事戦死したのってたびに、欠かさず宴席に酒の樽《たる》よこすくらいはしてたじゃないすか」

「そりゃあうちの殿さまは、戦上手の夜黒種《オニクス》だからな」

「ああー……てことは、ひょっとしなくてもそれもあるんでしょうね」

ベルノルトや部下たちが生まれた戦闘属領《ヴォルフスラント》は、夜黒種《オニクス》の所領だった。夜黒種《オニクス》の元手駒というなら、焔紅種《パイロープ》の貴族の子弟にはなおさら目障《めざわ》りということだろう。

一瞥《いちべつ》もくれず歩み去っていった真紅の髪か双眸《そうぼう》の、焔紅種《パイロープ》の士官たち。先頭の女性の大尉は金色の髪をきつく編み上げていかにも高潔な女騎士といった印象で、従う青年士官たちの端正な髪形や手入れされた指先や、体にぴったりと合う誂《あつら》えものの搭乗服や。

貴公子、淑女という言葉をそのまま具現化したかのような。

そこでふと、怪訝《けげん》にベルノルトは振り返った。いや待て。……そうだとすると一つ妙だ。

焔紅種《パイロープ》の、真紅の髪か双眸《そうぼう》。金色の髪をした女性士官。

「……あの連中、」

少女二人のきんきん高い声の罵り合いは、残念ながらなおも続く。

「だいたい、何が『我らが黒鳥』じゃや。あの鳥めは――〈トラオアシュヴァーン〉は先技研が開発したものであろ。直衛とて機動打撃群が任されておるというに、図々《ずうずう》しい」

「聖教国までの移送を任されたのは我がミルメコレオ連隊の勇士たちですわ！　野卑なエイティシックスには、このような繊細な兵器を運ぶなどできるはずもありませんから当然です！」

「それはたしかに言うとおりじゃや。――のろまの〈ヴァナルガンド〉には、駄馬の役割こそお似合いじゃからの」

「そっ、そちらこそ、脚に任せて逃げ回るだけの卑怯《ひきよう》者の〈レギンレイヴ〉が……！　そなただってそのような貧相な軍服で、何が勝利の女神《マスコット》ですの！」

「戦場と舞踏会場を勘違いしたご令嬢はさすが、言うことが違うのう。その役にも立たない御大層なドレスで、よもや〈レギオン〉を魅了するつもりかや」

ライデンはそ知らぬふりで〈ヴェアヴォルフ〉のコクピットに退避していて、一方で挟撃を受けたかたちのシンは逃げ場がない。というかフレデリカが搭乗服の袖をしっかりつかんでいやがるので逃げられない。

少女は細いヒールを履いた足でどかどか地団太を踏んでいる。

「もー！　なんですの！　そうやって兄君の背中に隠れて、臆病者！」

「羨ましいのかの、役立たず」

「こっ……この……つるぺた！」

「ちんちくりん！」

そろそろシンもたまりかねた。

「いいかげんにしろ、大人げない」

「そろそろ淑女の振舞じゃないぞ、姫殿下」

新たな声が割りこんだ。少女たちがぴたりと黙った。

黙りはしたが互いに敵意は剝《む》きだしのまま、仔猫《こねこ》が睨《にら》みあって唸《うな》るみたいな雰囲気に辟易《へきえき》しつつ、シンは声の相手に目を向ける。

今度は、知っている声だ。派遣前の顔合わせで、聖教国に来てからの何度かの会議と合同訓練、ブリーフィングで、言葉を交わした相手。

「うちのマスコットが失礼を、大尉。マスコットのお嬢さんも」

その旧帝国貴族階級特有の、細身の体軀《たいく》と端整な容貌。纏《まと》う機甲搭乗服《パンツァーヤッケ》はデザインこそ連邦軍制式のものだが、色彩は特別に誂《あつら》えたらしい辰砂《しんしゃ》で、腕章の部隊章は獅子《しし》と大蟻《あり》の混ざりあう奇怪な怪物。旧ブラントローテ大公領、義勇機甲連隊ミルメコレオ連隊長——

「……ギュンター少佐」

「ギルヴィースでいい、と、会うたび言っているんだけどな……」

肩を落としつつ歩み寄ってくるその人は二十歳そこそことまだ若い。明るい緋色《ひいろ》の髪を端正に短く整え、シンやフレデリカとも同じ焔紅種《パイロープ》の血赤《ちあか》の双眸《そうぼう》。

くるりと身を翻《ひるがえ》して少女がギルヴィースに泣きつく。長身のギルヴィースに小柄な少女がしがみついたものだから、高い背を折り曲げるようにして受け止める形になる。

「あーん、お兄様！　やはり下賤《げせん》なエイティシックス風情《ふぜい》が、お兄様をさしおいて主力面《づら》をするのは許せませんわ！　今からでも交代させられませんの⁉」

「またなんてことを言うんだ……非礼にもほどがあるぞ、姫殿下。それと、大尉とも機動打撃群のマスコットの子とも初対面なのだから、まずはきちんと挨拶をしなさい」

人の好《よ》さそうな純朴な顔立ちを、精一杯厳しくしてたしなめる。むー、と不満も露《あら》わに頰を膨らませて姫殿下とやらが見上げるのにも動じない。

結局姫殿下は、ドレスの裾を軽く持ち上げて渋々と一礼した。

「……義勇機甲連隊ミルメコレオが勝利の女神《マスコット》、スヴェンヤ・ブラントローテですわ。よろしくお見知りおきを、シンエイ・ノ、ノウゼン、ノウゼン大尉。あと生意気な腰巾着」

ノウゼン、に妙なアクセントをおいて言う。――ブラントローテ家はミルメコレオの主であり、ギアーデ帝国においては夜黒種《オニクス》の棟梁《とうりょう》たるノウゼン家と対立した焔紅種《パイロープ》の権門だ。

あからさまな挑発に再びフレデリカが口を開きかけたので、制帽を鼻先まで引き下げて黙らせる。話がややこしくなるから、そろそろ黙っていてほしい。

ところで。

「ミルメコレオは派遣旅団本隊配備でしょう。少佐は今、ミチヒ少尉たちと前線に移動しているはずでは」

「いや、実は……恥ずかしながら姫殿下が寝坊して。緊張で昨晩寝られなかったらしくて」

「お兄様っ！」

真っ赤になってスヴェンヤが叫んだ。

ギルヴィースは気まずく余所《よそ》を向いて、整えた爪の先でこめかみのあたりを掻《か》いている。

「貴婦人の身繕いを待つのは騎士の義務とはいえ、まさか作戦開始を遅らせるわけにもいかない。だから本隊は副長に任せて先に行ってもらったんだ。〈ヴァナルガンド〉一個小隊くらいなら移動にはさして時間もかからないから、進発時刻前に追いつける。……それに、作戦が始まる前に一度、君と話がしたかったんだ。ノウゼン大尉」

見返した先、ギルヴィースは肩をすくめる。

「エイティシックスを率いる死神、混血の『ノウゼン』。――何を思って戦ってるんだろうと、ずっと気になっていたんだ。君は俺たちと同じなんだろうと思っていたから」

「………？」

不意に、気がついた。

シン自身は父と同じ夜黒種《オニクス》の黒髪だが、兄は母から受け継いだ焰紅種《パイロープ》の真紅の髪だった。その兄や母の髪と、ギルヴィースのそれは色合いが違う。傍《かたわ》らのスヴェンヤが、まさしく焰紅種《パイロープ》の真紅の髪をしているからその人工的な緋色《ひいろ》が際立《きわだ》つ。染めているのだ。そしてスヴェンヤの金色の、おそらくは陽金種《ヘリオドール》の血が混じった双眸《そうぼう》と、今まで気にも留めていなかったが思い返せば誰も彼もが焰紅種《パイロープ》と別の民族の混血だった、ミルメコレオ連隊の士官たち。

帝国貴族は混血を忌《い》む。——帝国が連邦に変わって十年、その価値観は未だ薄れていない。

なるほどそれで、と、わずかに苦く思った。

蟻獅子《ミルメコレオ》。獅子《しし》の頭と蟻《あり》の胴の混成怪物《キメラ》。——異なる二種が、混じりあった存在。

貴族の血を引きながら一族とは認められない、混血の子弟たちからなる部隊。

「まあ、どうやら違ったみたいだけどな。ノウゼン侯は、君にはいいお祖父《じい》さんなんだろう。ただ……それなら君は、どうして戦うんだ？」

「…………」

小さくシンは嘆息した。……以前にも、あの時はユージンに、同じことを聞かれたが。

「……ギュンター少佐。作戦は開始されています。あまり時間は」

ギルヴィースは困ったように笑う。

「ああ。だから、これだけ教えてもらえたら、……俺としては嬉《うれ》しいよ」

帝国貴種に連なる混血ながら、家門の道具として扱われてはいないシンに。

「――。……戦争を、」

家族を、大勢の戦友たちを。八六区では自由と未来を。奪い去っていった災禍を。

セオの片腕と未来を――飲みこんだ鉄の暴虐を。

「終わらせたいので。――それを、おかしいと少佐はお思いでしょうか」

「ああ。だって、この戦争が終わったら君も君の仲間も、今の英雄扱いからただの子供だ。君たちは優れた戦士だけれど、戦士である技量以外には何も持たない。それなのに？」

「英雄になりたいと、思っているわけではありませんから」

ギルヴィースは淡く、どこかほろ苦く笑った。

「そうか。……羨ましいな。俺は――俺たちは、そんな風に強くは在《あ》れない。なれるのならなりたいよ。今からでも」

英雄に。

戦士たるを誇りとした、かつての帝国貴族。その頂点たる戦場《いくさば》の君臨者に、――一門とは認められずとも、貴種の血を引く者として。

あるいは、認められぬからこそ、貴種たる一人と証明するために。

神妙な顔で聞いていたスヴェンヤが、辰砂《しんしゃ》の搭乗服の袖を引いて訴える。

「ですから、そうなのですからやはりお兄様！」

「姫殿下、だから駄目だって」

「――ご兄妹《きょうだい》なのですか?」

ファミリーネームは異なるが、類推される出自からすれば実の兄妹《きょうだい》でもおかしくはないが。

ギルヴィースは悪戯《いたずら》っぽく片眉を吊《つ》り上《あ》げる。

「あ、初めて質問してくれたな」

思わず鼻白んだシンに、笑って続けた。

「似たようなものだよ。姫殿下だけじゃなくて、俺たちミルメコレオは全員同胞で、きょうだいだ。血は繋《つな》がってたり繋《つな》がってなかったりするけど。――君たちもそうだろ?」

機動打撃群の。――八六区の戦場を共に生きぬいたエイティシックスたちは。

少し考えて、シンは頷《うなず》いた。その点においてはたしかにギルヴィースの言うとおり、ミルメコレオ連隊の者たちと自分たちエイティシックスとは、同じ関係性だと思った。

血は繋《つな》がらない。けれど同じ戦場を故郷とする同胞で、同じ誇りを絆《きずな》とした兄弟のような。

「……そうですね。では、『妹』を頼みます、少佐」

「ククミラ少尉だな。任せてくれ、大尉」

力強く頷《うなず》いて見せたギルヴィースは、それからふっと肩の力を抜くように苦笑した。

「ついでにあの厄介者の黒鳥も」

「――ええ、」

先進技術研究局設計案《プラン》一七二〇、〈黒死鳥《トラオアシュヴァーン》〉。

先技研が開発を進め、けれど大攻勢で電磁加速砲型《モルフォ》を迎撃するには間に合わず、電磁砲艦型《ノクティルカ》とそれに続く攻性工廠型《ハルシオン》の登場により戦線投入が決定された、連邦製のレールガンである。

フェルドレスが対峙《たいじ》するには巨大にすぎる攻性工廠型《ハルシオン》を、完全破壊するこの作戦の要。今は前方、ミチヒやリトたち旅団本隊に配備され、その護衛を受けながら進む予定の連邦派遣旅団の切り札だ。四〇〇キロの射程を持つ常識外れの巨砲に、同じく四〇〇キロの彼方《かなた》から反撃を加え、一撃の下に仕留めるを目的に開発された、こちらも常識外れの大口径超長距離砲。

ただし現時点では。

「未完成の試作品だから仕方ないとはいえ、あのレールガンはまだ投入には早すぎると思うんだけどな」

常識外れの大口径超長距離砲――になるはずだった、未完成の試作品である。

初速こそ秒速二三〇〇メートルと火砲の初速の限界を上回るが、電磁加速砲型《モルフォ》の秒速八〇〇〇メートルには未だ遠く及ばない。射出可能な弾頭重量も同様だ。それでも戦車型《レーヴェ》くらいなら数百キロの彼方《かなた》からでも破壊できるが、攻性工廠型《ハルシオン》ほどの巨体を撃破するには試算では一〇キロ地点まで距離を詰めねばならない。長距離砲の名が泣く超至近距離だ。

かつかつと軍靴《ぐんか》の足音を立てて辰砂《しんしゃ》の搭乗服の一団が歩み寄ってきて、先頭にいた金髪の女性大尉が――見事なまでにシンにもフレデリカにも一瞥《いちべつ》もくれずに――敬礼した。

「少佐。──そろそろ出《い》で立《た》ちのお時間なれば」

「わかった、ティルダ。姫殿下、行こう。話をしてくれてありがとう、ノウゼン大尉」

「はい、お兄様」

女性大尉の振舞は今更どうでもよかったが、続くギルヴィースとスヴェンヤのやり取りには違和感を覚えてシンは顔を上げる。

「──最前線にまでマスコットを？」

単座の〈レギンレイヴ〉と違い、〈ヴァナルガンド〉のコクピットは縦列複座式──二人乗りだ。緊急時に備えて砲手席《ガナー》と操縦士席《オペレーター》、どちらにも機体の全操作が集約できるよう設計されてもいる。操縦も射撃もできないマスコットを乗せて戦場に赴くことも、だから〈ヴァナルガンド〉には可能なのだろうが──……。

果たしてギルヴィースは平然と頷《うなず》く。

いかにも育ちのいい、純朴な。人の好《よ》さそうな笑顔のまま。

「勝利の女神だ。……当然だろ？」

辰砂《しんしゃ》の一団が歩み去るのを見送って、フレデリカがちらりと見上げる。

「観測員の名目でわらわを〈トラオアシュヴァーン〉配備とし、その割にわらわの進発をこうも遅らせたのは、あやつとわらわが顔を合わせるを避けようとしたのじゃな、シンエイ」

「……ああ」

むしろ裏目に出てしまったが。

そう問うからには、フレデリカも気づいたのだろう。スヴェンヤが名乗った後も、シンはフレデリカに名乗る機会を与えず、ギルヴィースとの会話もあえて続け辛《づら》いように話していた。

「ブラントローテについて、将どもに何を言われてきたのかは知らぬがの。そう警戒せずとも大丈夫じゃ。ギュンターの一門はブラントローテ家の傍流。帝室にとっては陪臣ゆえの。じゃからそう、仔《こ》を守る狼《おおかみ》のように牙をむかずとも大丈夫じゃ」

「…………。たしかに、それもあったけど」

派遣前に、顔を合わせても問題はないが注意はしておけと前置きして、リヒャルト少将から聞かされた。帝国末期の、焔紅種《パイロープ》の貴族同士の確執。帝室を奉じる帝室派と、帝位簒奪《さんだつ》を狙う新帝朝派。

新帝朝派の領袖《りょうしゅう》であるブラントローテ大公家は、帝国最後の女帝アウグスタの――フレデリカの敵だ。

それは帝国が斃《たお》れ連邦へと変じた、今であっても変わらない。簒奪《さんだつ》者が己の正当を主張する手段の一つが、旧王家との女子との婚姻だ。女帝であるフレデリカには――新帝朝派にとっては未だ、奪取すべき価値がある。

けれどギルヴィースをシンがああも警戒したのは、それだけが理由ではなくて。

「派閥がどうこうじゃなくて、あの男個人に信用がおけないと思った。……うまく言えないけど、なんていうか」

それは初対面の、連邦での顔合わせの時から。

思い返してシンは目を細める。……ギルヴィースに覚えた不吉さが何と酷似しているのか、不本意ながらそれで思い至ってしまった。

虚無の匂い、といえばいいのだろうか。目的だけが唯一で、それさえ果たせばあとはどうなろうと、たとえ死んでも構わないと心底思っている者の気配。

「八六区にいた時のおれと。……同じ感じがする」

†

『――ヴァナディースより挺進《ていしん》大隊各位。第二フェーズに移行。準備を』

「了解」

†

それがわかるなり、シデンはシンの元へ向かった。

聖教国に派遣された、その日の夜。それをシンが聞き取った本当にその日のうちに。

「連れてけ。あたしを。――あいつを討つのはこのあたしだ」

シンの異能が聞き取れる範囲は、かつては共和国八六区全戦線の〈レギオン〉を把握していたほどの極めて広範囲に及ぶ。

共和国をも超えて大陸の西の端、聖教国が対峙《たいじ》する〈レギオン〉集団の声は聖教国まで来なければわからないけれど、聖教国につきさえすれば多くのことがわかる。

連邦と機動打撃群が追う電磁砲艦型《ノクティルカ》が、この戦場に逃げてきたか否《いな》かも。

「シデン」

「隠してたつもりなんだろうけどな、無駄なんだよ。気遣いだったたなら余計なお世話だ」

女性にしては長身のシデンの目線の高さは、シンのそれとほとんど変わらない。両手で胸倉をつかみ、睨《ね》め上げれば文字通りの眼前に相手の双眸《そうぼう》がくる。――冷えて硬い、血赤《ちあか》の双眸《そうぼう》。

最初に見た時から気に食わなかったその冷徹が、今はもはや憎らしいほどだ。

「あたしがあいつを倒す権利を、横取りするなんざたとえお前にも――……」

その双色《ふたいろ》の、手負いの獣のようにぎらつく色違いの瞳。

見据えてシンは繰り返す。

「シデン」

その命令慣れてよく通る、――かつて八六区の戦場に君臨した戦神の声。

斬りつけられたようにシデンが口を噤《つぐ》む。その虚をついてつかみかかる手を振り払い、逆に襟元をネクタイごとつかんで引き寄せた。

「頭を冷やせ。――お前自身が言ったことだ。今のお前は作戦には連れていけない」

――今のお前のその状態じゃ、お前攻略部隊には加えられねえからな、戦隊総隊長殿。

連合王国、竜牙《りゅうが》大山《たいざん》拠点攻略作戦の前に。その時はシデンがシンに言った言葉。

「彼女を倒して、その後は？　そのまま刺し違えても構わないなんて思ってるなら連れていけない。それは刺し違えても構わない、じゃない。刺し違えたい、だ。そんなつもりの奴《やつ》は連れていけない。死にたがりが一人交じっていれば、そのせいで隊の全員が危険に晒《さら》される」

足手まといだ。

ぎりっとシデンは歯を軋《きし》らせる。

シンの言い分は――わかる。悔しいがわかる。戦隊長として、指揮官として当然の判断だ。足手まといは連れていけない。そいつの悲憤や激情など、考慮に入れる必要さえない。こんな綱渡りの作戦だけでなくあらゆる戦闘において、部下全員の命を預かる戦隊長が保つべき当たり前の冷徹だ。

けれど理屈では納得するべきだとわかっていても、感情はそうはいかない。

なんで。お前なんかが。

知った風な。口を。

「刺し違えたい、とか。……なんでそんなことが、お前にわかるって言うんだよ！」

「知っているからだ。――おれは特別偵察で、兄さんを倒すつもりだった」

虚をつかれてシデンは目を見開く。特別偵察。エイティシックスを必ず戦死させるためかつて共和国が下した、生還率ゼロの偵察任務。二年前にシンが課《か》された、事実上の処刑命令。

そして兄を――同じエイティシックスであるはずの兄を『倒す』というならそれは。

〈レギオン〉に。

「そのためだけに八六区で戦っていた。倒してそのまま死ぬつもりだった。……それなのに死にきれずに生きのびた果てが、電磁加速砲型《モルフォ》との戦闘の後のおれだ」

一年前のあの暁闇《ぎょうあん》の、巨竜狩りの戦の果てた後《のち》。

碧《あお》い機械仕掛《じか》けの蝶《ちょう》が乱舞する中にまるで途方に暮れて立ち尽くしているようだった、磨いた骨の純白の、ぼろぼろになった〈レギンレイヴ〉。

なんて情けないのだと、シデン自身が。

「お前がみっともないと嗤《わら》った姿だ。レーナが来なければそのまま死んでいた無様が、今のお前が行きつく先だ。……つれていけない。たとえお前だろうと、死にに行かせるわけにはいかない」

倒すと同時に戦う理由も生きる理由も見失い、……そのまま死の淵《ふち》に堕《お》ちてしまう事態には。

シデンはきつくきつく、歯を食いしばり。

意識して感情を吐きだすように、強く息を吐きだした。

「……こんな時でも言ってくれるよな。たとえあたしだろうと、は余計だろ」

ふん、とシンが鼻を鳴らす。

「その程度の軽口も、今の今までは出なかったわけだろ。らしくない」

「ハイハイそうですねー仰《おっしゃ》るとおりでございますよーハイ」

いかにも厭味《いやみ》ったらしく目を逸《そ》らしたまま、がりがりと頭を掻《か》いてみせた。

いかにも普段の自分の、この相手への振舞のように厭味《いやみ》ったらしく。

「……そうだな。らしくなかった。どうにか作戦までには、らしくなっておくさ。だから、」

腹の底で荒れ狂う憤懣《ふんまん》を、意識しつつも意識の端に置き捨てるように、噛《か》み殺《ころ》すように声を押しだした。

「あたしを外すかどうか決めんのは、ぎりぎりまで待ってくれ」

†

『――で、どうにかあたしは、挺進大隊《こっち》に加えてもらうのに間に合ったわけだけどよ』

属する戦隊を失ったシデンと〈キュクロプス〉が現在、配属されているのはノルトリヒト戦隊。シンが率いるスピアヘッド戦隊の半分と共に、進発順は最初だ。そのシデンからの不意の呼びかけに、シンはちらりと視線だけを〈キュクロプス〉に向ける。〈アルメ・フュリウーズ〉への接続作業の進む〈アンダーテイカー〉の、コクピットの中。

連邦語と聖教国語で交互に成されるアナウンスが、挺進《ていしん》大隊の発進直前を告げる。――格納庫のシャッターを開放。プロセッサーはキャノピ封鎖を確認。防塵《ぼうじん》装備のない要員は格納庫区画外に退避。

『クレナはいいのかよ。置いていっちまって』

そのからかいではなく、案じる響き。

シンは一つまばたいた。

けたたましい警告音と共に格納庫の前面のシャッターが左右に、天井部分が後方へと折りたたまれて灰塵《かいじん》色の空が覗《のぞ》く。光学スクリーン越しのその灰色を見上げて、言った。

「置いていくわけじゃないし、そのつもりもない。……クレナは狙撃手《マークスマン》だ。向いてる役割は別にある」

見慣れた〈ガンスリンガー〉のコクピットは増設されたコンソールやサブウィンドウでごちゃごちゃとして、変換端子を嚙《か》ませて接続した規格の合わないコードやダクトテープの無理矢理の固定で実に乱雑だ。

そんな狭苦しいコクピットで、けれどクレナはうきうきと進発開始を待つ。

陽動として戦闘を続ける聖教国軍と、後方で発進準備を進める挺進《ていしん》大隊。その更に後の進発順を待って待機を続ける連邦派遣旅団本隊の、隠れ潜む臨時格納庫。見慣れた〈レギンレイヴ〉や義勇連隊ミルメコレオの真っ赤な〈ヴァナルガンド〉、それらと共に詰めこまれた連邦の試作レールガン〈トラオアシュヴァーン〉の、架台上に固定された〈ガンスリンガー〉の中である。

電磁加速砲型《モルフォ》を仮想敵として開発された〈トラオアシュヴァーン〉は、その電磁加速砲型《モルフォ》とほぼ同じくらいの全高十余メートル、全長三〇メートルほどにもなる巨体だ。ただし鋼鉄の悪竜の印象だった電磁加速砲型《モルフォ》とは異なり、〈トラオアシュヴァーン〉はその名のとおりに首の長い水鳥が地に伏せたような形状を持つ。――好意的に表現すればの話だが。

なにせ実験施設の試作品の流用なのである。野戦を想定していなくて急遽《きゅうきょ》、取りつけられ

FRIENDLY UNIT

[友軍機紹介]

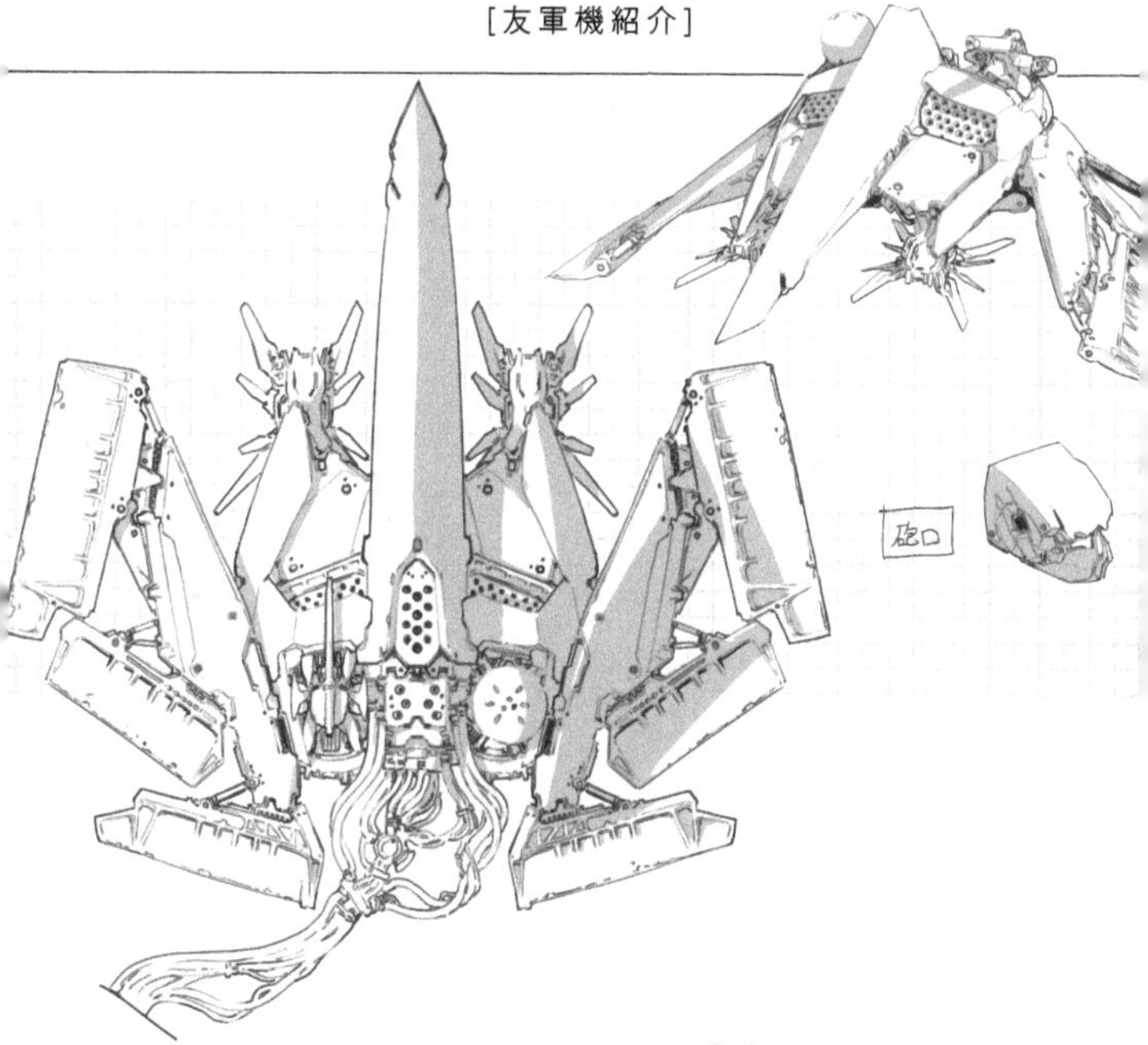

[ギアーデ連邦・試作レールガン]

トラオアシュヴァーン

[SPEC]

[全長] 約40m　[全高] 11.8m
[装備] 300mmレールガン×1
[製造元] ギアーデ連邦・先進技術研究局

〈電磁加速砲型《モルフォ》〉のような大型レギオンに対応すべく、ギアーデ連邦が試作した兵器。急造仕様のため配線等はむき出しで、射撃管制にも〈レギンレイヴ〉を1機用いる。実射性能もレギオン側には未だ追いついておらず、射撃可能回数も少ないことから、前線部隊で脚を止めてからの一撃必中を狙う必要がある。運用に難がある兵器だが、数少ない人類側の切り札である。

たいかにも急造品の防塵《ぼうじん》カバーに、ありあわせの部品を寄せ集めて塗装や日焼けの具合がばらばらの無数の脚部。これも急造の後づけの、脚部制御のための幾つもの操作室でシルエットは左右非対称にでこぼことして、あげく何本ものコードがうねる触手か血管のように〈ガンスリンガー〉に伸びて接続されている。野戦用の射撃管制系《FCS》も未完成で、〈レギンレイヴ〉で代替しなければならないのだ。

共和国でアルミの棺桶《かんおけ》と異名を取った〈ジャガーノート〉に比べてさえ不恰好《ぶかっこう》な、その兵器を任されて、けれどクレナはいたく上機嫌だ。

でたらめな鼻歌がつい、零《こぼ》れる。ぱたぱたと、小さな子供みたいに足をばたつかせた。お出かけを待ちきれない、小さな子供みたいに。

だって嬉《うれ》しい。

この役目を、クレナに任せてくれたのは。

†

「――クレナ」

ついとシンが差しだした〈トラオアシュヴァーン〉のマニュアルが、クレナにはその時、おとぎ話の舞踏会の招待状のように見えた。

灰かぶりが憧れた、お城の夜の舞踏会。銀のドレスと金の靴の、一夜の魔法の舞踏会。ありあわせのファイルに綴《と》じられてまともな表紙もない、間にあわせの急造のマニュアルだなんて、そんなことは関係なかった。どきどきしながら受け取った。

「ブリーフィングで話したとおりだ。〈トラオアシュヴァーン〉の射手はお前に任せる」

「ッ、うん……！」

聖教国北方戦線後背の軍基地の、機動打撃群にわりあてられた居住区画の回廊。ここも真珠色の建材の、正八角形を描く独特の回廊と長く薫《た》きしめられて空気にまで染《し》みついた香木の匂い。血と鉄の臭気を隠すような、沈香《じんこう》の。

試作レールガン〈トラオアシュヴァーン〉。

大まかな性能諸元《スペック》と懸案は、ブリーフィングで説明されている。何しろ実戦投入を想定していない試作品だ。射撃自体は可能でも、火器管制系《FCS》は未完成。戦闘に耐え得る冷却系も。自動装填装置は一応追加されているものの、これも試作品で再装填には二百秒もの時間がかかる。相手の移動速度も遅いとはいえ、これでは撃てても一発か二発。照準補正を人間が代わりに行い、なおかつほぼ必中で当てねばならない。

そんな重大な任務を。自分に。

まだ頼りにしてくれている。

シンはまだ、自分を必要としてくれている。

これはその証《あかし》だ。嬉《うれ》しい。どきどきした。もっとずっと長い距離の、もっとずっと小さな目標だって、今なら百発百中で撃ちぬけるようなそんな気さえした。

同時に。

今度こそ失敗はできないと、高揚する頭の片隅に冷たく硬く氷塊がわだかまる。

氷塊の正体は焦燥で、緊張で、闇雲な不安だ。だって信用して、任せてくれた。だってできると思ったから任せてくれた。

だからこそ決して、失敗はできない。

裏切れない。

今度こそきちんとシンの、みんなの役に立たないと。

「任せて」

みんなと一緒に戦いぬくと、誓いを新たにするように。できないならと奪われるのを恐れるように、マニュアルを抱きしめた。

だって自分にはこれしかない。

戦いぬく誇りしか、あなたの傍《そば》で戦いぬくための技量しか、自分にはないのだから——……。

「今度はぜったい、外さないから。だから——安心して、任せて」

シンは困ったように、気遣うように眉を寄せた。

「そう気負わなくても、お前のことは信頼してる。……見捨てたりしないから」

――みすてないで。

船団国群からの撤収の直前に、クレナがつい、縋《すが》って言ってしまった言葉。

うん、とクレナは頷《うなず》いて笑う。それは、シンはそう言ってくれるだろう。

「うん。それは、わかってる。わかってるけど、でもあたしは、あたしも、エイティシックスだから」

戦いぬく者だから。

「戦いぬくって、あたしたちの誇りを――あたしもちゃんと、守りたいから」

言いきった。シンは何故《なぜ》か――痛みを堪えるように、わずかに顔を歪《ゆが》めた。これも船団国群での撤収の直前に、縋《すが》ったクレナを見てそうしたように。

言うべきかどうか悩むようにしばし沈思し、――今度は静かに口を開いた。

「変わらなくてもいいと、前に言ってたな」

「……うん」

――苦しいなら、無理に変わろうとしないで。

「クレナが変わりたくないなら、変わらないままでもそれはいいと思う。けど、変われないと思っているなら。誇りを呪いのように、考えているなら」

シンはあの連合王国の作戦の時とも八六区の戦場にいた時とも違う、どこかふかい目をしている。

連合王国では薄氷の張り亘《わた》るように脆《もろ》く焦燥に駆られた、八六区では厳冬の湖水のようにしんと凍てついていた血赤《ちあか》の瞳は、いつの間にか雪解けを迎えて、穏やかに凪《な》いで。

その双眸《そうぼう》がクレナを映す。気遣うように。痛みを堪えるように。

目の前にいるのに、どうしてこんなに——遠いのだろう。

「……それこそ無理に、背負わなくてもいいと思う」

†

『——カタパルトレールの冷却完了。全ジョイントのロックを確認。最終チェックリストの全項目を完了』

全長九〇メートルの、二条一対の長大なレールが、反動吸収用鋤状部品《スペード》と陣地転換時の移動の役目を果たす二対の脚部の上で金属の軋《きし》る叫喚で回る。

格納時には翼のように折り畳まれ、今は展開されて槍《やり》の穂先のように斜めに天を仰ぐレール。長大なそれを除いてなお全長は四〇メートル、かの電磁加速砲型《モルフォ》にも比肩《ひけん》する大きさだ。塗装色は連邦の鋼色《はがねいろ》でも製作した盟約同盟の焦茶でもなく、亡霊騎行《アルメ・フュリウーズ》の——闇夜を征く亡霊の軍勢を意味するその名にちなんだ青みの漆黒《ガンメタル・ブラック》。

似たものは何度か、エイティシックスたちも目にしている。

電磁加速砲型追撃作戦《モルフォ》において使われた地面効果翼機《ランドクラフト》〈ナハツェーラー〉の発進機構。

連合王国で鹵獲《ろかく》し運用した〈レギオン〉特殊支援種、電磁射出機型《ツェンタウアー》。

そして船団国群で乗りこんだ、征海艦《せいかいかん》〈ステラマリス〉の飛行甲板に設置されていた、艦載機発進のためのカタパルト。

『――Mk1《マークワン》〈アルメ・フュリウーズ〉、投射準備完了』

実に二四基の宵闇色の爬竜《はりゅう》が、レール上にそれぞれ〈レギンレイヴ〉を乗せてゆっくりと立ちあがる。

「今更なんだけどよ。あんた教官として機動打撃群に派遣されてんだよな、オリヴィア大尉」

迎撃された場合の戦力や指揮権継承を鑑《かんが》みて、同じ挺進《ていしん》大隊、同じスピアヘッド戦隊でもライデン率いる第二小隊は、シンの第一小隊とは同時には進発しない。

〈アルメ・フュリウーズ〉のカタパルト上、発進指示を待つシンたちの〈ジャガーノート〉はライデンのいる地上からは十メートル以上も高みにある。見上げていた視線を傍《かたわ》らに移すと、共に進発を待つ第三小隊の中、純白の機群の中にぽつりと異質な焦茶の〈ストレンヴルム〉。

第三小隊は前衛《ポイントマン》を務めるセオが抜けてその穴を埋めなくてはいけないから、近接戦闘を得手とするオリヴィアが加わってくれるのは助かるは助かるのだが。

「実戦部隊にまで加わっちまってよかったのか？　ましてや挺進《ていしん》部隊に」

『……さて、教官が前線に出てはいかんという法があったかね？』

応じる、オリヴィアは己の乗機――〈アンナマリア〉の中で長い髪を結い直しているらしい。後頭部高く束ねあげた髪が擦れる音と、きりきりと鳴る引き絞られる髪紐《ひも》。

それは古《いにしえ》の剣士が愛刀を鞘走《さやばし》らせ、または弓兵が弓弦《ゆづる》を張るように。

『〈アルメ・フュリウーズ〉はこれが初の実戦で、〈羽衣〉を用いての挺進《ていしん》も君たちは実戦ではこれが初めてだ。――経験者で教官の私が、同行するのは当然だろう』


尚武を以《もっ》て王侯の誇りとなす連合王国では、王子さえもがフェルドレスを駆る。

ヴィーカの連隊の副長としてこの派遣で彼の代理を務めるザイシャも、それは同様だ。必要とあらば領地を、世継ぎの子を守り戦うのがロア＝グレキアの貴族の姫。フェルドレスの操縦技術を身につけるのは銃や兵の扱い同様、はしたないどころか称賛される美徳だ。

『――様。許容される重量の範疇《はんちゅう》で追加装甲は施してございますが、〈アルカノスト〉は軽装甲です。どうぞ、普段の感覚では戦われませぬよう』

「承知しています。ありがとう、大尉」

恭《うやうや》しく告げられた部下の言葉に、挺身《ていしん》大隊の一角で短くザイシャは応じる。二つに結って編みさげた髪。眼鏡の奥の紫の瞳。

彼女が普段、駆るのは通信・電子戦能力を強化した専用の〈バルシュカ・マトゥシュカ〉だが、挺進《ていしん》大隊に加わるには〈バルシュカ・マトゥシュカ〉は重い。同程度の電子戦能力を急遽《きゅうきょ》、持たせた〈アルカノスト〉がこの作戦でのザイシャの乗機となる。

挺進《ていしん》作戦では進出した小規模の部隊は、一時的に敵中に孤立するかたちとなる。孤立している間は阻電攪乱型《アインタークスフリーゲ》の電磁妨害《ジャミング》で電波が阻害されるから、挺進《ていしん》大隊は〈ヴァナディース〉の情報支援を受けられない。挺進《ていしん》大隊同士のデータリンクも状況次第では途絶してしまう。それらを本隊に代わり提供するために、ザイシャと彼女の〈クローリク〉が挺進《ていしん》大隊に同行するのだ。

通信の中継任務についてはいずれは〈シリン〉に代替すべきだろうが、〈アルメ・フュリウーズ〉を用いるのは機動打撃群でもこれが初めてだ。どんな不測の事態が待ち受けているかわからない。融通が利《き》くとは言えない〈シリン〉には任せられないと、ザイシャ自身が志願して。

すべてはこの身を捧《ささ》げて尽くすべき主君の。

「我らがヴィークトル殿下の御為に。──クローリク、務めを果たして参ります。地上部隊の指揮はよしなに」

スピアヘッド戦隊所属とはいえ、プロセッサーでは最も練度の低いダスティンは挺進《ていしん》大隊ではなく〈トラオアシュヴァーン〉と共に進撃する派遣旅団本隊だ。一時的に配置替えとなり、スピアヘッド戦隊を後方に残して前線に待機する彼の耳に、知覚同調《パラレイド》越しの声が響く。

『――ダスティン君』

アンジュ？

設定を確認すると、同調対象は自分一人だ。他のスピアヘッド戦隊の隊員と同様、挺進《ていしん》大隊配属の彼女が進発前に、一体どうしたのだろうかと怪訝《けげん》に思いつつダスティンは身を起こす。

「どうし――……」

『私をおいては死なないって、言ってくれたわね』

言いながらアンジュは思いだす。

長いようでまだ半年とない機動打撃群での日々の、ダスティンと交わした会話の数々。誇りを差しださざるを得なかった船団国群の人々。志半ばで戦いぬく道を絶たれたセオ。

数日前、偶然通りすがってつい聞いてしまった、クレナとシンの会話。

〈トラオアシュヴァーン〉の射手の役をクレナに任せて、その時にシンがクレナに言った言葉。

誇りを。――祈りや願いだったはずのものを、呪いのように。

その時からずっと、考えていた。自分はどうだろうと、考えざるを得なかった。

──私はまだ、ダイヤ君が。

それは、嘘《うそ》じゃない。でも。

──ダイヤ君のようには、貴方《あなた》を思えない。

これは、本当は嘘《うそ》だ。

なんとも思っていないなら、パーティーで最初に手を取ったりしない。洞窟の探検に連れ立って歩いたりしない。……仲間たちとではなく二人きりで、夜光虫の海を眺めたりしない。

それでも応じられずにいたのは、だってそれではダイヤを裏切るようで。

だってそれは、ダイヤを忘れてしまうようで。

でもそれは。

まるでダイヤを、立ち止まったままでいるための言い訳に──呪《い》しているようでもあって。

ダイヤ君は今の卑怯《ひきょう》な私を、……喜んではくれないわよね。

一つ、息を吸って、聞こえないようにそろそろと吐いた。

何故《なぜ》だろう、ひどく──おそろしかった。また失ったらと思うとおそろしかった。

必死に堪えて、告げた。

『その言葉、信じてもいいかしら？　──私も必ず、貴方《あなた》のいる場所に帰ってくるから』

一瞬ダスティンは目を見開く。

そして力強く頷《うなず》いた。

「ああ！」

『連邦派遣旅団の、連邦軍人とエイティシックスの皆様。こちらは聖教国軍第三軍団軍団長、ヒェメルナーデ・レェゼです。——これよりの攻性工廠《ハルシオン》型討滅《とうめつ》、どうぞ、よろしくお願いいたします』

連邦の部隊に割り当てられた周波数で発信された少女の声に、クレナはあっと顔を上げる。

あの子か。聖教国の将軍の一人だという、フレデリカより二、三歳年上だという程度の、クレナよりも幾つも年下の小柄な少女。

機動打撃群の宿舎にもしばしば顔を出していたから、クレナも知っている。ごく短くだけれど言葉も交わした。何日か前、そう、ちょうど。

〈トラオアシュヴァーン〉の射手をシンから任された時に。

†

——それこそ無理に、背負わなくてもいいと思う。

誇りを。命尽きる最期《さいご》の瞬間まで、戦いぬくというエイティシックスの有り様を。

「それはっ……！」

クレナにはおよそ、受け入れがたい言葉だ。躍起になって言い返そうとしたところで、ふっとシンが片手をあげて遮る。わずかに鋭利を帯びた視線が向かう先を、不満を飲みこみつつクレナも目で追う。

曲がり角の柱は乳白色の硝子《ガラス》の女神像柱《カリアティド》で、灯《あかり》を散らして虹の七色に煌《きら》めく。この大陸を象《かたど》ったのだという、首を断たれた翼ある女神像。

その柱の陰に半ば隠れて、小柄な長い金髪の、妖精みたいな少女が立ちすくんでいた。

「すっ、すみません……！　お邪魔を、その、決して覗《のぞ》き見るつもりはなくて……！」

耳まで真っ赤になってあわあわと言う。

それでクレナも、目の前の少女が向かい合うシンとクレナについて、一体何をどう誤解したのかを悟る。

「——ちっ、違うから！　あたしそんなんじゃないから！」

慌てて口走ってしまってから、何を言ったか理解して余計にクレナは慌てる。毎回つい否定してしまうのだけれど、まさかシン本人の前で。

クレナがおたおたする一方で、こちらも毒気を抜かれた様子でシンが言う。

「聖教国軍の軍団長、ですよね？　レェゼ二将でしたか、……どうしてわざわざこちらに？」

「ぐんだんちょう⁉」

「いっ、いえ、わたくしは父母の跡を継いだだけでして……」

ついクレナは大声を出してしまって、ヒェルナは今度はおろおろする。

どうにか気を落ち着けてから、言った。

真摯な瞳。熔《と》け落ちる陽の、金色の。

「ご挨拶をしたいと思ってきたんです。エイティシックスたち。仰《おつしや》るとおり、わたくしは軍団長ですから我が軍団を代表して、わたくしたちを救ってくださる貴方《あなた》がたに」

まだあどけない、清楚《せいそ》な顔が素直な笑みにほころぶ。

「わたくしと同じく、幼い身で戦火を戦いぬいてきた貴方《あなた》がたに」

†

同じ声が、無線の無粋な雑音を越えてなお、玲瓏《れいろう》と響く。

『どうか、わたくしたちを救ってください、異国からの英雄たち。……御身に地の姫神の祝福と守りが、鋼鉄の騎馬に大地の堅固と峻厳《しゅんげん》が宿りますよう』

きっとあのまだあどけない顔を凜《りん》とひきしめて、精一杯背筋を伸ばしているのだろう彼女。わたくしたちを、救ってください。

「うん。任せて」

——同じ言葉を、いつか言った。無意識に右手が太腿《ふともも》に止めた拳銃に触れる。

九ミリ口径、内蔵撃針式《ストライカー》の自動拳銃。八六区で多くのエイティシックスが携行していたように、自害と戦友の介錯《かいしゃく》のために連邦軍でも支給されるものだ。

クレナはいずれの目的のためにも、まだ撃ったことはない。

その役目を八六区にいた頃から、皆の代わりに負っていたのは。

「ノウゼン大尉。じきに挺進《ていしん》大隊の進発が始まります。——〈アルメ・フュリウーズ〉を用いる、初めての作戦です。どうか……十全に、いつも以上に気をつけて」

挺進《ていしん》大隊の進出先は、今回も〈レギオン〉支配域の奥深くだ。逃げ場がない。何か一つの手違いで、シンを含めた挺進《ていしん》大隊は敵の軍勢の真っただ中に取り残されてしまう。

その恐怖は本当はいつも、作戦の間レーナの心臓を冷やす。

加えてこの作戦では万一警戒管制型《ラーベ》か、対空砲兵型《シュタッヘルシュバイン》に検知された場合、挺進《ていしん》大隊には成す術もないのだ。危険性はむしろ、これまでよりも高い。

前の作戦でだって、摩天貝楼《まてんかいろう》から落ちたシンは――帰ってこられなかったかもしれないのに。

背筋に氷塊を通されたように、身が震えた。戦慄を必死に押し殺そうとして殺しきれなかったレーナに、シンは苦笑したらしかった。

『船団国群から帰る時の命令は、忘れていませんよレーナ。……あれはさすがに、忘れられそうにない』

「シン――……！」

揶揄《やゆ》する響きに、レーナは思わず声を上げる。

だって今。シンは明らかに、唇に触れた。知覚同調《パラレイド》越しにもそれがわかった。

あの時レーナが口づけた。……その前にも実は後にも、何度か重ねた唇。

同調しているのが互いだけだからいいようなものの、……いや、〈アンダーテイカー〉を含めた〈レギンレイヴ〉のミッションレコーダーには作戦中の搭乗者の発言が記録される。シンはその記録に何度か痛い目を見せられたそうで、それに懲りてか今の発言は言葉を聞いただけでは詳細のわからないものだったけれど、詳細がわかるレーナはそれでも恥ずかしい。デブリーフィングでグレーテに、これはどういう意味なのとか聞かれたらどうするのだ。

……どうもしない。そうなったらシンに説明させてやる。

「仕返しのつもりなんでしょうけど。その時はシンも道連れですからね」

『ああ、仕返しをされる自覚はあったんですね。船団国群まで一か月も放っておかれて、これはそろそろ拗《す》ねてもいいかなと思っていたんですが』

「そうですけど……だってその、言い訳になってしまいますけど訓練センターは物理的に回線がないし手紙も禁止だし、そのせいで一か月も空いてしまって気まずくて……その……」

言ってから自分でも、やっぱりあんまりだなと思った。

「……ごめんなさい」

くつくつと笑い声が返った。

『ようやく答えてもらえたんですから、すぐ死ぬような真似《まね》はしませんよ』

だからそんなに、心配しなくて大丈夫だから。

言外に言われた言葉に、レーナは微笑《ほほえ》む。そうだった。そうレーナ自身が望んで、奇跡を願って、あの時誓いあったんじゃないか。

それからちょっとした意趣返しを思いついて言った。

「ええ。……それとシン。実は〈ツィカーダ〉を着るのに、また上着を借りています。……香水、普段もつけてるんですね。シンの香りがするので、なんだか落ち着きますね」

『ッ⁉』

何やらシンが激しく咳《せ》きこむのが聞こえた。思わぬ不意打ちにむせたらしい。

はしたないけれどざまあみろとか思いつつ、レーナは澄まして続ける。

「これからは作戦の度に借りることにしますね。不安な時とかはぎゅーってしたりしますね」

『…………』

何を想像したのか、黙りこんでしまった。

……さすがにこれ以上いじめるのは、作戦直前だし良くないか。

「作戦が終ったら、直接返しに行きますから。……直接返させてください。これから先の全部の作戦で、借りて、返させてください」

どうか。無事で。

「行ってらっしゃい」

『ええ――……』

言いさして、ふっとシンは口を噤《つぐ》んだ。

そして言い直した。

『――行ってくる』

短いその言葉に、レーナは目を見開く。

行ってきます、ではなく。

それからくすぐったく笑った。

作戦開始の直前だ。そんな場合ではないというのに上官ではなく戦友に、あるいは――共に生きると誓った相手に向けるその言葉遣いが、無性に嬉《うれ》しかった。

「はい。――気をつけて！」


『進路クリア。――〈アルメ・フュリウーズ〉、投射開始！』

阻電攪乱型《アインタークスフリーゲ》は進路上にも展開しているからまったくクリアではないし、だいたい仮にも人間が駆るフェルドレスを撃ちだすのに投射はないだろう、などと軽口を叩《たた》く余裕は誰にもない。

スターティングブロックに似たシャトルが〈レギンレイヴ〉を牽引してレール上を疾走する。

電磁カタパルトの猛烈な加速。シミュレーターと連邦本国での訓練、シンは〈ナハツェーラー〉でも体験した加速だが、正直まだ慣れられない。

まばたきの内にシャトルはカタパルトレールの端から端までを駆け抜ける。レールの先端で硬い音響を響かせて急停止、ロックを解除。

軽量とはいえ一〇トン強のフェルドレスを、力まかせに投げ上げた。

遥《はる》か高い、北の空へと。

盟約同盟製、Mk1〈アルメ・フュリウーズ〉。

天空を征く戦乙女の名を持つフェルドレスに、その名のごとく天空を進撃路となさしめるための電磁カタパルト。〈ナハツェーラー〉のごとくに、艦載戦闘機のごとくに〈レギンレイヴ〉

を離陸させるための——空挺《くうてい》兵装の片割れだ。

重力を振りきり、上昇する〈レギンレイヴ〉はもう一方の空挺《くうてい》兵装内部にその身を隠している。〈フリッガの羽衣〉。その識別名で呼ばれる推進装置。

纏《まと》った者を鷹《たか》へと転身させる、伝承上の羽衣の名だ。その名のとおり〈レギンレイヴ〉に天を駆けさせ、その姿を眩《くら》ませるのがこの推進装置の役割だ。

空力的に安定しない形状の陸戦兵器を包みこむフェアリングと、合わせて一〇トンを優に超す重量を遥《はる》か高空まで持ち上げるための二基のロケットブースター。フェアリングがシャトルを離れると同時にロケットに点火し、安定翼が展開。推力を得て〈フリッガの羽衣〉はまっしぐらに遥《はる》か天空へと駆け上る。羽衣の名さながら全面に纏《まと》う無数の、鳥の羽の大きさと薄さの銀の薄片が可視光を、更には電波をも弾いて煌《きら》めく。

焔《ほのお》の翼を得、銀の羽衣に身を隠して。〈レギンレイヴ〉の一群は上昇する。


前線、見上げるギルヴィースの目に、今まさに天空を駆け抜けていく〈ジャガーノート〉の姿は映らない。地上の人間の目に映るような高度ではないし、速度でもない。

ただ、そのいるだろう灰の曇天を見上げて独りごちた。

「戦神にして死の神が率いる、夜空征く亡霊の群。亡霊騎行《アルメ・フュリウーズ》……か」

FRIENDLY UNIT

[友軍機紹介]

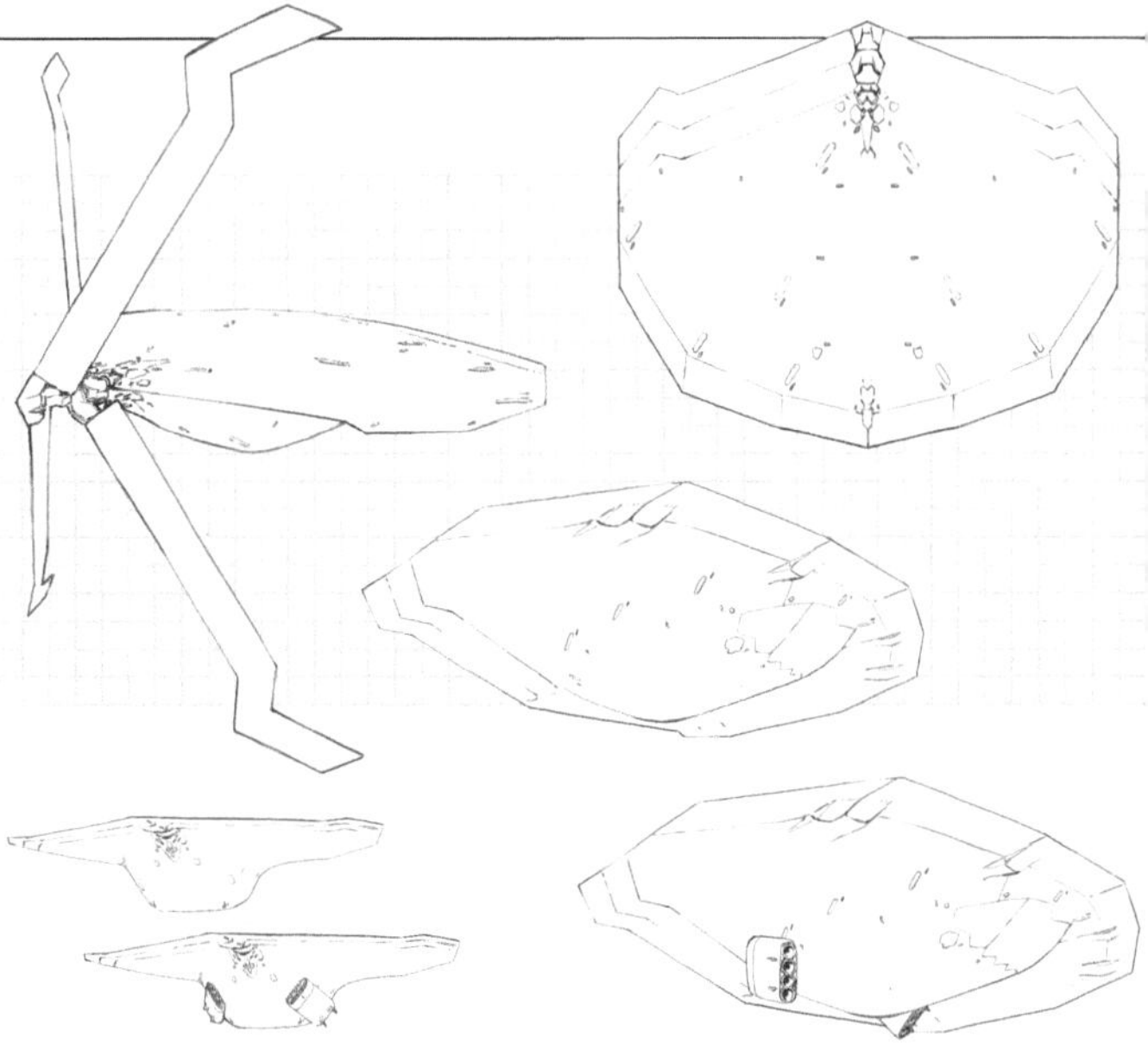

[〈レギンレイヴ〉用・特殊空挺兵装]

フリッガの羽衣

[SPEC]

[全長] 13.83m [翼長] 16.34m
[装備] ロケットブースター×2
[製造元] 盟約同盟・ヤーセン第二工廠

〈レギンレイヴ〉を離れた戦域に投入するための大型空挺兵装。連合王国・竜牙大山での戦いで鹵獲・使用した〈電磁射出機型《ツェンタウアー》〉をベースに、ヴァルト盟約同盟の協力の下開発した強化型自走電磁カタパルト〈アルメ・フュリウーズ〉にて地上から射出され、最高高度に達した後に展開される大型回転翼を用い、一定距離を飛翔の後に降下する。〈阻電撹乱型《アインタークスフリンゲ》〉のデータから開発した素材を全体に用い、高いステルス性能を持つ。

亡霊の群を引き連れる戦神は、同時に死せる戦士の軍勢を統《す》べる死神。

戦神の下に集められた戦死者は死して後も、永劫《えいごう》の戦に勇んでその身を捧《ささ》げるのだという。

そのことを、率いる戦神自身は一体どう感じているのだろうか。

一つ、首を振り、己の〈ヴァナルガンド〉を立ちあがらせた。本来の塗装色の鋼色《はがねいろ》から、ミルメコレオ連隊特有の辰砂《しんしゃ》に塗り替えられた〈ヴァナルガンド〉。パーソナルマークは仔牛《こうし》頭の海亀——識別名〈モックタートル〉。

「モックタートルより全機。——我々も出るぞ」

〈フリッガの羽衣〉が纏《まと》い、また外装の各所から周囲に散布する銀の薄片群の正体は阻電攪乱型《アインタークスフリーゲ》の翅《はね》だ。正確にはそれを模して造りだされた模造品。これまで機動打撃群が強襲をかけ、制圧してきた〈レギオン〉生産拠点。その一つである竜牙《りゅうが》大山《たいざん》拠点から、ゼレーネと共に回収したサンプルを元として。

可視光を含めたあらゆる電磁波を、攪乱《かくらん》し屈折し吸収する金属箔《はく》の鷹《たか》の羽。盟約同盟の開発時の愛称もそのまま〈真白斑《ましらふ》の羽〉だ。

その攪乱《かくらん》能力はこの高度よりも更に高みを飛ぶ警戒管制型《ラーベ》の広域レーダーにも、地上に潜む対空砲兵型《シュタッヘルシュバイン》の対空レーダーの電波にも、等しく発揮されて〈レギンレイヴ〉を隠す。

ただし航空機のジェットエンジンでは、インテークに吸いこんでエンジンが破壊されてしまうことに変わりはない。銀の翅《はね》の雲の中を進軍できるのは燃焼にあたり吸気を行わないロケットエンジンだけで、効率の極めて悪いそれではとてもではないがジェットエンジンの代替とはならない。

可能なのはただ、戦闘機よりも軽い重量を、片道飛行で天空高く投げ上げることだけだ。生身で機外にあったなら肺が凍《い》てつくほどの高度に達したのを、ホロスクリーンの高度計にシンは確認する。ロケットエンジンの燃焼が終わる。役目を終えたそれが〈羽衣〉から切り離される。

代わって折りたたまれていた、滑空用の翼とプロペラが展開。――ロケットエンジンの効率は、極めて悪い。飛翔《ひしょう》に使えるのは連邦軍とてほんのひととき、必要な高度を稼いだ後はその高度を移動のエネルギーへと転換する滑空を以《もっ》て、機械仕掛《じか》けの亡霊騎行《アルメ・フュリウーズ》は進軍する。

人造の翼が風をはらむ。機体の移動方向が、上昇から下降へと転じる。

全身の血と内臓が浮き上がるような、独特の浮遊感には未《ま》だ慣れない。無意識に身を強張《こわば》らせた――本来空など飛べぬ人の本能が、遥《はる》か天空からの墜落の感覚に恐怖を覚えて。

凍《い》てつく高空の大気を斜めに斬り裂き。空挺《くうてい》大隊は敵陣営の最奥《さいおう》へと、まっしぐらに滑空を開始した。

〈レギオン〉哨戒《しょうかい》部隊の交戦開始はこの極西の戦場でも、上空を舞う警戒管制型《ラーベ》へと即座に集約される。

†

その一つ、補給のため前線へと急行していた回収輸送型《タウゼントフュスラー》からの報告に、警戒管制型《ラーベ》は焦《あせ》りこそしなかったものの刹那、判断をつけかねて沈黙した。

《データベース未登録の機体の残骸を発見。ロケットエンジンと推定》

けれど当該区域に、敵機侵入の報告はない。最前線を見張る斥候型《アーマイゼ》からも戦線後背にて空を監視する対空砲兵型《シュタッヘルシュバイン》からも、警戒管制型《ラーベ》自身のレーダーでも。

一方発見されたエンジンは高温で、落ちて間もない。発見されず、当然撃破もされていない不明機のエンジンだけが落ちているなら、それは征路の途中で破棄されたものだ。

——何らかの電磁妨害装置《ジャミング》を併用し、レーダーを欺瞞《ぎまん》しての空中挺進《ていしん》。

おそらくは〈レギオン〉自身がたまさか行う、斥候型《アーマイゼ》にロケットブースターとグライダーを装備させての空挺《くうてい》と、同じ装備を用いての。

それなら敵の、空挺《くうてい》部隊の目標は——……。

《イーグル・ファイヴよりプラン・フェアディナント。敵機侵入》

　これまで戦闘態勢になかった後方、切り札たるそれに警告を発した。〈レギオン〉支配域深部への空中挺進《ていしん》。その目的が、前線の撹乱《かくらん》程度ではよもやあるまい。

《目的はプラン・フェアディナントの撃破ないし鹵獲《ろかく》と推定される。警戒を》

《プラン・フェアディナントよりイーグル・ファイヴ。了解》

《統合機能活性。コラーレ・シンセシス、起動スタンバイ》

《メ、リ、ユ、ジ、ー、ヌ、・、ワ、ン——戦闘起動、スタンバイ》

†

「——気づかれたな」

　戦闘起動を示す攻性工廠型《ハルシオン》の咆哮《ほうこう》に、シンは目を眇《すが》める。

　けれどその光学センサもなんらかの対空兵装もこちらに向く気配はなくて、発見されたのは空挺《くうてい》大隊そのものではなくその痕跡、切り離したエンジンの残骸だろう。〈真白斑《ましらふ》の羽〉の迷彩効果はこの近距離でも〈レギンレイヴ〉を敵機から隠し、一方でこちらの光学スクリーンについに表示される鉄色の巨影。降下予定地点、上空に到達。

　当然、攻性工廠型《ハルシオン》の嘆きの声はずいぶん前から、亡霊の声を聞く彼の異能が捉えて幽《かす》かに聞こえ続けている。

「……こういうことになるならもっと早く、制御できるようになっておくべきだったな」

斜め後ろを滑空するシデンの〈キュクロプス〉を一瞥《いちべつ》して、知覚同調《パラレイド》も拾わない声量で呟《つぶや》いた。

降下は続く。眼下に攻性工廠型《ハルシオン》の巨体が迫る。——阻電攪乱型《アインタークスフリーゲ》を光学迷彩に用いた高機動型《フォニクス》と同様に、〈フリッガの羽衣〉はレーダーに加えて可視光線も欺瞞《ぎまん》する。〈レギオン〉特有の蒼《あお》い光学センサはなおも〈レギンレイヴ〉の一群を捉えず、純白の機影は不可視の羽衣の加護の下、無数に林立する高層建築の陰に紛れる。降下先は聖教国軍のかつての基地、その前には都市だった廃墟《はいきょ》だ。

墓標群のようなビルディングの群が、〈アンダーテイカー〉を攻性工廠型《ハルシオン》から隠す。灰に覆われた地面がみるみる近づく。高度計と連動し、自動で開いた減速用の二対目の翼が急激に機体の落下速度を奪う。

『〈フリッガの羽衣〉、除装《ディスコネクト》』

ホロウィンドウの表示に続けて、滑空翼が、フェアリングが排除《パージ》。直後に衝撃。強烈な着陸の衝撃が、機体を駆け抜ける。

降り積もった火山灰を激しく蹴立てて。

銀と灰に染まる戦場に——純白の戦乙女の群が、舞い降りた。

間章　青い鳥はどこにいたのか

「坊主《ぼうず》もとうとう、明日で帰国か」

船団国群に残った重傷者は順に連邦の病院へと転院していて、セオを含めた最後の移送対象の帰国が明日だ。長いようであっという間だった、北の海辺の街への滞在。

「うん。……その。お世話になりました」

軽く低頭すると、イシュマエルは顔をしかめて片手を振った。

「やめてくれ。頭下げるのはこっちの方だ」

「だって、艦長」

「もう艦長じゃねえよ」

「……大佐、忙しいのにしょっちゅう見舞いに来てくれたでしょ」

無駄に真っ赤な薔薇《ばら》の花束を抱えてきたり、入院患者で逃げられないからって地元民が旅行者からかう類のご当地珍味を持ちこんだり。

最初の時なんかシーツ被《かぶ》ってお化けのふり、なんてベタな悪戯《いたずら》をしやがったので、思わず怒鳴って物を投げてしまった。もうとにかく鬱陶しくてうるさくて、……ありがたかった。一人でそっとしておかれたらもっと鬱々と、余計なことを考えこんでしまっていた。

——最初からちゃんと話を聞いて、もっと考えていたらよかったのかもしれない。

誇りなんて、大事に抱えこんでいたつもりでもこんな世界で、それさえ失《な》くすかもしれないということを。それでも生きないといけないということを。

言葉は知らず、ぽろりと零《こぼ》れた。

「……言っていい？」

仲間たちには、たとえシンにも、言えない言葉。

そうなりたくないのに重荷になってしまうとわかっているから。情けなくてみっともなくてとても、仲間たちには知られたくない弱音だから言えない言葉。

でも。このひとならきっと、——受け止めてくれるから。

「プロセッサー、やめたくない」

言うと、ぼたぼたと何かが床に落ちた。

涙だった。

「戦いたいわけじゃないけど、みんなと一緒に最後まで戦いたかった。次の作戦も、一緒に行きたかった。……こんなの嫌だ。こんな中途半端《ちゅうとはんぱ》な、終わり方なんか嫌だ」

「――そうだな」

イシュマエルは深く頷《うなず》く。

そのふかい、知らない南の海のような翠《みどり》の瞳。

もう顔もろくに覚えていない、父親の目もきっとこんな色彩をしていた。

「そうだな。わかる、なんて軽く言えたことじゃねえが」

「わかってくれるでしょ。だって――〈ステラマリス〉も」

「……ああ。最後の出撃だった」

電磁砲艦型《ノクティルカ》に負わされた損傷にもあの巨艦は自走不能とはならなかったが、もう修繕する体力が船団国群にはない。まして征海艦隊《せいかいかんたい》は再建できないのは作戦で聞いたとおりだ。

戦後の海軍復活を考慮し、資材転用は先送りになったそうだが、それもいつまで言っていられるか。

たとえ戦争が終わっても、再建なんかきっと、何十年も先だろう。

征海艦《せいかいかん》や破獣艦《はじゅうかん》、遠制艦《えんせいかん》の建造は船団国群の独力ではなく、〈レギオン〉戦争以前のギアーデ帝国の資金援助と技術支援も得てのことだ。今は滅びた、ギアーデ帝国。〈レギオン〉戦争には不要な造船技術はどこまで継承されているものか、セオもイシュマエルも知らない。継承などされていなくて、あるいは連邦からは協力が得られずに、二度と再建なんてできないかも

しれない。

「俺は征海氏族じゃなくなった。──本当は、屑鉄《くずてつ》狩りに征海艦隊《せいかいかんたい》を持ちだした何年も前から

ずっとそうだったんだ」

それでも、生きていかなくてはいけない。

生きているのだから失った誰かに、恥じるようには生きられない。

イシュマエルも。自分も。

そのために。

「僕にも見つかるかな。次の何かって」

「見つかるさ。それに急ぐ必要もねえよ。俺だって何年も悩んで迷ったんだ。だから……わけ

わかんなくなっちまったら相談くらい乗るよ。千年前の、親戚だもんな」

摩天貝楼《まてんかいろう》拠点攻略作戦の前にも聞いたその言い回しに、今度はセオは苦笑する。

あの時の闇雲な反発はもう、感じなかった。

人は血と地の縁《えにし》で形作られる。以前、フレデリカに言われた言葉だ。

あの言葉は正しくて、でも、間違ってもいた。

なるほど人は、──自分たちエイティシックスも、己一人では己の形を保てない。帰る場所

が、共に生きる誰かが、誰であっても必要だ。

でも、自分たちは──あの時も今も、一人じゃなかった。

仲間がいた。自分ならシンやライデンや、アンジュやクレナが一緒だった。

その仲間こそが、居場所であり彼を形作る〝縁《えにし》〟だ。互いに互いの形を、支え合う同胞だ。

戦えなくなった今でも、望めばいつでもそこに帰れるのだと今なら自分は信じられるから
——だから自分の形を、見失わなくて済む。

仲間たちがそうと、信じさせてくれる。

同時にグレーテやエルンストや、連邦が自分たちに求めていたことも、今ならわかる。

血の縁《えにし》と、地の縁《えにし》。自分たちが失ったもの。

それは取り戻せる。

家族も故郷も、生まれた時にだけ得られるものではない。行きついた先にもつかめるものだ。

失ってもそれに代わる、居場所を見つけろと。辛《つら》い時に辛《つら》いと言える場所を。弱った時に寄りかかれる相手を作れと。それは同じ魂の形をした同胞だけではなく、その外にも。

目の前の千年前の、親戚みたいに。

「……ありがと、おじさん」

イシュマエルは実に情けなく眉尻を下げた。

「そこはせめて兄さんくらいにしてくれや。イシュマエル兄貴でいいぜって言ったろ」

ふ、とセオは笑う。

たまに会う年の近い叔父に、彼くらいの年齢の甥《おい》っ子がそうするように。

「やだね」

第三章　彼女の首《ビヘッド》を刎ねよ！

「あの……戦隊長。ノウゼン、隊長」


その時クレナはまだシンのことを、ノウゼン隊長と呼んでいた。

同じ戦隊に配属されたばかりだった。

噂《うわさ》だけは、前の戦区にいた頃から聞いていた。八六区の、首のない死神。つき従う〝人狼《じんろう》〟ただ一人以外は、共に戦う誰も彼もが死んでしまうのだという呪われたプロセッサー。その噂《うわさ》とそれに違わぬ冷徹が恐ろしくて、それまではほとんど話をしたこともなかった。

その時のシンはまだ背が伸び始めたばかりで、体つきだって細いというより華奢《きゃしゃ》なくらいだった。口数も表情の変化もひどく乏しかった。あまり他人に、心を許してはいなかった。

クレナの呼びかけにけれど答えは返ることなく、ただ視線だけが向く。

紅《あか》い瞳。

血の色だ。死んだ人か、これから死ぬ人が纏《まと》う色彩だ。

冷えたその色彩に見据えられて、クレナは反射的に身をすくめる。

冷たい死の色をその身に宿しているせいもあるから、この人は死神なんて呼ばれるんだろう。

死んだ仲間の、その名前を。その心を。誰一人見捨てることなくその最期《さいご》まで抱えて、連れていってくれるという役目と共に。

〝我らが死神〟。

神様さえも救ってはくれない彼女たちエイティシックスに残された、ただ一つの得《え》難《がた》き救い。

クレナは昨日、初めて目にした。助からない傷を負ってけれど死にきれず、苦しんでいる仲間を楽にしてやる、撃ち殺してやるその背中を。

「あの……あのね、」

†

攻性工廠型《ハルシオン》が巣食う作戦域は、数年前までは聖教国軍の前線基地で、戦前には古くからの都市だった廃墟《はいきょ》の街だ。仄白《ほのじろ》いタイルの壁が墓石群を思わせる、四角い高層建築の群とそれを囲む石積みの城壁。後方の軍基地と同じ真珠色の建物の群と高射砲塔。

その高射砲塔の陰に、薄く降り積もった灰を蹴立てて〈アンダーテイカー〉は着地する。

吹き飛んだ〈フリッガの羽衣〉が燃え上がり、空中で焼け落ちて火の粉の雨が降る。続けて小隊の五機が周囲に着陸し、無言のままに全機が散開。狙われやすい着陸直後の隙を油断なく潰し、周辺の建物の――遮蔽の陰に侵入して潜む。

「――第四、第五小隊」

『第五小隊、全機着陸成功よ、シン君』

『第四小隊、同じく。――後続着陸を援護する』

呼びかけに、打てば響くように応答が返る。スピアヘッド戦隊第四小隊の小隊長は、かつての共和国第一戦区第一戦隊〝スピアヘッド〟の隊員ではないが、一年前の大攻勢を生きのびた号持ちの一人だ。ライデンやアンジュ、クレナら他の小隊長に、技量でも指揮でもひけをとらない。それはセオに代わってその役についた第三小隊の小隊長も同様だ。

ノルトリヒト戦隊、サイス戦隊からも着陸の報告。続けて第二陣、第三陣。――空挺《くうてい》大隊の所属全機が次々に舞い降りる。

最後に着陸したザイシャの〈クローリク〉が、データリンク中継のための高所に到達。敵味方双方の輝点《ブリップ》が表示。

『クローリク、目標を視認。分析を開始。映像、転送します』

「了解。――各機、現在位置で待機。転送される目標の映像の確認を……」

最後まで言いきる必要はなかった。

ごぉ、と聴音センサは捉えぬ叫喚を無数に轟《とどろ》かせ、光学スクリーンの下半分を埋めつくして、攻性工廠型《ハルシオン》がその巨体をビルディングの向こうに立ちあがらせたからだ。

『っ、嘘《うそ》だろ……!?』

『でけぇ……っ！』

思わず漏れた、誰かの呻《うめ》きが知覚同調《パラレイド》に零《こぼ》れる。――歴戦を誇るエイティシックスでさえそう呻《うめ》いてしまうほど、それは非現実的な巨大さだった。

丘陵のようになだらかに丸い背部とずんぐりとしたシルエットは、うずくまる猪《いのしし》やヤマアラシに似ている。全高およそ四〇メートル、全長については七〇〇メートルはあろうかという、針のない鉄色のヤマアラシだ。

この巨体の前では重戦車型《ディノザウリア》さえまるきり小虫だ。元が自動工場型《ヴァイゼル》である以上本体下部、地面と接するあたりに並ぶのが〈レギオン〉の搬出孔《こう》なのだろうがほとんど針穴にしか見えない。己の身体《からだ》が生みだす死角をカバーするために、貝の目のようにずらりと並ぶ光学センサ。

背部中央に闘魚の背鰭《せびれ》のように、孔雀《くじゃく》の尾のように扇状に広がる、全ての〈レギオン〉に共通した形状の放熱板の列が――この怪物でさえも生産施設ではなく自律戦闘機械《レギオン》なのだという信じがたい、信じたくない事実を無言で物語っていた。

神話の巨獣《ベヘモス》。

その、機械仕掛《じか》けの復活。

黙示録の多頭の竜の首のように――ただし七門ではなく五門、戴《いただ》く八〇〇ミリレールガンが傲然と、廃墟《はいきょ》の瓦礫《がれき》の陰に潜む首無し骸骨《レギンレイヴ》を探して旋回している。

意識して冷静な、声を出した。

「——各位。ブリーフィングで説明したとおりだ。本作戦の目的は、攻性工廠型《ハルシオン》の破壊か、可能な場合の鹵獲《ろかく》。空挺《くうてい》大隊の役割は、攻性工廠型《ハルシオン》を一時的に行動不能に追いこむこと。そして〈トラオアシュヴァーン〉が射撃位置に進出するまで、攻性工廠型《ハルシオン》の注意と対応を引きつけることだ」

作戦立案段階から予測されていたことだが、目視してみればやはり、これほどの巨獣を〈レギンレイヴ〉の八八ミリ砲で仕留めきるのは難しい。大口径のレールガンである〈トラオアシュヴァーン〉による砲撃が、作戦通り必要となるだろう。

「攻性工廠型《ハルシオン》本体の足止めはスピアヘッド戦隊が、レールガンの攪乱《かくらん》と破壊はサイス、ノルトリヒト、スティンガー、フルミナータ、サリッサの五戦隊が担当する。レールガンは向かって左手側から、〈フリーダ〉、〈ギゼラ〉、〈ヘルガ〉、〈イジドラ〉、〈ヨハンナ〉と呼称」

〈クローリク〉は電波の中継に加え、指揮の支援も担当する。光学スクリーンに映る五門のレールガンに、シンが指示したとおりの名称がオーバーライド。電磁砲艦型《ノクティルカ》のレールガンにユートがつけた呼称を、そのまま引き継いだフォネティックコード由来の識別名。

次の作戦には、引き継ぐつもりなどない識別名《なまえ》。

「サイス戦隊は〈フリーダ〉、サリッサ戦隊は〈ギゼラ〉を。スティンガーは〈ヘルガ〉、フルミナータは〈イジドラ〉、ノルトリヒト戦隊は〈ヨハンナ〉を担当。作戦区域には攻性工廠型《ハルシオン》の他に活動状態の〈レギオン〉はいないが、凍結機の伏撃には注意を」

サイス戦隊の戦隊長が応じる。

『了解。——幸い市街地戦でビルもそれなりにあるし、あたしたちレールガン担当は姿を見せて照準を引きつけつつ、建物で射線を遮って進むかたちね』

『レールガンの狙点《クローリク》は、ザイシャも追跡します。弾速からして、射撃後の回避はまず不可能です。照準された場合には警告しますので、回避を最優先として即応を』

『で、俺らアーチャー、クォレルの砲兵戦隊は接近戦の援護の位置取りだな。なるべく見つからないように建物の陰選んで動くのはスピアヘッドと同じ……と』

レールガンの砲塔から、銀糸を編んだ二対の蝶《ちょう》の翅《はね》が悠然と広がる。

排熱のための、レールガンが戦闘稼働《かどう》する前兆の動き。十対、二十枚の翅《はね》が拡《ひろ》がって天を覆う。腹の底にびりびりと響く亡霊たちの無数の叫喚が、攻性工廠型《ハルシオン》の内部から轟《とどろ》き亘《わた》る。

その一つ。一度聞いて覚えた電磁砲艦型《ノクティルカ》の、無数の絶叫が混じりあった断末魔の声。

見据えてシンは目を細める。

——敵討ちが、できるといいね。

ああ。それは、必ずこの戦場で。

そして五門のレールガンがそれぞれに上げる、それぞれの制御系の五色の嘆き。知らない呻《しん》吟《ぎん》と、叫喚と、喘鳴《ぜんめい》と、怨嗟《えんさ》と、……ただ一つだけ、聞き知った悲嘆。

冷えた、虚《うつ》ろな、――あの碧《あお》い戦場で戦死したはずの少女の声で。

《――寒い》

シャナ。


その声は数十キロの距離を隔ててなお知覚同調《パラレイド》で繋《つな》がるレーナやフレデリカ、そしてクレナの下にも届く。

《寒い――さムイ。サむイ寒イサむい――……》

「そんな……！」

空挺《くうてい》大隊の交戦開始を受け、旅団本隊と共に動きだした〈トラオアシュヴァーン〉の架台上、愕然《がくぜん》とクレナは息を呑《の》む。

摩天貝楼《まてんかいろう》拠点の、電磁砲艦型《ノクティルカ》との戦闘で要塞最上層からの狙撃を担当し、そのために逃げ遅れて戦死したシャナ。

狙撃を得手とし、役目としながら無様にも動けなくなった自分の、まるで身代わりのように。

そうして崩落する鉄塔と共に沈んだ彼女の遺骸は、けれど、同じ水底を潜航して逃げる電磁砲艦型《ノクティルカ》に捕らえられてしまったのだろう。そして〈レギオン〉に取りこまれた。〈黒羊〉ではなく、〈羊飼い〉として。北の遠洋の暗い深い海の、冷たい水。死んだ後の脳組織の崩壊は、そのために遅れて。

〈レギオン〉の、機械仕掛《じか》けの亡霊たちの声を聞くシンは、――このことにも当然、気づいていたはずで。

思い至ってぞっとなった。

まさか。

シンが空挺《くうてい》大隊に自分を選ばなかったのは、狙撃の技量を信頼してくれたからではなくむしろ逆に、信頼できないと思ったから？

摩天貝楼《まてんかいろう》拠点でも動揺し立ちすくむ醜態をさらしたクレナでは〈シャナ〉とは戦えないと、戦場で隣におくことはできないと、判断したから――……？

〈シャナ〉の断末魔が轟《とどろ》くと同時、〈ジャガーノート〉の一機がまっすぐ飛びだすのが〈アンダーテイカー〉のレーダースクリーンに映った。

識別名は、見るまでもない。ノルトリヒト戦隊、〈キュクロプス〉。シデン。

咄嗟《とっさ》に制止しようとして、シンは思い直す。そのつもりでノルトリヒト戦隊に割り当てた〈ヨハンナ〉だ。暴発は暴発だが、任務通りに動いている間はよしとすべきだろう。

「シデン、〈シャナ〉がいるのは〈ヨハンナ〉の制御系だ。任せていいな？」

返事はない。

聞いていないわけではないと判断して、続けてノルトリヒト戦隊の戦隊長に指示を出した。

「ベルノルト。予想通りバカが暴発した。フォロー頼む」

『えぇぇぇほんとに予想したとおりにっすね。了か、』

聞こえたぞてめぇシン誰が馬鹿だ！　とかいう罵声が今度は割りこんで、シンとベルノルトは一瞬沈黙する。……思っていたよりは冷静だったか。

普段はふざけたあだ名で呼んで、決して呼ばないシンの名前を呼んでしまう程度には頭に血が上ってもいるが。

『……あんたらの仲が悪いのも、ここまでくるといっそすげぇですね』

「作戦中の交信を無視するようなのは馬鹿でいいだろ。……頼む」

彼と戦闘属領兵《ヴァルグス》たちなら、シデンが多少無茶をしても問題なくフォローしてくれると判断しての、あえてのノルトリヒト戦隊への配置だ。

ベルノルトは少し笑ったらしかった。

『言われずとも、隊長殿。——野郎ども、いくぞ。暴発お嬢ちゃんを援護する』

〈キュクロプス〉が跳びだしたのをまるで号砲のように、空挺《くうてい》大隊の八個戦隊が跳びだす。鋼鉄の巨獣をそれぞれに目指し、灰の海に沈む廃墟《はいきょ》を疾走する。

敵機の行動不能を狙い、まずは攻性工廠型《ハルシオン》本体に取りつくことを目標とするスピアヘッド戦隊は、都市の外周近くまで大きく迂回《うかい》する形で巨獣の背後へ。対レールガン戦闘の援護を目的とする二個砲兵仕様大隊は、そのための射撃位置に控えるべく攻性工廠型《ハルシオン》の懐《ふところ》を目指し。いずれも万一にも敵に見つからぬよう、廃都市の影を縫って進む。

五門のレールガンの排除を担当する五個戦隊は、巨砲の照準を散らすべく廃都市全体に扇状に展開し、これも攻性工廠型《ハルシオン》の喉元を狙って五爪の爪痕のように迫る。彼らはまた攻性工廠型《ハルシオン》へと隠密《おんみつ》に接近するスピアヘッド戦隊を、攻性工廠型《ハルシオン》に認識させぬ陽動でもある。

あえて身を晒《さら》し、けれど総数は把握させぬように疾走するその五個戦隊の〈レギンレイヴ〉を、攻性工廠型《ハルシオン》のセンサがどうやら次々に捉える。

凶器のような砲身が、風を切る轟音《ごうおん》で旋回。曲線的な索敵の動きから、明らかに獲物を狙う直線的な動きで。呼応するようにざわりと断末魔の叫喚が増加する。

「っ……！」

聖教国の都市の特徴らしい、チェス盤のように整然と敷かれた縦横の街路の一つを駆ける

〈アンダーテイカー〉の中、聞き取ったそれにシンは目を上げる。伏撃の凍結機が起動したわけではない。増えたのは攻性工廠型《ハルシオン》の腹の中だ。

直後に放熱板左右にスリットが開き、何かが投射。放物線の軌道。人間の動体視力でも詳細を苦もなく見てとれるほどに遅い、無数の、膝を抱えるように身を丸めた——……。

——自走地雷？

けれど——何故《なぜ》、いまさら自走地雷などを？

意図がつかめないながら警告を発した。敵の意図がつかめないからこそ、警戒を払うべきだとこれまで彼を生き残らせてきた経験が告げている。

「各機。目標内部より自走地雷が散布された。意図が不明だ。なるべく接触は——……」

『っ、——レールガンが狙点を固定！』

鋭い警告が遮った。ザイシャ。通信支援と戦況分析のため高所に陣取る利を生かし、彼女がかって出た回避行動の支援。

『〈キュクロプス〉、〈フレキ・スリー〉、〈ヴルコドラク〉、退避！〈イジドラ〉と〈ギゼラ〉に対しては第二射を警戒——……』

その時オリヴィアが短く息を呑《の》んだ。

『——全機回避だ！　射線上では足りない——レールガンの前から全員退け！』

転瞬。

五門のレールガン、その全砲門が咆哮《ほうこう》する。

直後に起きた事象を、その瞬間に正確に把握できた者は空挺《くうてい》大隊には誰もいなかった。

無理もない。レールガンの弾速は八〇〇〇メートル毎秒。その速度の弾頭の挙動など、人間如《ごと》きの動体視力で認識できるはずもない。

廃墟《はいきょ》の風景が、ごっそりと欠けた。


射線上の一点、だけではない。見えざる巨人の手が五本、斜め上からつかみ取ったかのように五か所それぞれで五〇メートルほどの範囲がごっそりとだ。三秒先の未来を見る、その異能を以《もっ》てオリヴィアが警告したとおりの広範囲の破壊が、その範囲内のあらゆる建造物を消し飛ばされた丸い瑕《きず》として廃墟《はいきょ》の都市に刻みこまれる。

遅れて無数の風切り音が、聴覚センサを劈《つんざ》く。――重量数トンにも及ぶ八〇〇ミリ砲弾が、秒速八〇〇〇メートルの初速をほぼ保ったまま着弾する零距離射撃にもかかわらず、莫大《ばくだい》なその運動エネルギーが地を砕く大音響は聞こえない。

斬り刻まれたように奇妙にまっすぐな断面をした建材の瓦礫《がれき》が、思いだしたように廃墟《はいきょ》の傷跡に降り注いで積みあがった。

間一髪警告が間に合った。元よりエイティシックスの習慣として、敵機正面に立つことはほとんどないこともあり——火力が低く薄っぺらなアルミの棺桶《かんおけ》で、戦車型《レーヴェ》や重戦車型《ディノザウリア》に真っ向勝負を挑むのは自殺行為だ——、異様に広い破壊半径に巻きこまれた〈ジャガーノート〉は一機もいない。けれど。

「一体——……」

廃都市の複数個所《かしょ》で、立て続けに爆発音が轟《とどろ》く。レールガンの回避を優先せざるを得ず、自走地雷に自爆されたか。

その爆発の発生地点へと向けて、レールガンの砲塔が旋回するのを見てとった瞬間、シンは自走地雷がばらまかれた目的を悟った。

データリンク上は全機が健在。触雷して死んだ者はいない。脚の速い〈レギンレイヴ〉も装甲の厚い〈ヴァナルガンド〉も、そう容易《たやす》く自走地雷風情《ふぜい》に殺されはしない。だから自走地雷をばらまいたのは、フェルドレスの撃破のためではなく——……。

「触雷した機は回避を続行しろ！　爆発音を狙うつもりだ！」

見通しの悪い都市の戦闘で、自爆の大音響を以《もっ》て敵機の位置を即座に攻性工廠型《ハルシオン》に伝達するために。

直後に砲声。風を切る叫喚に続いて五つの見えざる拳の痕が再び、またしてもコンクリートの建造物群を円形の更地に変えて刻みこまれる。

それも辛くも回避してのけた五機のプロセッサーが息を吐く気配。その一人であるベルノルトが続けて舌打ちする。

『地雷の使い方の一つっちゃ一つっすね。ありゃたしかに警報にも使いますから……踏んだ間抜けの居場所が、爆発で割れる』

再びがらがらと瓦礫《がれき》が降り注ぐ。——コンクリートも内部の鉄筋も区別しない、刃物ですっぱりと斬られたような断面。加えて異様な無数の風切り音と、運動エネルギーの伝播《でんぱ》を考慮しても砲弾の直径に対し巨大すぎる破砕痕。

〈アンダーテイカー〉を含め、攻性工廠型《ハルシオン》に接近を試みていた〈ジャガーノート〉では距離が近くて光学センサが追いきれない。けれど後方に控えた〈クローリク〉なら。

「クローリク、そちらの光学センサでは捉えられたか？　解析は……」

『二射目をどうにか。——敵砲弾は鎖弾です！』

聞き返すよりも先に、解析結果が転送される。〈クローリク〉のやや粗い光学映像の、射撃直後と着弾の瞬間を抜きだした画像。

直径八〇〇ミリの砲弾が、着弾の瞬間には直径五〇メートルもの巨大な何かへと変形している。平たい銀色の、円盤というよりは投網《とあみ》のような何か。

『砲口を離れた直後に砲弾が分裂、円形に散開。中央の主弾頭と七五の子弾、そしてそれらを蜘蛛《くも》の巣《す》状に繋《つな》ぐ単分子ワイヤーが、射線上の直径五〇メートル範囲に含まれる物体を破砕、あるいは切断します。……帆船の時代に、敵船のマストを折るのに鎖で繋《つな》いだ砲弾を用いたのですが、似たようなものでしょう』

破壊力は一点に集中させる方が貫徹力が高いが、破壊の及ぶ範囲というなら点よりも線の方が広い。弾道に影響しにくい近距離なら、目標に命中もしやすくなる。それなら七六の点を線で繋《つな》いだ、ワイヤーの『面』なら。

そして要塞や基地を破砕するための超長距離砲が、バンカーをも打ち破る破壊力よりも超長射程よりも、至近距離を薙《な》ぎ払《はら》うための砲弾を持つなら。

「……対フェルドレスの――〈レギンレイヴ〉への対策か」

電磁加速砲型《モルフォ》を、そして電磁砲艦型《ノクティルカ》を。これまで二度に亘《わた》りレールガン搭載型〈レギオン〉を仕留めてのけた、……彼ら機動打撃群への。

陽動部隊が〈レギオン〉の大半を引きつけても、連邦派遣旅団本隊と〈トラオアシュヴァーン〉の征路は無人とはならない。

挺進《ていしん》大隊の交戦開始を受け、進軍を開始した連邦派遣旅団本隊は、射撃予定地点の二〇キロ手前でついに〈レギオン〉の迎撃部隊と会敵する。

交戦に入ったのは各部隊を菱形《ひしがた》に配し、更に前方に斥候部隊をおく隊形の旅団本隊の、斥候の〈レギンレイヴ〉二個大隊と菱形《ひしがた》の先頭側の頂点を務める義勇連隊ミルメコレオ。三個の部隊を迎え撃つのはここでもやはり黒雲の湧くような、その名に違わぬ無数の機械仕掛《じか》けの亡霊の群。

加えて連邦の戦場にはない、この白紙地帯の戦場特有の――……。

「っ……⁉」

戦車型《レーヴェ》の横腹を照準に捉えた瞬間、がく、と〈モックタートル〉の前脚が沈んでギルヴィースは息を呑《の》む。――灰の層の下に隠れた窪《くぼ》みを、気づかずに踏み抜いた！

背後の砲手席《ガナー》にちんまり収まるスヴェンヤの悲鳴を気遣う余裕もなく操縦桿を操作、即座に姿勢を立て直して撃発《トリガ》。高性能の〈ヴァナルガンド〉の火器管制系《FCS》は、一度照準した敵機には砲の可動域の範囲内なら、たとえ無様に転倒しかけた姿勢だろうと砲を向け続ける。

一二〇ミリ戦車砲の、文字通りに耳を劈《つんざ》く獰猛《どうもう》な咆哮《ほうこう》。砲塔側面を貫通された戦車型《レーヴェ》が火を噴いて頽《くずお》れる。

強烈な射撃反動で後ろに突き飛ばされるようにして、〈モックタートル〉は踏み抜いた脚部を引き抜いて立て直す。

それからようやく、ギルヴィースは詰めていた息を吐いた。

「すまない、姫殿下。大丈夫か？」

「え、……ええ。これくらいなんともありませんわ、お兄様」

射撃の反動で後ろに下がった際に、背もたれに頭をぶつけたらしい。小さな頭をさすりながら、マスコットの少女は健気《けなげ》にも涙目で頷《うなず》いてみせる。

拍子に乱れたドレスの裾を、そそくさと直してから言った。——ブラントローテ大公の『娘』として、御料部隊の象徴《マスコット》として、戦場であろうとわずかな服装の乱れも彼女には許されない。

見回せば僚機の〈ヴァナルガンド〉や随伴する装甲歩兵たち、更には前方に展開する二個大隊の〈レギンレイヴ〉でさえも脆《もろ》い灰の地層に足を取られ、加えて光学スクリーンに点在する幽《かす》かな濁り。高速機動の度に火山灰の鋭い縁にごくわずかずつ削られる、光学センサのレンズの微細な傷だ。

何より最悪なのが。

『ッ、測距レーザーが、また……！』

悲鳴が中隊無線を駆けぬける。——ひときわ強く吹いた風に舞い上がった灰の分厚い帳《とばり》が、主砲照準のためのレーザーを阻害したのだ。砲弾に必中の軌道を辿《たど》らせるため弾道を計算し補正する火器管制系《FCS》も、精確な情報を取得できねば正しく働けはしない。

姫殿下の御前だ。さすがに舌打ちは堪え、代わりに苦くギルヴィースは呟《つぶや》く。あらゆる状況を想定し、訓練を積んできた、つもりだったが。

「……これは、想定外だったな。白紙地帯の支配者は、〈レギオン〉ではなく灰か」

　高層ビルディングの谷間のこの街路からは見えないけれど、滑空の最中に見た攻性工廠型《ハルシオン》の後背にはうずたかく瓦礫《がれき》の山が築かれていたのをシンは思いだす。金属の部材を喰《く》い散らしたその残滓《ざんし》。この怪物が廃墟《はいきょ》の都市で足を止めたのは、物資の補充が目的でもあったのだろう。

……体内の残弾も充分、ということか。

　厄介な。

　自走地雷の位置はもちろん聞き取れるが、数が多い。大隊全機に個別に警告は出せない。市街地戦は遮蔽が多く、特に人間程度の大きさしかない自走地雷は、レーダーでも光学センサでも見落としがちだ。

　そしてレーダーも光学センサも遮蔽に遮られやすく見落としが多いから、普段索敵に用いる斥候型《アーマイゼ》ではなく、数を投入できる自走地雷なのだろう。砲との距離が近いこの戦場なら音響による警報は妨害できない分だけ確実で、砲撃で諸共に吹き飛ばす想定なら元より使い捨ての自走地雷を使う方が経済的でもある。

「各機。──すまないが個々の自走地雷の位置は、さすがに追いきれない。攻性工廠型《ハルシオン》の砲撃についてては、声を聞いていればタイミングはわかるから──……」

『ああ。だからその警告はしなくていい、シン』

『お前と同調してんだ、攻性工廠型《ハルシオン》の声は制御中枢もレールガンのも聞こえてる。どの声が喚《わめ》いたら撃ってくるかは聞いてりゃわかる』

遮られて、虚をつかれてシンはまばたく。言ったのはサリッサ戦隊とフルミナータ戦隊の戦隊長二人だったが、異論は他の戦隊長からも上がらない。

『自走地雷の位置も、わざわざ教えてもらわなくてもこっちでなんとかするさ。忘れてるみたいだけど、そもそも俺たちはあんたがいない八六区も、大攻勢も生き残ってきたんだぜ』

「…………」

一つ、シンは息をついた。

「そうだな。すまない」

『そっちはそっちの任務に集中してくれ。……以上』

作戦中は繋《つな》いだままのことの多い知覚同調《パラレイド》では無意味な、無線用語で締めくくった。並走するライデンの〈ヴェアヴォルフ〉が、光学センサの焦点をちらりとこちらに向けた。

『言うようになってきたよな、連中も。……鎖弾とかいうのも自走地雷も想定外だが、どうする？　心配ならスピアヘッド戦隊から多少、自走地雷担当の人手は出してやれるが』

「……いや」

少し考えて首を振った。――任せたのだからやりとげると、信頼するべきだろう。

「対応できないほどの想定外じゃない。まだ当初の作戦通りでいいだろう。……対策を考えてきたのは」

言いさし、ふ、と冷徹に、シンは目を細める。

「攻性工廠型《ハルシオン》だけじゃないから」

「——要するにさ。下手に地面踏むと灰で滑って危ないってことなんだから」

旅団本隊と〈レギオン〉の交戦で、〈レギンレイヴ〉として先陣を切ったのは、斥候を務めるリトの第二大隊と、ミチヒの第三大隊だ。

何度も自機の——〈ミラン〉の脚を滑らせ、転倒しかけて、次第にリトもこの灰だらけの戦場での戦い方がわかってくる。

〈レギンレイヴ〉は地を這《は》うような姿勢の低さのせいでパワーパックの吸気孔《インテーク》に灰を吸いこんでしまいやすいから、防塵《ぼうじん》フィルターの目詰まりまでの時間も心配だ。それなら。

「地面に降りないで走れば——いいってことでしょ！」

〈ミラン〉の、純白の機影が宙を舞う。

センサ性能の低い近接猟兵型《グラウヴォルフ》や戦車型《レーヴェ》は、目の代わりの斥候型《アーマイゼ》を周囲に引き連れている。その斥候型《アーマイゼ》を足場に蹴りつけ、迎撃しようと向き直った近接猟兵型《グラウヴォルフ》のランチャーをも踏みつけて、戦車型《レーヴェ》の一輛《いちりょう》に接近。砲口がこちらに向いた瞬間、逆方向に切り返して射線を回避し、即座には重い砲塔を切り返せないほんの寸毫《すんごう》の硬直の間に、砲塔上に取りついた。

文字通りの零距離から砲撃し、撃破。頽《くずお》れる様には目もくれず、素早く視線を巡らせて次に足場とするべき敵機の位置を確認して跳びだす。――跳躍の間は機動が制限される。空中には身を隠す遮蔽もない。高く長くは跳ばず、照準されない程度に小刻みに、〈レギオン〉の群の上を駆け抜けるルート。

「てぇ……いっ！」

戦隊の〈レギンレイヴ〉からの支援の掃射が〈レギオン〉の隊列に突き刺さるが、生なきゆえに怯懦《きょうだ》を持たぬ〈レギオン〉は、より価値の高い戦車型《レーヴェ》を守らんと〈ミラン〉の進路に立ち塞がろうとする。目指す戦車型《レーヴェ》の砲塔上に、近接猟兵型《グラウヴォルフ》がよじ登る。

高周波ブレードを展開、迫る〈ミラン〉を迎え撃とうと切っ先を突きだすのを、……見ながら真下の地面にワイヤーアンカーを射出。

「いや別に、なるべく降りたくないだけで降りちゃいけないわけじゃないし」

巻き上げて〈ミラン〉の軌道を真下へと修正し着地、同時にもう一方のアンカーを振り下ろして、近接猟兵型《グラウヴォルフ》の頭に落下の速度を加味した一撃を叩《たた》きこんだ。

無様に戦車型《レーヴェ》の砲塔上部に顎（？）を打ちつけた近接猟兵型《グラウヴォルフ》の、背部ミサイルランチャーに駄目押しの機銃掃射。射線確認用の曳光弾《えいこうだん》が誘爆し、ランチャー内部で炸裂《さくれつ》した対戦車ミサイルが、近接猟兵型《グラウヴォルフ》自身と戦車型《レーヴェ》を爆炎に包みこむ。

さすがにこれで戦車型《レーヴェ》も巻き添えにしたと思うのは楽観がすぎるから、焰《ほのお》が晴れるよりも先に一応八八ミリ砲をお見舞いした。――シンがいれば、撃つべきか教えてくれたのだが。

副長の〈レギンレイヴ〉が、がしゃんと足音を立てて横に来る。

『すげーな、リト。今の』

「でしょー！　ちょっと、工夫してみた。隊長かリッカ少尉みたいじゃなかった？」

にっと笑ってリトは応じる。しかつめらしく、副長が言う。

『俺もやろ』


「――順調なのはいいですけど、リト、ちょっとやりすぎなのです……」

リトと第二大隊の奮戦を横目に、ミチヒは苦笑する。リトの無茶とか無鉄砲にはいいかげん慣れたつもりだったが、さすがにアレは。

機体重量に比してパワーパックとアクチュエータの出力が大きく、飛翔《ひしょう》するように疾走する〈レギンレイヴ〉だからこそ可能な離れ業だ。ミチヒの〈ファリアン〉は四〇ミリ機関砲を装備する火力制圧機であることもあるし、あまり真似《まね》したいものではない。

と、思ったが第二大隊はまるでリトにつられるように、機動戦闘を得手とする前衛《ポイントマン》と、その支援を任とする火力制圧機が同じ機動で〈レギオン〉隊列を喰《く》い破り始める。先を争う狼《おおかみ》の群のように鉄色の隊列に切りこみ、群の内側から喰《く》い散らす。やがてミチヒの第三大隊にもそれは伝播《でんぱ》し、ややあって今度は各戦隊の狙撃手たちの笑う声。

『これだけ〈レギオン〉の注意引きつけてもらえりゃ、狙い撃つの楽っすね』

『まずは突っこんでった奴《やつ》らが危なくなる屑鉄《くずてつ》、その後は戦車型《レーヴェ》から優先、ね』

混戦の最中から大隊後列の面制圧機へと、軽口混じりの支援要請が飛ぶ。

『──左手前方に新たな敵機群、増援と推定』

『合流前に火力支援よろしく！　ダスティン、射手座《サギタリウス》、友軍誤射には注意しろよ！』

『言ってくれるな。サギタリウス、了解。──へたくその射撃に巻きこまれるなよ！』

無数の多連装ミサイルの子弾が増援部隊の近接猟兵型《グラウヴォルフ》と斥候型《アーマイゼ》を薙《な》ぎ払《はら》い、部隊の目を失った戦車型《レーヴェ》に、火力支援を要請した戦隊が鮫《さめ》の群のように三方から食らいつく。

「…………」

それは号持ちとして戦歴の長いミチヒも初めて見るくらいの、士気の高さでひたむきさだ。

必死さ、ではない。ミチヒにはなんだか気圧《けお》されてしまうくらいの、熱心さ。

──戦争がもし、終わったら。戦争をもし、終わらせてしまったなら。それは最期《さいご》の瞬間まで戦いぬくというエイティシックスの誇りを、自ら手放すことなのに……。

〈レギオン〉前線部隊の後背、灰に霞《かす》む遠方では榴弾《りゅうだん》砲の炸裂《さくれつ》音が断続的に轟《とどろ》いていて、それは後方の軍団司令所からレーナが指揮する砲兵大隊、旅団本隊の最後尾にいる彼らの突撃破砕射撃だ。浸透させた〈アルカノスト〉分隊を前進観測に用いる、その無慈悲な鋼鉄の驟雨《しゅうう》の合間にレーナの銀鈴の声が知覚同調《パラレイド》を亘《わた》る。

『ヴァナディースより各機。また灰の嵐が来ます。切りこんだ各機は一時後退。敵集団の予測位置を送信。友軍誤射の防止のため、指定範囲以外には撃たないように。――撃て』

灰の帳《とばり》が人類と〈レギオン〉、双方の光学センサと測距レーザーを遮る。直後に一二・七ミリ重機関銃の、四〇ミリ機関砲の、多連装ミサイルの、そして八八ミリ滑腔砲《かっこうほう》の斉射の轟音《ごうおん》。

灰の帳《とばり》が硝煙と爆炎のそれに塗り替えられ、吹き荒れた衝撃波が追い散らす。――見えざる戦場を予測だけで見通す、エイティシックスの鮮血の女王の託宣。

傍《かたわ》らで愛機を駆る副長が、ぽつりと呟《つぶや》いた。

『……なんか、すごいな。みんな』

誇らしさよりも憧憬よりも、――なんだか隔意の強い声音で。

「ええ。……正直、ちょっとだけ」

リトにも、ダスティンにもレーナにも、ここにはいないシンやライデン、アンジュにも。

戦争をまるで自分の手で、終わらせせんとしているかのように戦うようになった仲間たちに、その熱意にはなんだか。

ついていけない、ような。

置いていかれてしまったような気がするのです……と、言いかけた言葉をミチヒは呑《の》みこむ。

その前線の勇戦は、同じ旅団本隊に属するクレナと〈トラオアシュヴァーン〉の下へも届く。
四個の〈レギンレイヴ〉の大隊とミルメコレオ連隊から成る旅団本隊は、先頭をリトの第二大隊とミチヒの第三大隊が斥候として進み、その背を大火力を持つミルメコレオの三個大隊が支える形だ。左右には側衛としてこれも機動打撃群の一個大隊ずつが配置され、後ろには砲兵仕様の〈レギンレイヴ〉の大隊二個。〈トラオアシュヴァーン〉は四方を囲まれる形で、出番が来るまでその中央に守られている。

まるでお姫様みたいに仰々しくも大切に守られた、でも本当は、役に立たないから押しこまれているような〈トラオアシュヴァーン〉の配置。野戦仕様ではない急造の実験兵器。――厄介者の、黒鳥。

そもそも本当は〈トラオアシュヴァーン〉なんて、シンにも、機動打撃群の仲間たちの誰にも必要なかったのかもしれないのだ。

〈トラオアシュヴァーン〉の投入が決定されたのは、クレナたち第一機甲グループが聖教国に派遣されると決まった後だ。聖教国で攻性工廠型《ハルシオン》が見つかって、状況から電磁砲艦型《ノクティルカ》に関連する可能性が高いと判断されて。攻性工廠型《ハルシオン》に限っては情報収集のための制御中枢鹵獲《ろかく》ではなく破壊を優先することになって、その手段として先技研から〈トラオアシュヴァーン〉が貸しだされて。それをシンはクレナに任せてくれて。

でも。

そもそも本当は、元々は。

機動打撃群は——シンたちは。〈トラオアシュヴァーン〉みたいな大型砲や〈ステラマリス〉みたいな軍艦の力を借りずに、〈レギンレイヴ〉だけで電磁砲艦型《ノクティルカ》や攻性工廠型《ハルシオン》みたいな超巨大〈レギオン〉を最低限、無力化する方法を……考えていたのだ。

†

電磁砲艦型《ノクティルカ》の存在自体想定外だった摩天貝楼《まてんかいろう》拠点攻略作戦では仕方なくとも、一度遭遇した以上は既知の敵だ。何の対策も立てずに再戦に挑むのは、怠慢だ。

聖教国には、征海艦《せいかいかん》はいない。損傷を負った〈ステラマリス〉の支援も期待できない。

次は機動打撃群の戦力だけで、八八ミリ口径の戦車砲しか持たぬ〈レギンレイヴ〉だけでいかに巨艦を沈めるか。エイティシックスは、とりわけその隊長格は、考えねばならない。

一斉強襲作戦を前に、準備にあわただしい機動打撃群本拠基地リュストカマー。その幾つもある会議室で戦隊総隊長のシンとツイリとカナンとスイウ、その隷下の大隊長や副長や直属の小隊長たちを交えて連日議論は繰り広げられる。

超長距離砲へのまっとうな対抗手段であるところの、同射程の砲や誘導飛翔体《ミサイル》は対策案としない。それは砲兵の、工廠《こうしょう》の、軍を統括する将官の領分だ。彼らがとうに考慮し、対策に着手しているはずだ。

だから機動打撃群が考えるべきは、まっとうではない対抗手段。

そもそも射程四〇〇キロの大口径超長距離砲とフェルドレスでは、真っ向から撃ちあっては勝負にもならない。砲撃された時点で負けだ。

だからまずは、撃たせない。レールガンが射撃を開始するより先に、その射程四〇〇キロを踏破する。その上で長さ三〇メートルの砲身の内側、そこに至れば決して巨竜には射撃されない、わずか三〇メートルの安全圏に取りついて、——かの巨竜を屠《ほふ》る。

その術をどうにか、見つけださねばならない。

せっかく同時に、三個機甲グループが作戦に出るのだ。うまくすれば三つの案の是非を同時に試せる。

レールガン搭載機が必ず持つ排熱の翅《はね》、〈レギオン〉特有の排熱フィンに加えて更に排熱を図らねばならぬなら、その翅《はね》を狙ってはどうかとツイリと第二機甲グループは結論づけた。

これまでの自動工場型《ヴァイゼル》、発電プラント型《アトミラル》の制圧と同様に制御中枢を狙い、搬入口やメンテナンスハッチをこじ開けて内部に侵入・制圧するのが、カナンと第三機甲グループの採用案だ。

そしてシンと、彼の指揮する第一機甲グループは。

「――結局破壊優先でレールガン使うことになったけど。第一としちゃ、やっぱ野郎の装甲ブチ抜いてやりたいとこだよな。折角うちにはノウゼンがいるんだ。高周波ブレードで真っ向からぶった切ってやるとか」

この日第一機甲グループの攻性工廠《ハルシオン》型対策会議の、口火を切ったのはクロードだ。スピアヘッド戦隊、第四小隊の小隊長。赤い髪と、眼鏡に隠した鋭い月白の双眸《そうぼう》が印象的な少年だ。

機甲グループごとに異なる対策を取ることとなり、第一機甲グループの大隊長格ばかりの基地の第四会議室。幾つものホロスクリーンに投影された電磁加速砲《モルフォ》型や電磁砲艦《ノクティルカ》型の光学映像に交戦記録、推定諸元《スペック》と、何故か再生されっぱなしの怪獣映画。

集まった視線の先で、シンが肩をすくめる。

「不確定要素の多い搦《から》め手《て》よりも正攻法、はわかるけど。実行可能な要員が一人しかいない対策は対策とは言えないぞ」

「お前が頑張って全員に教える。で、全員が頑張って覚える、とかは」

「それが簡単にできるなら八六区からこっちの七年で、高周波ブレード使う馬鹿がこいつ一人って事態にはなってねえんだよな……」

続けてセオに代わり第三小隊小隊長となったトールが言う。奇《く》しくもセオと同じ金髪と緑の目の少年だが、彼は金緑種《アベントゥラ》でついでに顔も背恰好《かっこう》も雰囲気もまるで似ていない。

「小口径一発じゃ貫徹できなくても、同じ場所に何度も当てたらどーよ。えっと……アレだ。なんつぅんだっけ。的に当てた矢の、矢筈《やはず》にもう一度命中させるアレ」

「継矢、なのです？」

「そうそれミチヒ。そんな感じにさ、命中させた弾に次弾ぶつけて押しこんでくの。それなら攻性工廠型《ハルシオン》も、電磁砲艦型《ノクティルカ》みてーなとんでもねぇ装甲でも、最後にゃ貫通するはずだよな」

「んな芸当クレナじゃないとまず無理だろ。実行可能な要員が一名なら対策じゃない」

「いや、いい線じゃない？〈ステラマリス〉の主砲も一発で貫通したんじゃなくて、何発も当てて貫通したでしょ。同じ場所じゃなくても、近い場所に固め撃ちしてやれば……」

「はい！　攻性工廠型《ハルシオン》のレールガンで、攻性工廠型《ハルシオン》の装甲ぶち抜いたらどうかな⁉　レールガンなら、対レールガン戦の戦場には絶対あるわけでしょ⁉」

「名案だけどさ、リト。それには八〇〇ミリ砲弾を撃ち返せる特大バットがいる」

「あら、でも攻性工廠型《ハルシオン》はあの電磁砲艦型《ノクティルカ》よりも大きいそうなんだから、撃ち返さなくても砲身の角度次第で攻性工廠型《ハルシオン》自身にあてられるんじゃないかしら？」

「待て待てリトもアンジュもとりあえず待て、話がとっ散らかるから順番に話そうぜ。先にトールの案、一段落してからリトの案の検討だ。収拾つかなくなるぞ」

ライデンが止めに入るが、すでに収拾がつかない一歩手前の活発さだ。自分は〈レギンレイヴ〉には詳しくないからと積極的に提案はしないが意見を求められたら答えてくれて、そうでない間は議事録を取っているオリヴィアが苦笑しつつ超高速で情報端末のキーを叩《たた》いている。

その中でクレナは今日も、雰囲気に呑《の》まれて立ちつくしてしまう。

何か発言するべきだと、みんなの助けになる案を何か見つけないと、と思うのだけれど、皆の熱意にどうしても、ついていけない気がして何も言葉が出てこない。

基地の食堂に務める軍属の青年が入ってきて、全員の傍《かたわ》らに軽食のトレイを置いて回る。また昼食をすっぽかしてしまったらしい。対策会議は毎日、白熱しているせいでつい食事時間を忘れがちで、だから給養員たちもここ数日は片手で食べられる軽食を用意してくれていて、ここ数日ちょっと機嫌が悪い。

今日も議論の合間に青年には会釈《えしゃく》はしつつも、軽食自体は視線も向けてもらえぬまま片手でつかまれて半ば機械的に口に運ばれる。サンドウィッチやらマグカップのスープやら。

瞬間、喧々囂々《けんけんごうごう》の議論がぴたりと止《や》んで、全員が目を見開いた。

目を見開いたまま、ライデンが口を開く。

「――うまいなコレ。ひき肉のパン粉揚げ挟《コートレット》んでるのか」

ライデン曰《いわ》くバカ舌なシンまでもが、珍しく手にしたサンドウィッチを見下ろしている。

「そうだな。ピクルスと……カラシか？　きいててうまい」

「あ、こっちはチーズと煮たイチジクね」

「スープもおいしーい。干しキノコの味すごい濃いわね」

白熱しすぎて忘れていただけで、何しろ昼食時間は過ぎている。空腹も相まって今度は会議そっちのけでばくばく食べ進めるのに、ふん、と青年が鼻を鳴らす。

「お前らがもう何日も、人が丹精こめて作ったもん上の空で食いやがるからコック長がブチ切れててな。こうなったら料理人の意地にかけて、俺の飯で会議中断させてやる！　ってんで今日のコレだ。どうだ参ったか」

「ごめんなさい」「悪《わり》ぃ」「すみません」

全員それぞれに頭を下げた。

下げながらもやっぱりもぐもぐしていたが、青年はむしろ満足げに頷《うなず》く。

「コック長の故郷の、郷土料理でな。……ホントはもう一種類、油漬けのニシンのがあるんだけどそっちは今は作るの難しいから、戦争終わったら食わせてやるってよ」

連邦の唯一の港は〈レギオン〉に奪われたままで、だから当然ニシンも獲《と》れない。

ともあれクレナはびくりとなる。戦争が終わったら。また、その話題。

そんなことがあるはずないのに。

誰にともなく、トールが口を開いた。

「そーいやオレも子供の頃、魚料理よく食ったなぁ」

視線が集まって、トールは肩をすくめる。

「オレ海の近く出身でさ、そういや魚料理多かったなって。じーちゃんの得意料理でさ、そうだ、じーちゃん漁師で。代々伝わる秘伝の味がって。……共和国は別に帰りたかねえけど、あれだけはちょっと、懐《なつ》かしいな」

思いだす顔で笑う彼とは裏腹、クレナは余計沈鬱になる。懐《なつ》かしくても、それはもう食べられない。トールのお祖父《じい》さんは共和国に殺されて、だから料理も食べられはしない。

一方さらりとクロードが言う。当然のことを言うみたいに、あっさりと。

「作りゃいいだろ。それこそ戦争が終わったら海とかも行けるんだし、その時に」

「あそっか。よっしゃ、じゃあオレ戦争終わったら、じーちゃんの味を再現する！」

「料理かよ」

「まあ、いいんじゃない？　戦争が終わった後の進路なんか、みんなまだ決まっちゃいないんだろうし。とりあえずやってみたいことでも」

「おじいちゃんとかママの味かぁ……そういえばママ、どこの国出身って言ってたかな。戦争終わったら旅行がてら行ってみようかな」

あ、とクレナは目を見開く。

シンや、ライデンや、仲間たちが、どうしてこんなに真剣に攻性工廠型《ハルシオン》対策を話しあっていたのか、ようやくわかった。

戦争を、終わらせたいから。

この〈レギオン〉戦争を終わらせて、……戦場の外へ行きたいから——……

†

そう、あの時も、シンはクレナを顧みてはくれなかった。まるでクレナを置き去りに遥《はる》か先へと歩み去ってしまったみたいに、終わるはずがないとクレナは思うこの戦争を、終わらせるための話に没頭していた。

クレナは未だ捨てられない、戦う者だという存在証明《アイデンティティ》を、手放してしまうための話を。

立ち尽くしたままのクレナを置き去りにするみたいに。

本当は、とっくの昔に。……シンは自分のことなんか見捨てていたのではないだろうか。

だから彼の戦場に、連れていってくれなかったのではないだろうか。

だから今も、声をかけてくれないのではないだろうか。

撃つべき時に撃てなかった、役立たずの自分を。セオを、シャナを、救えなかった無力な自分を。――そんな自分なんかもう要らないからと。

少し冷静なら、自分でおかしいと気づけるくらいに無茶な論理だ。飛躍にも程がある。シンは最前線で攻性工廠型《ハルシオン》と戦闘中なのだ。クレナに声をかける余裕などなくて当然だ。

けれど冷静を欠きつつあるクレナに、そんな事実は思い至らない。

役に立てないのは嫌だ。無力なのは怖い。――自分の無力を思い知らされることこそが、本当は一番怖い。

記憶の中の、白銀色の髪が振り返る。

紺青《こんじょう》の、共和国の軍服。白銀色の長い髪と、同じ色の目。

――そう。君があの時、ご両親が撃ち殺されるのを黙って眺めていた時のようにな。

……嘘《うそ》だ。

あの将校は、こんなことは言っていない。すまないって。助けられなくてすまないって。

だったらこれは。

誰の。

――白ブタはみんなクズだ。なるほどそうだな。だがそれならどうして君は、そのクズどもを止めなかった？　叫んで縋《すが》りついてでも止めようとしなかった？　……どうして大好きなパパとママが、撃ち殺されるのに立ち向かおうとしなかったんだ？

それは。

――大好きなお姉ちゃんについてもそうだ。彼女を戦場に連れていく白ブタに、つかみかかりもしなかった。黙って、何もせずに、立ち向かいもせずに連れていかれるままにした。

そんなことできない。できるわけがない。だって。

だって。

銀の目が嗤《わら》う。違う。金色かもしれない。これは。誰の。

——そうだな。だって君は……。

——君は立ち向かう力もない、何もできない無力な子供なのだからな。

「っ……!」

人を、世界を、未来を恐ろしいと思う、理由がわかった。一歩進むことさえ恐ろしい理由がわかった。

だって、自分は本当に無力だから。

あの時思い知らされたように、何もできないのだから。

進もうとして、その先で誰かに悪意を向けられたら。幸福をつかもうとして、それを奪われそうになったら。

その時にはまた抵抗もできずに。ただ無力に奪われるだけなのだろうから——……。

〈シャナ〉の声が聞こえてから、クレナの様子がおかしい。

そのことが遥《はる》か後方の軍団司令所から、旅団本隊の指揮を執るレーナにはどうにも気にかかる。

互いの意識を介して聴覚を同調する知覚同調《パラレイド》は、顔を合わせて話している程度の感情も伝わる。レーナと知覚同調《パラレイド》を繋《つな》いだままのクレナは、明らかに動揺して、怯《おび》えて、途方に暮れて立ちつくしている。

縋《すが》る相手を求めながら、撥《は》ねのけられるのを恐れて縮こまっている。そんな彼女の様子にシンも気づいているらしい。言葉こそかけないものの何度も目を向けるような、気にかける気配が伝わってくる。

とはいえシンは戦闘中だ。とてもではないが声をかけてやる余裕などない。

それなら、と口を開いたところで。

不意にギルヴィースが口を開いた。

『――少しいいかい？　ガンスリンガー。ククミラ少尉、だったかな』

同じ連邦軍所属とはいえ、言葉を交わしたこともない別の部隊の指揮官に突然声をかけられて、クレナという名のエイティシックスの少女は全く意表をつかれたらしい。応答も咄嗟《とっさ》に忘れているのは咎《とが》めぬまま、ギルヴィースは言う。

「君の評判は聞いてる。――ガンスリンガー。絶死の八六区を生きのび、機動打撃群の数々の武勲の一助となった、エイティシックスの比類なき狙撃手。その評判を聞いた上で、……俺は君を、〈トラオアシュヴァーン〉の射手にさせるつもりじゃなかった」

息を呑《の》む気配が無線越しに伝わる。

それが何故《なぜ》かは、本人も自覚しているのだろう。驚愕《きょうがく》ではなくむしろ、失敗を見とがめられた小さな子供のような反応だった。

「船団国群、摩天貝楼《まてんかいろう》拠点での作戦での、君の醜態。――俺は信頼に値しないと判断した。必要な時に動けない兵士は、兵士じゃない。立ちつくしてしまうなんて論外だ」

必要な時に確実に働くのが良い兵器、良い兵士だ。ただでさえ信頼性のない試作兵器を、信頼できない兵には任せられない。いっそクレナは作戦自体からも外してくれと、ギルヴィースはレーナとシンに要求していたくらいだ。

それに強硬に反対したのが。

「それでも君に〈トラオアシュヴァーン〉を任せたのは――ノウゼン大尉だ」

†

共和国の哀れな棄民、エイティシックスの少年兵からなる機動打撃群を率いるのは、混血の『ノウゼン』だと聞いていた。

その時から一方的に、ギルヴィースはまだ見ぬその少年に親近感を抱いていた。

かの権門が彼を一族の端くれとでも見做《みな》しているなら、そんな下民ばかりの寄せ集め部隊に置いておくはずがない。だから、自分たちミルメコレオ連隊と同じなのだろうと思っていた。一族とは認められず、ただ戦功を一門に奉《たてまつ》るだけの便利な道具。獲物を捕えても喰《く》らって己が血肉とはできず、いずれ餓《う》え死ぬ蟻の腹の獅子《ミルメコレオ》。

誰からも愛されていない、どこにも居場所のない子供。

そうではなかった。

「──これは共同作戦で、〈トラオアシュヴァーン〉も先技研からの貸与品です。だから、射手を部下の誰に任せるかはおれの権限の範疇《はんちゅう》だ、とは言いません」

聖教国軍前線基地の、八角形の真珠色の会議場。虹の光沢を帯びた乳白色の硝子《ガラス》の管が装飾として壁一面を覆う、見慣れぬ様式の一室で真っ向からギルヴィースを見据えてシンは言う。

「ですが先の失敗一つで、彼女を見限ると言うならそれは采配として酷薄にすぎます。一度の過《あやま》ちで兵を切り捨てては隊など成りたたない。ククミラ少尉が立ちすくんでしまったのは事実です。それでも彼女が今後も立ち直れはしないと、判断される謂《いわ》れはありません」

再び立ちあがる機会さえ与えぬと、言われる筋合いはない──と。

「それで──また失敗したら？」

問いながら、ギルヴィースは苦い思いを嚙《か》み殺《ころ》す。

ミルメコレオ連隊は、失敗以前に戦歴すらない新規部隊だ。信頼性に欠けるというならむしろ自分たちの方で、七年の戦歴を有するシンにその事実を突きつけられたらギルヴィースはなんの反論もできない。けれどシンは、そのことに一切触れなかった。

気づいていないわけではあるまい。聡明《そうめい》でなければ〈レギオン〉との激戦を生きぬき、また歴戦のエイティシックスたちを従えられない。だから指摘しなかったのは、ただ卑怯《ひきょう》だと思ったからだろう。彼が彼自身に課した規範に——あるいは矜持《きょうじ》に——おいて、卑劣だと。

その高潔。

これだけはギルヴィースと同じ、血赤《ちあか》の双眸《そうぼう》がこちらを見上げる。

帝国では極めて忌《い》まれる焔紅種《パイロープ》と夜黒種《オニクス》の混血の色彩で。八六区で酷《ひど》く嫌われたという帝国貴種の血も濃い外見で。祖国から汚い色つきと蔑まれたエイティシックスの容姿で。そのいずれも厭《いと》う風なく帝国貴種の、混血の、エイティシックスの少年はギルヴィースを見据える。

「その時にはおれが取り返します。——部下が失敗したなら取り返す策を講じるのは、指揮官の役目ですから」

毅然《きぜん》と、それでいて気負いもない声音だった。

仲間に挽回《ばんかい》の機会を与えるのも、何度だろうと庇《かば》ってやるのも、己の当然の役目と考えているからこその声音だった。

同席するレーナはシンにこの場を預けて沈黙を保ち、それもまた信頼だ。シンへの。そしてこの場にはいないクレナへの。

立ちあがれると信じているのだ、この二人は――先の作戦で惨《みじ》めな、無様な失態で彼らの期待を裏切ったはずのその相手をそれでも。

不意に切なく、羨ましくなった。

こんな誰かが。――たとえばこんな風に庇《かば》い、守り、信じてくれる兄や姉が、自分にもいてくれたなら。自分は。

……よりにもよってそれほど焦がれた信頼関係を、踏みにじることは自分にはできない。

「わかった。――そこまで言うなら、……任せてみよう」

†

その時の切なさと一抹の情けなさを、思い返しつつギルヴィースは続ける。

無線の向こうのクレナの、怯《おび》えた視線の気配。同じ色彩のはずのシンの双眸《そうぼう》よりも、いっそ馴《な》染《じ》み深い瞳。

「再び立ちあがれると信じたから、ノウゼン大尉は君に切り札を任せたんだろう。君は決して無力なんかじゃないと、信じているから任せてくれたんだろう」

叩《たた》かれすぎて刃向かう気力をへし折られ、抗《あらが》おうという意思さえ失った子供の目だ。心の奥底にまで己の無力を深く深く、刻みこまれた幼子の目だ。

自分自身を信じることさえ、だって自分は無力なのだから信じるに値しなくて、できなくなった子供の。

覚えがあった。何度も見た眼差《まなざ》しだった。ブラントローテの、押しこめられた館の中で。あるいは見たくもないものが映るからだいきらいな、鏡の中に。

「それなら君は、応えるべきだ。信じてくれる相手がいるなら、その相手を信じられるなら応えてやるべきだ。その人は――君が思っているよりもずっと稀少《きしょう》な、得難《えがた》い相手なのだから」

応えてやってくれ。どうか。滅多にいやしないその人に巡りあえた幸運を、巡りあえたのだから活《い》かしてくれ。

自分にはいなかった。自分たちにはそんな風に信じてくれる人は、庇《かば》ってくれる人は、立ちあがるのを待っていてくれる人はいなかった。与えられたチャンスは一度きり、生まれる前にそれをつかみ損ねた自分たちは、だからもう顧みられもしなかった。たった一つ望むことのできた、焦がれるように欲《ほっ》した願いも、結局手を伸ばす前に絶たれてしまった。

でも君は、そうじゃないのだから。信じてくれる人がいるのだから。何かを欲《ほっ》し、望むことを、願ってくれる人がいるのだから。だからその人の心を。今は見えていないだけで、きっとずっと差しのべられ続けている手を。

どうか。無下《むげ》にしないで。

「だから――立つんだ。ククミラ少尉」

自分にはそれは、できなかったけれど。

今でも結局、できないままでいるのだけれど。

「信じてくれている人がいるのだから、立ちあがるのを待っていてくれる人がいるのだから、もう一度、何度でも——その人に応えて、その人の助けとなるために、……立ちあがるんだ」

俺のようには　ならないために。


その名前に。その言葉に。

無意識にぴっと背筋が伸びたことに、クレナは気づく。——やはり見限られたわけではなかった、それどころかたとえ再び失敗したとしてもシンは見捨てずにいてくれるつもりだったのだと、知ったことも大きいけれどそれだけじゃない。

そう、自分は。無力でいたくなかった。共に戦うために。傍《かたわ》らにいるために。

でも、それだけじゃない。

最初は、そう思った最初の時は、それだけじゃなくて。

†

「あの……あのね、」

懸命に、クレナは問うた。八六区の前線の、地雷原に囲まれた基地。死神の異名を持つ戦隊長の少年を、同じ戦隊に配属されたばかりのまだよく知らない彼を見上げて。

伝わるだろうかと恐れながら。少しでも伝わればいいと思いながら。

「痛く、ないの?」

「………?」

肝心の、何が、が抜けた問いだ。シンは当然、きょとんとなった。

それは眼前にいるから辛《かろ》うじてわかる程度の、ごく淡い表情の変化だったけれど。クレナは初めて見るこの冷徹な戦隊長の、年齢相応の子供の顔だった。

それだけでこの人が、——たった一つ年上なだけの、まだ十代の半ばにもならぬ少年なのだと気づいてしまった。

「昨日、ジュートを撃ったの、痛くなかったの? ノウゼン隊長は」

鮮血と内腑《ないふ》に塗《まみ》れた手で頰に触れられて、眉一つ動かさなかったけれど。

心などない死神のように超然と、静謐《せいひつ》と銃爪《ひきがね》を引いたけれど。

「隠してただけで本当は、……痛かったんじゃ、ないの……？」

シンは束《つか》の間《ま》、沈黙した。――目の前のちっぽけな小娘に、抱えたものを共有してもいいものか考えるように。

それから言った。

「……少しだけ」

「……そう。そう、だよね……」

痛くないはずがない。それがわかって何故《なぜ》か、クレナはほっとした。

それなら。

「次は、あたしが代わってもいいよ」

血赤《ちあか》の瞳がもう一度まばたいた。

その色彩ももう、怖くなかった。まっすぐ見上げてクレナは言い募る。

「あたし、銃、得意だから。あんな近くならぜったい、外したりしないから。だから……あたしがやってもいいよ」

あなたの代わりに。

覚えていくのは、最期《さいご》まで抱えていくのはきっと、誰よりも強いあなたにしかできないのだろうけれど。痛みを分かちあうことだけは、――重荷を少し、代わって背負うくらいなら。

震えそうになった手を、握りあわせて押し隠した。恐ろしかった。死にきれないから、助からないから、〈レギオン〉に取りこまれるよりはマシだから、仲間を撃つ。そうしてやるのが情けだとは言っても、人殺しだ。こわい。本当はそんなことやりたくない。

でも、だからこそ。あなた一人だけには。

シンはそんなクレナを黙って見つめて、今度は首を横に振った。

「あいつらと約束をしたのはおれだから。……おれがやるべきだと思う」

「……うん……」

しゅんとクレナは肩を落とす。ほんの少しほっとしてしまった自分が、恥ずかしかった。

そのクレナを見返して、——死神の異名を持つ少年は、この時初めて彼女の前で微笑《ほほえ》んだ。

「けど、……ありがとう」

†

あの時そう、言ったのは。得意だった銃の腕を、さらに磨いたのは。

役に立って、傍《そば》においてもらうためじゃない。

たとえいつか先に死んでしまうとしても、その時までは共に、戦うために。

自ら負った死神の役目が、それでもどうしても痛くて耐えられない日が来た時には、その時だけでも代わるために。

少しでも助けに　なるために。

血の繋がらない、けれど家族のような。兄のような。大切な自分の、――同胞の。

――ノウゼン大尉も、何があろうといつまでも、貴方《あなた》の兄上に変わりはないのでしょう。

船団国群でエステル大佐に。自分たちと同じく誇りを抱いて生き、そしてその誇りさえも失った、征海氏族の士官の女性に言われた言葉。

そう、変わらなかった。シンはたしかに、クレナを見捨てたりしなかった。作戦前にも言っていたじゃないか。見捨てないと。辛《つら》いなら、重荷なら、呪いにするくらいなら手放してもいいと、心底クレナを案じる顔で。彼女の痛みに心を寄せて。

意識を向ければ知覚同調《パラレイド》越しに今も、彼の思いが伝わってくる。

知覚同調《パラレイド》では言葉に加えて、顔を合わせて話す程度の感情も伝わる。シンが、そしてライデンやアンジュやレーナも、今もクレナを案じてくれている。

それを――疑って自分で、損なうところだった。

「ギュンター少佐、その。……ありがとう、ございます」

自走地雷の触雷の爆発音を、攻性工廠型《ハルシオン》が照準の目当てとしているのを陽動の五戦隊はどうやら逆手に取り始めたらしい。

五門のレールガンが刻む鎖弾の破壊跡が、戦隊が本当にいるだろう位置から明らかに逸《そ》れているのにシンは気づく。八六区の、連邦の。廃墟《はいきょ》の戦闘で研いだ経験を元に自走地雷をやり過ごし、離れた場所から射撃を加えてあえて自爆させることでレールガンの照準先を誘導しているのだ。高所から戦場を俯瞰《ふかん》するザイシャの的確な指示も反映して、五門のレールガンの砲撃は次第に、戦隊の行く手に瓦礫《がれき》の遮蔽を提供する役目に堕していく。

ついにビルディングの林と荒れた街路の丘の向こう、攻性工廠型《ハルシオン》の鉄色の背が行く手に覗《のぞ》いた。──五個戦隊を陽動に、大きく弧を描き回りこむかたちで廃墟《はいきょ》の都市を疾走し、攻性工廠《ハルシオ》型《ン》の背後を突く位置にまでスピアヘッド戦隊が進出。半身を抉《えぐ》り取るように攻性工廠型《ハルシオン》に食い千切られ、倒壊したビルディングの陰に散開して潜伏。

「──大隊各位。スピアヘッド戦隊は配置についた」

『了解。──クォレル、アーチャー戦隊も配置完了だ。援護射撃、いつでもいける』

『サイス戦隊以下、陽動の五個は接近中。残り距離はだいたいどこも、二千ってところね。──戦車砲《あたしたち》の間合いに入った』

ふふ、と嫣然《えんぜん》と、傲然と、サイス戦隊の戦隊長は笑う。

『じゃあそろそろ、……見せつけてやりましょ？』

「ああ」

攻性工廠型《ハルシオン》はまるで我が物顔で、玉座の支配者のように傲然と鎮座しているけれど。

「ここは機動打撃群の――〈レギンレイヴ〉の戦場だ」

†

食後に、と今度はコック長その人がご機嫌そのものの笑みで持ってきた砂糖とミルクたっぷりのコーヒーを飲み終えて、ようやく攻性工廠型《ハルシオン》対策会議は再開する。血糖値が上がったためかそれとも一息ついたためか、最前までの議論がずいぶん煮詰まっていたと気づく。

なにしろそもそもの前提が抜けていたくらいだ。

「――前提の話に、戻るんだけど」

言ったシンに、その場の全員の視線が集まる。

「砲戦に持ちこまれたら敵《かな》わない。だから射撃準備を完了させる前に、こちらの存在に気づかれる前に間合いをつめきる。〈アルメ・フュリウーズ〉を使えばそれも難しくはなくなる。……また海戦になった場合は、今度は嵐が来ないことを祈るしかないけど」

「……それでも海戦ならなおさら、野郎に乗りこまなきゃ勝負にならねえ以上、そこはどうにかするしかねえよな。いくら〈レギンレイヴ〉でも、海面は走れねえ」

シンの発言の意図が読めない顔ながら、ライデンが相槌《あいづち》を打つ。頷《うなず》いてシンは話を続ける。

「次の作戦は陸上だから、実のところ電磁加速砲型《モルフォ》戦よりも難しくないと思う。あの時は進撃路上で敵守備部隊の撹乱《かくらん》に戦力を割いたから、最後はほぼ一対一だった。けど空挺《くうてい》で敵戦線を越えられるなら——戦力を割かずにレールガンまで到達できるなら、俊敏には動けないレールガンは単なる的だ。取りつくのに苦労する相手じゃない」

最初に対峙《たいじ》した一年前の、クロイツベック市。——シンたちノルトリヒト戦隊への伏撃を成功させた電磁加速砲型《モルフォ》は、砲撃後は撤退した。伏撃に成功したにもかかわらず、逃走したのだ。

あの時点ではシンたちは、十五機全機が健在だった。

あの戦場は都市の廃墟《はいきよ》で、電磁加速砲型《モルフォ》の周囲には無数のビルディングが林立していた。

だから、
だから逃げた。

市街地での戦闘で、一度に多数のフェルドレスを相手にしては己が不利となると知っていたから——あの巨砲はクロイツベック市から逃走したのだ。

「……ああ、」

「さっきの、継矢の話だけど。……おれたちはレールガンが射撃できない三〇メートル圏内まで侵入した状態を、つまり攻性工廠型《ハルシオン》に取りついた状態を前提としてたはずだよな。遠くから砲で、狙うわけじゃない」

あっと全員が声を上げた。

あるじゃないか。同じ場所に精確に、けれどプロセッサー全員が損傷を与えられる兵装。

敵機に取りついた状態でしか使えない、けれど敵機に取りついた前提なら確実に使える、

〈レギンレイヴ〉の固定兵装。

「――パイルドライバ！」

†

レールガンを引きつけつつ接近していた五個戦隊が、攻性工廠型《ハルシオン》まで数百メートルの至近まで進出する。瓦礫《がれき》の、ビルディングの影を抜けて矢のように飛びだす。

地を駆ける彼らを迎撃する、八〇〇ミリ砲が軋《きし》る轟音《ごうおん》で旋回。更に攻性工廠型《ハルシオン》の総身に、ヤマアラシが針を逆立てるように無数の対空機関砲が現れる。

『――だろうと思ったよ馬鹿野郎！』

転瞬、俯角《ふかく》を取った機関砲を嘲笑《あざわら》うように、純白の機影がビルディングの屋上に、高層階に、

――砲の狙いの一つも向かぬ高所に姿を現した。

攻性工廠型《ハルシオン》からは死角となる位置で、ビルディングの屋上近くにアンカーを撃ちこみ、巻き上げながら壁面を斜めに、円弧を描いて駆け上った〈レギンレイヴ〉の一群。戦闘の支援を担当する砲兵仕様、榴弾《りゅうだん》砲装備のクォラル、アーチャーの二個戦隊。

〈レギンレイヴ〉は連邦の戦場を、森林と市街の戦場を、主戦場とするべく造りだされたフェ

ルドレスだ。

多くの機甲兵器が苦手とする、市街地戦闘を。厚い装甲と大口径砲で重すぎる戦車には望んでも成し得ぬ、建造物をも足場とした立体的な戦闘をこそ本領とする機体だ。

そのための俊敏、そのための高出力を与えられた白骨の群が、彼らの独壇場たる都市の高みに姿を現す。機甲兵器の弱点の一つ、比較的薄い上部装甲を狙える高所。

それまであえて地を這《は》い回《まわ》り、進撃路には選んでこなかった高所に。

『地べた這《は》い回《まわ》って下に目ェ慣らさせるとこまでこっちの狙いだ——見事に引っかかってくれたよな！』

哄笑《こうしょう》と共に、砲撃。

近距離の迎撃のため攻性工廠型《ハルシオン》が備えていたろう対空機関砲が、その役目とは真逆の地を向いたまま虚《むな》しく吹き飛ばされる。直後に上方へと散らした注意と照準の隙をついて、接近する五個戦隊それぞれの狙撃小隊が弾種を切りかえ、砲撃。殺到した榴弾《りゅうだん》が一対のレールの八〇〇ミリの隙間に到達し、時限信管で炸裂《さくれつ》する。——電磁砲艦型《ノクティルカ》との戦闘で、セオが成し遂げたレールガンの射撃直前での砲撃阻止。

あの時は成形炸薬弾《HEAT》が偶然レールに接触して炸裂《さくれつ》した。けれど、時限信管を設定し、また破壊半径の広い榴弾《りゅうだん》なら、レールの狭間《はざま》を狙える至近距離からに限られはするが同じ事象を狙って起こせる。弾体射出の電磁場を構成する流体金属が、その直前で秒速八〇〇〇メートルの衝撃波と砲弾片に引きちぎられて灰色の空に吹き散った。

戦《おのの》くように巨砲がのけぞる間に、五個戦隊の残りの小隊はなおも接近。——残り距離、三〇。砲身長三〇メートルのレールガンが、どうあっても撃てない巨砲の懐《ふところ》に飛びこんだ。

ワイヤーアンカーが射出される。ビルディングの壁面を、攻性工廠型《ハルシオン》自身の側面をも足場と蹴りつけて、純白の機影が五基の砲塔を目掛けよじ登る。振り落とそうと足掻《あが》いて巨軀《きょく》を蠕動《ぜんどう》させる激震には、四基のパイルドライバのうち三基を叩《たた》きこんで耐え忍ぶ。

砲塔から生え伸びる二対の銀翅、それを構成していた近接戦闘用ワイヤーが今回もばらりとほどけ、あるいは間欠泉の噴出するように翅《はね》のつけ根から噴きだして〈レギンレイヴ〉を迎撃する。先んじて後方、クォレル、アーチャー戦隊が放った榴弾《りゅうだん》が立て続けに空中で炸裂《さくれつ》し、強烈な衝撃波でワイヤーを跳ね返して道を切り開く。

見えざる爆圧の楯《たて》の下を駆け抜けて、ついに〈レギンレイヴ〉が五門のレールガン砲塔上にそれぞれ到達。八八ミリ戦車砲を突きつけ、零距離から砲撃。

秒速一六〇〇メートルの超高速の初速を保ったまま激突した高速徹甲弾《APFSDS》が、——火花を散らして弾《はじ》かれた。硬い。戦車型《レーヴェ》や重戦車型《ディノザウリア》とは違い、機動力を要求されない兵種だ。多少の重量増は許容して、砲塔の装甲を強化してきたか。

想定の内だ。

兵装選択を変更。左前脚の固定兵装、五七ミリ対装甲パイルドライバ。四脚にそれぞれ装備した四基のパイルドライバの、登攀《とうはん》には使わなかった最後の一基。

この短期間に全く新しい兵装を一から開発するのは不可能でも、既存の兵装を組みあわせて急造の新兵装をでっちあげるならどうにかなる。幸いそのための余剰パーツは、それを装備するプロセッサーが機動打撃群全体でもたった一人しかいないから潤沢にある。

撃発。左前脚のパイルドライバが作動。電磁パイルが砲塔に喰《く》いこんだ直後、パイルドライバのカバー外側に切っ先を下に向けて固定されていた高周波ブレードが、固定の爆発ボルトを吹き飛ばしてこれもカバー上に取りつけられたガイドレールを滑り落ちた。

切っ先を下に——砲塔の装甲に向けて。

白熱する切っ先が、厚い装甲を水のように貫く。そのまま深々と斬り進むのを確認する間もなく、〈レギンレイヴ〉はブレードをパイルドライバごとパージ。飛びのいた直後に爆圧の楯《たて》を越えてきたワイヤーの斬撃が砲塔を叩《たた》き、その衝撃にもいまや深く喰《く》いこんだブレードは抜け落ちない。

一方でパイルは弾《はじ》き飛《と》ばされるように抜け落ちて、固定を失ったパイルドライバ本体が重力に引かれてぐらりと傾く。古代の帝国で敵兵に楯《たて》を落とさせるために用いられた重投槍《ピールム》のように、高周波ブレードとの接続部位で折れ曲がる。ドライバの重量で下方への力を加えられたブレードが、砲塔に深く食いこんだまま今度は装甲を下へと斬り裂く。……こちらはプロセッサーたちにも、予想外の効果だが。

「――改良したら、同じ挙動起こせるようになんのかな」

『その方がありがたいわよね。……穴がデカい方が狙うのが楽だもの！』

ほとんど地面と水平にまで倒された高周波ブレードが、ついに抜け落ちて次々と落下する。獣の爪が引き裂いたような、砲塔内部まで達する長い傷痕がその後に残る。

八八ミリ砲の砲口が再び向いた。

ワイヤーを避けて飛びのき、残ったパイルとワイヤーアンカーで攻性工廠型《ハルシオン》の機体側面に取りついていた〈レギンレイヴ〉と、援護のため地上に残っていた者たちと。

その全機が一斉に。トリガを引いた。

攻性工廠型《ハルシオン》が機関砲を失い、五門のレールガンの砲撃全てを妨害されるのを確認したところでスピアヘッド戦隊も潜伏場所から飛びだす。砲塔にブレードを突き立てられ、激しく身もだえる攻性工廠型《ハルシオン》のその背に、四基すべてのパイルを突き立て〈アンダーテイカー〉が取りつく。
搬出口は――出入口は、罠《わな》が仕掛けられやすいから侵入は避けたい。鉄色の外殻に一対の格闘アームの高周波ブレードを振るい、分厚い巨獣の甲殻を斬り裂く。間髪容《い》れずに駆け上ってきたオリヴィアの〈アンナマリア〉が、二条の裂け目を刻まれたそこに精確に高周波ランスを振り下ろした。駄目押しに前脚のパイルを引き抜いて押し当て、再び撃発。

歪《いびつ》な大きな三角形に切りとられた構造材が、内側へと吹っ飛んだ。

左右に飛びのいて場所を開けた二機と入れ替わり、ライデンの〈ヴェアヴォルフ〉とクロードの〈バンダースナッチ〉が機関砲を掃射。弾道確認用の曳光弾《えいこうだん》が光の尾を引き、攻性工廠型《ハルシオン》の内腑《ないふ》の薄闇をひととき照らす。五門のレールガンの直下、塔のように屹立《きつりつ》する巨大な――〈ステラマリス〉の四〇センチ砲のそれと酷似した――弾倉。瓦礫《がれき》を食《は》んで再利用可能なものを飲みこむ、そそり立つ再生炉。銀の流体を湛《たた》えた流体マイクロマシンの培養槽と保管タンク。工廠《こうしょう》の内情にはさして詳しくないシンには正体もつかめぬ、無数の巨大な機械と配管の群。まさしく銀の、巨獣の内腑《ないふ》だ。

制御中枢と見てわかる何かは、その中にない。それはこの近さなら見るまでもなく、シンにはその異能で聞き取れることだ。折り重なる〈羊飼い〉たちの叫喚はそれぞれに、もしかしたら一個体さえもがばらばらに分断されて、攻性工廠型《ハルシオン》内部に偏在している。連なる機械の臓器の狭間《はざま》に、紗幕《しゃまく》を重ねて渡したように体内全体に張り巡らされたマイクロマシンの神経網の群。

戦域奥深くに潜み、戦闘を想定しない自動工場型《ヴァイゼル》とは違い、攻性工廠型《ハルシオン》は戦闘兵種だ。そしてこれほどの巨体なら、制御系は分散して配置した方が冗長性が高い。自ら流体マイクロマシンを生産する攻性工廠型《ハルシオン》は、多少の制御系の損傷ならその場で修復も可能だろう。まして火力の高くない〈レギンレイヴ〉の戦車砲や榴弾砲《りゅうだんほう》では、この神経網群を破壊しきるのは不可能ではないが厳しい。

——やはり〈トラオアシュヴァーン〉の砲撃が、必要になるか。

そのために。

「脚を止める。——アンジュ、頼む！」

レールガンに砲撃を加えた、〈レギンレイヴ〉はあらかじめ弾種を成形炸薬弾《HEAT》に切り替えている。刻みこまれたブレードパイルの傷痕から容赦なく吹きこんだ超高温のメタルジェットに、巨砲の制御中枢を構成する流体マイクロマシンが燃えあがる。

その一門、〈ヨハンナ〉の砲塔から、銀の蝶《ちょう》の群が吹きだすのをシデンは見る。電磁砲艦型《ノクティルカ》との戦闘でも見た、破壊を逃れ、焔《ほのお》を逃れて、制御中枢が逃走する際の姿。流体マイクロマシンが変じた、銀の蝶《ちょう》の無数の群。

〈ヨハンナ〉の制御中枢の、——〈シャナ〉の。

「——逃がすかよ！」

吠《ほ》えて再び、炎上する〈ヨハンナ〉砲塔上に駆け上った。ガンマウントアームの、今日に限って散弾砲から換装した八八ミリ戦車砲。成形炸薬弾《HEAT》に時限信管を設定し、灰の空を旋回する蝶《ちょう》の群に狙いをつけて——……

『——駄目だ嬢ちゃん！　飛び降りろ！』

ベルノルトの警告と、一瞬遅れて鳴り響いた接近警報に我に返った。側方、〈キュクロプス〉を輪切りにする軌道で、振り下ろされるワイヤーの五爪。……〈シャナ〉を逃がすまいとするあまり周囲の警戒を怠った。そしてこれは、——もう回避できない。

——ちくしょう、引っかかった。……友釣りだ。

仲間の死体を餌に敵兵を釣りだす、古典的な戦法。屑鉄《くずてつ》が意図してそうしてきたのかは、わからないけれど結果的に釣りだされたのに変わりはない。

それとも〈シャナ〉が、あたしを道連れにしようとして。

奇妙に甘美な空想は次の瞬間、飛来してワイヤーの真下で炸裂《さくれつ》した成形炸薬弾《HEAT》の轟音《ごうおん》に吹き散らされる。爆圧でワイヤーが弾《はじ》き返され、一瞬呆然《ぼうぜん》となったシデンを駆け上ってきた〈レギンレイヴ〉が〈キュクロプス〉ごと蹴り飛ばして突き落とす。——戦隊章《スコードロンマーク》は戦神に曳《ひ》かれた猟犬、識別番号は〇一。〈フレキ・ワン〉。ベルノルトの機体。

『ったくほんっとうに世話の焼けるお嬢ちゃんだな！　後で小言聞いてくださいよ隊長！』

落下する〈キュクロプス〉の中、巡らせた視線に先の成型炸裂弾《HEAT》の射手が映る。空挺《くうてい》大隊では唯一の焦茶色の、獣めいた四足の機体、〈ストレンヴルム〉。オリヴィアの駆る〈アンナマリア〉。——いち早く彼の異能である予知能力で、シデンの危機を捉えたのか。

カッと激情がこみ上げて、その激情のまま叫んだ。

今。自分は。もしかしたらシャナと。先に死んだ彼女と——一緒に逝けたのに。

「邪ァ魔すんなベルノルト！　大尉もよ！」

『──それはこちらの台詞《せりふ》だ、少尉』

間髪容《い》れずにぴしゃりと鞭《むち》を打つように遮られて、シデンは虚をつかれる。

無造作な、それでいて厳しい今の声は──オリヴィア、か？

『君の任務はレールガンの制圧だ。志願し、請け負ったなら完遂したまえ。そうではなくレールガンと心中したかっただけなら──作戦の邪魔だ。下がっていろ』


アンジュに出していた指示の分だけ、咄嗟《とっさ》にシンは出遅れた。際《きわ》どいところでシデンの危機を救った〈アンナマリア〉に、〈スノウウィッチ〉に場所を譲りつつシンは目を向ける。

「すみません、大尉。──ありがとうございました」

『不測の事態に備えて〝目〟を開けていて、なおかつ距離が近くてよかった。──ぎりぎりのところだったがな』

三秒先の未来を予知する、オリヴィアの異能の範囲は最大でも十数メートル程度と、さして広くはない。

それからふっとオリヴィアは苦笑したようだ。

『リッカ少尉のこともあるし、君が犠牲を少なくしたがるのもわかるが。──別に君が全てを背負ってやる必要はない。特に悪ガキを見守るのは年長者の役目だ。大人しく譲りたまえよ』

「……すみません」

横を抜けざまに〈スノウウィッチ〉が〈レギンレイヴ〉の主兵装の中では重量のあるミサイルポッドを待機位置から引き上げる。〈バンダースナッチ〉と交代し、照準を設定。

完了と同時に全弾を射出。

攻性工廠型《ハルシオン》の腹の中に、二十発のミサイルがまとめて叩《たた》きこまれる。

装甲の薄い斥候型《アーマイゼ》や近接猟兵型《グラウヴォルフ》を想定敵とし、戦車型《レーヴェ》や重戦車型《ディノザウリア》、電磁加速砲型《モルフォ》にも効果の薄い対軽装甲ミサイルの群。攻性工廠型《ハルシオン》内部に撃ちこんだところで、八〇〇ミリ砲弾という慮外の巨弾を扱う工廠《こうしょう》だ。致命のダメージには足りないだろう。ただし。

ばらばらの軌道を描いて工廠《こうしょう》各所に到達したミサイルが、そこで自爆。無数の自己鍛造弾の驟雨《しゅうう》と、――その自己鍛造弾を生みだす爆薬の無数の炸裂《さくれつ》を撒《ま》き散《ち》らした。

金属製の自己鍛造弾に、秒速三〇〇〇メートルの超高速を与える炸薬《さくやく》の、その火焔《かえん》だ。内部工廠《こうしょう》全体が一瞬紅蓮《ぐれん》の舌に舐《な》められ、その熱は厚い外壁を持つ攻性工廠型《ハルシオン》の、密閉された内部からは逃げていかない。

足りないと見て二機目の面制圧仕様機が〈スノウウィッチ〉と場所を交代し、斉射。駄目押しに続けざまに、三機目が砲撃。

その超高熱がついに攻性工廠型《ハルシオン》の巨大な放熱板と、それでも足りずに五門のレールガンの砲塔がそれぞれ有する計十対、二十枚の放熱索の翅《はね》の冷却能力を上回る。

攻性工廠型《ハルシオン》のあらゆるパーツが、高熱を発するパワーパックが、レールガンとその装弾システムが、内部の工廠《こうしょう》が、分散配置された制御系がオーバーヒートする。やはり駆動の度に高熱を持つ、攻性工廠型《ハルシオン》の巨体を支えあまつさえ歩ませる脚部の高性能の人工筋肉も。

そして。


シデンに聞こえる〈レギオン〉の声は知覚同調《パラレイド》を通じてのシンの異能の借り物だけれど、シンが攻性工廠型《ハルシオン》の間近にいる今、耳の奥に響く断末魔はいよいよ強い。呻吟《しんぎん》と、絶叫と、悲憤と、叫喚と。

焔《ほのお》から逃れるように旋回を続ける、〈シャナ〉の嘆きも。

ノルトリヒト戦隊と、近くにいたアーチャー戦隊が協力して〈シャナ〉の周囲に榴弾《りゅうだん》の爆焔《ばくえん》をばらまき、焔《ほのお》に弱い蝶《ちょう》の群を狭い範囲へと追いこんでいく。立ちつくす〈キュクロプス〉の正面に〈シャナ〉を追いこもうとしているのだから、彼らが何を手助けしようとしてくれているのかは嫌でもわかる。

嘆きが降る。蝶《ちょう》の形に分裂した今は、囁《ささ》やきよりも幽《かす》かな声。

――寒い。

そんな声だけを残して、撃ったら本当に消えてしまう彼女。シデンをおいて、いなくなってしまう彼女。

元々シデンには、もう何もない。

家族も、故郷も。受け継ぐ文化も、民族の歴史も、かつて夢見た将来も、今望むべき未来の形も。それは他の、多くのエイティシックスと同じように。

それでもまあ、なんとかなるだろうと思っていた。

これまで八六区や連邦で生きてきたとおりにシャナや、ブリジンガメン戦隊の戦友たちと、なんとなくでも生きていくのだろうと。

そのシャナが死んだ。

戦友たちもその多くが、一度に死ぬか未帰還となった。

そうなったらもう、どうしていいかわからなかった。

シャナや戦友たちと生きていくのだろうと思っていたのに、そのシャナも戦友たちもいなくなってしまったら、それなら明日はどうやって。

それならもう、明日なんて来なくったって。

──それは刺し違えても構わない、じゃない。刺し違えたい、だ。

シンの声が蘇《よみがえ》る。

聖教国の、見慣れない真珠色の軍基地。軍基地のくせに戦の匂いをまるで嫌うかのような、取り澄ました香の香り。

シデンが自身にさえもひた隠しにしていた薄暗い望みを、あの死神はたしかに見抜いていた。かつて同じ望みを抱き、叶《かな》えたがために息の仕方を見失って。だからこそ同じ破滅を望んだシデンを、……忌々《いまいま》しくも、死なせまいとして。

——そんなつもりの奴《やつ》は連れていけない。

ああ、そうだよ。だから、そんなつもりは捨てただろ。

でも、じゃあ捨てたからってどうすりゃいいんだよ。

刺し違えるつもりは捨てて、でもあいつも皆もいないってのに、あたしはそしたらどうやって、これから生きていけばいいんだよ。

間違ってもシンには言えない言葉だ。

情けない。それこそみっともなさすぎて、シンにだけは知られたくない。

だから問うた。この場にいるエイティシックスではない人の、きっと笑いも戸惑いもしないで応えてくれるだろう年かさの人に。

「……なあ、」

『なあ、……オリヴィア大尉。聞いてもいいかよ』

作戦中にはあるまじき、個人に繋《つな》げられた知覚同調《パラレイド》。不意に投げかけられた問いかけに、オリヴィアは叱責するでもなくただ眉を寄せる。

縋《すが》るような、この伝法な少女もやはり十代の子供なのだと、思い至らされてしまう声音。

『あんたならたとえば、どうするんだ。あんたの探してる相手と、戦場で行き会ったら。命がけでなきゃ倒せないとしたら。……刺し違えたら一緒に死ねるとしたら』

しばし、オリヴィアは沈黙した。

探す相手。それは彼の場合には、〈レギオン〉戦争で戦死し、〈レギオン〉どもに首を奪われ、〈羊飼い〉として今も戦野のどこかを彷徨《さまよ》う婚約者の。

「それは、戦うさ。言うとおり命がけで。……ただ、それでも死んではやらないけれど」

刺し違えられたら、それはどんなに甘美なことだろう。

それで終わるならそれはどんなに美しく、甘やかで、……堕落のように安楽なことだろう。

『……なんで、死んじゃやらねえんだ？』

「空《から》の墓標の前で愛娘《まなむすめ》の帰還を待ち続ける彼女の両親に、アンナを葬《ほうむ》ってやったと報告しないといけないからな」

守れなかったのだ、責められて当然だった。けれど責められなかった。毎年の命日と誕生日の墓参りを喜んでくれて、けれど、もう娘のことは忘れなさいとも言ってくれた。

優しいその人たちに、報告をしないといけない。

「それに彼女が愛した祖国を、〈レギオン〉どもがいなくなるまで守らないといけない。彼女の愛した景色を取り戻さないといけない。……何より、」

何より。

「倒してやれば彼女の墓の前で――ようやく泣ける」

婚約者の――アンナマリアの葬儀で、オリヴィアは泣かなかった。

泣きたいけれど、泣かなかった。涙など一粒も零《こぼ》さなかった。

そこに彼女はいないのだから――忌々《いまいま》しい屑鉄《くずてつ》どもに取りこまれて、まだ葬《ほうむ》ってやれてなどいないのだから、涙を流して清算するわけにはいかなかった。

「誕生日と命日の度に、涙と花を手向けてやれる。私が死ぬまで毎年、それをしてやれる。……それも果たしてやれてはいないのに、とてもではないがまだ死ねんよ」

その何十年かの間に彼女の両親が言うとおり、自分は新しい恋を見つけるのだろうか。

誰か別の女性と、自分は結ばれるのだろうか。

オリヴィア自身まだそれはわからない。そうなるかもしれないし、ならないかもしれない。

ただ、毎年花を贈ることはやめないだろう。一生アンナマリアを忘れはしないだろう。

今は――そのためだけでも。

シデンは少し、わらったようだった。

『そっか。――そうだな』

頷《うなず》いて、シデンは八八ミリ滑腔砲《かっこうほう》の照準を〈シャナ〉の群に向ける。

そうだな、シャナ。

あたしはまだお前を葬《ほうむ》ってやれてないし、墓参りもしてやれてない。生き残った奴《やつ》らとたとえば年に一回、あの作戦の日にでも集まって酒飲んで騒いで、そうやって忘れずにいてやることもできてないんだものな。

そんな程度でいいのだろう。

そんな程度さえ自分に赦《ゆる》せなかったから、自分も、一年前に見た時のシンも戦場にそのまま立ちすくんでしまっていたのだろう。大切だった誰かを飲みこんだ戦場に、自らも消え失《う》せることを望んでしまったのだろう。

あの死神は、そこから逃れた。

だったら自分も抜けだそう。——あの馬鹿にできたことができなくてたまるか。

「——じゃあな、シャナ」

先に死んだ、戦友たち。収容所で死んだ両親。守り切れず死なせてしまった妹。八六区に立ちつくしたままの自分も。

じゃあな。忘れないけど、もう引き止められない。

トリガを引いた。

制御中枢を焼かれた五門のレールガンが、獣が首を折るように次々と地に伏す。

体内の業火《ごうか》と自ら生みだす高温により、耐久温度の限界を超えた攻性工廠型《ハルシオン》の駆動系が緊急停止する。

攻性工廠型《ハルシオン》撃破のための、第一段階。空挺《くうてい》大隊の果たすべき任務。——人類側の雷霆《らいてい》たる〈トラオアシュヴァーン〉の進出完了までに、その脚を折りレールガンの牙を潰す。

それが達成される。

砲を焼かれ、人工筋肉の支えを失った鉄色の巨獣が、激甚と地響きを轟かせて頽《くずお》れた。

間章　ところでジークフリートの殺し方を知るには

「こんちは」

連邦首都ザンクト・イェデルの軍病院は、リュストカマー基地からはそれなりに遠い。だというのに何故か突然、入院病棟の大部屋の入口にアネットが顔を覗《のぞ》かせて、セオも同室のエイティシックスの少年たちもきょとんとなる。細く開けた窓から入りこむ涼しいが寒くはない外気と、薄い硝子《ガラス》を重ねたような、ぱきりと硬い秋の空。

体が治るのと一緒に体力も戻って暇を持て余している、同室の仲間たちはあえて小難しい本を読んだり、ためこんでいた課題をうっかり制覇してしまったり。隣のベッドの少年など、別の誰かの見舞いに来たついでに覗《のぞ》いてきたらしい知らない子供と話をしている。

セオは話はしたくないから、その子を見ない。

頭の中になんだか、埋められない空白が居座っているみたいだ。気がつくとぼんやりしてしまう。自分だって暇なのに、暇潰しに何かしようとか、どういうわけか思えない。

帰国してからずっと、そんな感じだ。シンが見舞いにきた時やイシュマエルが見送ってくれた時はこれからのことや、どう生きていきたいかを考える余裕があったのに、帰ってきたらなんだか気が抜けてしまった。

あるいは彼らにだけは無様を見せまいと、必死に己を律していた気力が、ここにきてとうとう尽きてしまったように。

顔見知りでもない、だから彼の事情だって当然知らない子供とは話をしたくなかったから、アネットの方を見て聞いた。

「……何？」

「や、そろそろ暇、持て余してるころかなぁと思って。近くまで来たついでにコレ、映画とかアニメとか。みんなで観てよ」

共用の大きなテレビの前でトートバックを広げる。ぎっしり入ったデータメディアに、わらわら集まってきた少年たちが歓声を上げる。

「アネット、もしかして天使？」

「いやー助かるわホント暇で暇で」

「あっでもこれすごいつまんなさそう」

「ふーん、じゃあ持って帰ろうかしら全部」

「あっ待って待って冗談だから帰らないで！　帰ってもいいけど映画は置いてって！」

「よければ坊主《ぼうず》も観てく？　なんか観たいのあるか？」

「ううん、パパ来たから帰る。お兄ちゃんたち、お姉ちゃんもまたね！」

「はいはいまたね。……あんたたちの知り合いの子？」

「や、なんかエイティシックスの、ちびすぎて従軍しなかった子。ニュースで見て心配になって、養父《オヤジ》さんに頼んで見舞いに連れてきてもらったんだって」

……しまった。とセオは思う。

それなら、同じエイティシックスの自分より小さな子供だったというなら、今みたいに素っ気なくしないでちょっとくらい話をしてやればよかった。せっかく心配してきてくれたのだから、ちゃんと応えてやればよかった。

子供は養父らしい軍服の男性と手を繋《つな》いで、男性が会釈《えしゃく》して子供が手を振って去っていった。手を振り返してやるのも間に合わなくて、後ろめたいのを押し隠してアネットに問うた。

「ちょうど近くまで来たって？」

アネットはちらりとこちらを見て、答えなかった。

代わりに、言った。

「あんたはなんか、暇そうだけど暇潰ししたい感じじゃないわよね」

「なんとなく、だけど。そういう気分じゃないんだよね」

暇潰しでもしようと思わない。

というよりも、何かをしようと思えない。

「ちょうどいいから聞いてもいい？　えっと、」

そういえばこの白系種《アルバ》の少女のことを、なんて呼んでいたっけとセオは思う。

レーナの友人で、シンの昔の知りあいだというのは知ってはいるが、セオ自身はそれほど話した記憶はない。連合王国での作戦の時に話して、あとは何度か顔を合わせたくらいだろうか。

とはいえペンローズ少佐、と呼ぶのも、今更他人行儀というか、冷たすぎる気もするし。

「アネットでいいわよ」

「どうも。……アネットは、これからどうしようかとか、考えたことってあるの？　戦争終わったらとか、大攻勢の後に連邦軍が来た時とかも」

「ああ……」

曖昧に言いさしたアネットに、無神経だったと気づいてセオは口を噤《つぐ》む。

「ごめん」

「いや、それはいいんだけど。……母さんはたしかに大攻勢で死んじゃったけど、お別れは言えたしね」

逃げなかったの、とアネットは苦笑する。あの亡国の、建国祭の夜。逃げなければと告げたアネットに、けれど笑って手を振りほどいて。

「足手まといにも心残りにもなりたくないし、先に死んじゃったお隣のお友達にも会いたいし、父さんのこともそろそろ待たせすぎてるからって、ね」

　仲間たちはさっそく備えつけの大きなテレビで映画を観始めたところだ。音声は無線のイヤホンで聞くのがマナーで、イヤホンをつけていないセオにはだから、無音で映像だけだ。

　仲間たちはイヤホンをつけて、映画に見入って、こちらを見ない。

「ともかく。そうねえ……そんなに深く考えたことはないわね。その時は生き残るのに必死だったし、連邦に来てからはシンにどうやって謝ろうかってそっちで頭一杯だったし。今はとりあえず、生きてたいわね。やりたいこといっぱいあるもの」

「やりたいことって？」

「お洒落《しゃれ》とか。美味《おい》しいもの食べたりとか。新作の映画観たりとか。あと、一回くらいレーナとシンにパイぶつけてみたいわね。クリームたっぷりの。投げ返すの禁止で」

　拍子抜けしてセオは問い返す。まさか、そんな俗っぽくてありきたりな。いかにもどうでもいいような。

「……そんなもの？」

「そんなものでいいでしょ。あんただってたとえば、そうね、下の広場の屋台の揚げパンがすごい美味《おい》しいって、そう聞いたら食べてみたくなるでしょ？　買ってきてあげないけど。……その程度のやってみたいなら、叶《かな》えたって次のやりたいことがきっと死ぬまで見つかるわよ」

　その言葉にセオは苦笑する。

　何かをしたいから死にたくない、じゃなくて。まだ死んでないから、何かをしたい。

人生なんてもしかしたら、その繰り返しにすぎないのかもしれない。

ぼんやり過ごしても好きに過ごしても一生、なら。

「……じゃあ、とりあえず外出できるようになるまではそれを目的にしようかな」

「よし。あとレーナとシンにパイ投げ祭りは一緒にやりましょ。その権利はあるはずよ。あたしにもあんたにも、あとライデンとかにも。ダスティンは、あいつも投げられて欲しいけど」

「ていうかダスティンはそろそろ僕とシンとライデンとクレナとあとレーナと、一応リトもかな、ダイヤ知ってるから。そのあたりからパイぶつけられていいはずなんだよね」

もう連合王国での例の遭難からは四か月も経《た》っていて、盟約同盟でのダンスパーティーでさえ一か月以上も前なのだが何をグズグズしているのか。

「他には特に理由はないけど、王子殿下にもパイ投げつけてやりたいわよね」

「あー、それはたしかに」

顔を見合わせてクスクス笑う。

「ならそれまでに、左手どうするか考えとかないと。……あ、あとそうだ、スケッチブック」

不意に今の今まで忘れていた、その存在を思いだしてセオは言う。

「基地の僕の部屋にあるから。次来るときは持ってきてよ」

ふふ、とアネットは微笑《ほほえ》んだ。

「了解。お使いしてあげる」

第四章　鏡よ鏡、ただの鏡に映るのは？

黒煙を上げる自動工場型《ヴァイゼル》の前で、〈レギオン〉支配域にはあるまじき人の声が響き渡る。

「――よっしゃ終わったぁあああ！　勝ったぁああああああああああああ!!」

叫んだのはツイリで、彼の乗機である〈バルトアンデルス〉の中だ。無線と知覚同調《パラレイド》とついでに外部スピーカーで、雄叫《おたけ》びは殷々《いんいん》と戦野の山々に響き渡る。

連邦西部戦線の最北端、連合王国との国境である竜骸《りゆうがい》山脈の、かつての帝国領であった南側の山麓の一角である。機動打撃群第二機甲グループに、割り当てられた作戦域。

すぐ近くにある別の拠点を制圧中の、義勇連隊指揮官の中佐が苦笑交じりに言った。作戦域が近いので、友軍誤射を防ぐためにツイリと彼とは互いに同調していたのだ。

『いい声だな、中尉。昔聞いた歌劇の歌手を思いだすよ。素晴らしいバリトンだ』

「あらありがと。それと……失礼、知覚同調繋《パラレイドつな》がったままだったわね」

忘れていた。羞恥に頬などかきつつ、知覚同調《パラレイド》を切る。

まあ、ついつい叫んでしまう程度には大変で、面倒で、疲れる任務だったのだ。

敵の戦闘準備が整うよりも先に、〈アルメ・フュリウーズ〉による〈レギンレイヴ〉の空挺《くうてい》で急襲し、制圧する。連邦軍のその作戦は間違っていず、自動工場型《ヴァイゼル》の直衛らしいわずかな〈レギオン〉部隊以外とは交戦せずにすんだ。電磁砲艦型《ノクティルカ》やそれに類する超大型〈レギオン〉の対策として、ツイリたちが採用した放熱板への砲撃も的を射ていた。

ただし自動工場型《ヴァイゼル》の放熱板が何しろ巨大な分だけ分厚くて頑丈で、何枚かの放熱板に至ってはどうやら体内に予備があったらしく壊すなり復活しやがったのは計算外だったが。

新たに知覚同調《パラレイド》が繋《つな》がって、旧共和国の北西の国境付近で作戦中のカナンが言った。

『お疲れさまです。――ちなみに第三機甲グループは三十分前に制圧を完了しています』

事務的を装《よそお》ってはいるがはっきり得意げな、澄ました声音にツイリはチッと舌打ちする。

「誤差でしょうがこの野郎」

『最速クリアしたのは北部戦線の、どこぞの義勇連隊ですからまあそのとおりですね。対策案の問題点もわかりましたし。――制御中枢の位置予測を外すと全部壊して回る破目になるし、それ以上に搬出口も搬出路も装甲隔壁と地雷だらけで、こじ開けるのがとにかく手間でした』

「ああ……」

出入り口からの突入はなるべく避けるのは常道だが、自動工場型《ヴァイゼル》でも有効だったようだ。

『内部構造は今回の一斉襲撃で、データが集まるので予測も精確になるでしょうが。搬出路の正面突破はやめた方がよさそうですね』

「こっちも有効は有効なんだけど、放熱板全部壊すのはけっこう手間ね。意外と頑丈だし、何しろ相手がデカいせいで仰角苦手な戦車砲だと狙いがつけにくくって。今回みたいな陸戦はともかく、電磁砲艦型《ノクティルカ》みたいに海にいた場合は冷却の問題ってどうなるのかしらとも思うし」

そのあたりの機関とかの勉強、しておこうかしらと思いつつ言う。ちょっと興味もあるし。

「第一の連中は、装甲にナイフぶっ刺して抉《こ》じ開けて腹の中にミサイルぶっ放すとか、またノウゼンと愉快な仲間たちらしい無茶な案採用したわねって思ってたけど。案外アレが一番正しかったかもね」

『最悪装甲に穴さえ開ければ、冷却系を機能停止させられなくとも制御系なり動力炉なりの破壊は不可能ではないですからね。――まあ、そのノウゼンたちはまだ戦闘中のようですが』

ん？　とツイリは片眉を上げる。

「なんだって義勇連隊ミルメコレオとやらと協同して、試作レールガンも使えて、その上敵の中枢が見抜けるノウゼンがいる第一が、まだ作戦終わってないのよ」

『第一機甲の敵は攻性工廠型《ハルシオン》とかいう、レールガン装備の自動工場型《ヴァイゼル》でしょう。敵のレールガンも潰しつつあの化物鳥を進軍させる以上、手間がかかるのは当然では？』

『……いや、実は攻性工廠型《ハルシオン》の足止めまでは、結構いい感じに進捗してたんだけどさ』

連邦で訓練中のスイウが割りこんだ。

その声が緊迫している。

「――どうしたの？」

『何かあったのですね？』

『うん。グレーテ大佐がもう動いてるし、副長以下と第四の参謀たちにも記録取ってもらってるけど。――人数多い方がいいと思う。そっちも余裕があれば、聞いててやって』

†

攻性工廠型《ハルシオン》が頽《くずお》れる。

一〇トン強もの重量のある〈レギンレイヴ〉をわずかにはねあがらせるほどの激震が、分厚い灰の層を舞い上げて駆ける。一つ息をついて、けれど警戒は解かぬままシンは言う。

やはり中を一瞬焼いた程度では、破壊しきれない。制御中枢は、レールガンのそれ以外はすべて無事で、だから嘆きの声は未《ま》だ聞こえ続けている。

「ヴァナディース。攻性工廠型《ハルシオン》の一時機能停止に成功しました。〈トラオアシュヴァーン〉の――旅団本隊の射撃位置到達まで、作戦域の制圧を維持します」

「了解。ご苦労さまです、空挺《くうてい》大隊各位。――キュクロプス、無茶しすぎですよ」

知覚同調《パラレイド》の向こう、空挺《くうてい》大隊のプロセッサーたちが歓声を上げているのを聞きつつレーナは応じる。ほとんど敗走も同然だった船団国群の作戦とは一転、彼らが自主的に立案した対策が見事に的を射てのこの結果だ。達成感もひとしおだろう。

お小言を言った当の相手であるシデンは、生返事だけ返してさっそくシンに絡《から》んでいる。

『へーいへーい。……ところで、死神ちゃん？　死神ちゃーん。おーい死神ちゃんってばよ』

露骨に嫌そうにシンが応じる。

『うるさいな。なんだ』

『なんだじゃねえよ。体よくレールガンへの囮《おとり》にしたあたしに、死神ちゃんからなんか言うことがあるんじゃねえの？』

『お前が行きたいって言ったんだろ。文句を言われる筋合いがあるか』

『文句なんざ言ってねえだろーただ言うべきことがあるんじゃねえのって』

シンは応じずただ苛々《いらいら》と舌打ちする。

ベルノルト以下ノルトリヒト戦隊は呆《あき》れ、アンジュは笑いを堪えてライデンとかクロードとかトールとかは遠慮なく爆笑している。

久方ぶりに聞くシンとシデンのじゃれあいに、レーナも笑わされてしまいつつ命令を下した。

「アンダーテイカー、キュクロプス。そのくらいになさい。――空挺《くうてい》大隊は作戦域の警戒を。旅団本隊、〈トラオアシュヴァーン〉は射撃位置への進出を急いで……」

その時ヒェルナが、何か言った。

共和国や連邦の公用語ではなく、聖教国の言葉で。レーナもエイティシックスたちも聞き取れない言語で。

そして前方、指令所の巨大なホロスクリーンの中で。

連銭葦毛《れんぜんあしげ》の駿馬《しゅんめ》の部隊章が――彼女が直接指揮を執る聖教国軍第三機甲軍団シガ＝トゥラが、その進撃を停止した。

レーナも、参謀たちもマルセルら管制官たちも、一瞬誰もがあっけにとられる。このタイミングでの陽動部隊の停止は当然、予定にない。

「……ヒェルナ。何を――……」

振り返り、今度は共和国と連邦の公用語でヒェルナは言う。

無垢《むく》な微笑で。万々の珪砂《けいしゃ》の流れるような繊細な声で。

「鮮血の女王。エイティシックスたち。――我が国に亡命しませんか？」

「っ……!?」

レーダースクリーンに突如、無数に表示された輝点《ブリップ》にリトは息を吞《の》む。

〈レギオン〉前線部隊は排除して無人の前方、進行方向。敵味方識別《IFF》には未応答、敵味方不明機の熱源。それが無数に扇状に——伏撃の配置！

「っ、散開っ！」

僚機に命じた時にはすでに、その手は半ば自動的に〈ミラン〉を跳びのかせている。八六区で戦火に研がれ、戦闘者として最適化されたエイティシックスの一人がリトだ。明らかに埋伏していた不明機の群に、様子見をはかって棒立ちするほどおめでたくない。

大口径砲の激烈な砲声が前方で轟《とどろ》く。回避機動の強烈な加速度に耐えつつ、瑪瑙《めのう》色の双眸《そうぼう》が光学スクリーンを睨《にら》む。〈ミラン〉側面を跳び掠《かす》めていく、流線型の砲弾。前方、火線の源で派手な灰神楽《はいかぐら》が立ちのぼる。

弾速が遅い。加えてその兵器に特有の派手な後方爆風《バックブラスト》。

無反動砲だ。

「——ってことは二発目が来る！　回避続けて！」

ごぉんっ、と、強烈な砲号が再び。

飛来した成形炸薬弾《HEAT》がまたしても空を切る。猛烈な爆風に巻き上げられた灰が、先のそれと合わさって目まぐるしく舞い狂う。……無反動砲は大口径の砲弾射出の反動を、後方にも爆風を噴出することで相殺《そうさい》する対装甲兵器だ。

この工夫により軽量のフェルドレスでも大口径砲を扱えるようになるが、欠点も大きい。装薬のエネルギーの大半を砲弾の射出ではなく反動軽減に費やすために弾速が遅く、猛烈な後方爆風《バックブラスト》が大量の砂塵《さじん》を巻き上げるせいで自身の位置が露呈しやすい。

そのために一機につき一門ではなく六門も、装備するのだという無反動砲。

最初の射撃で己が位置を露呈し、けれど敵を撃破し損ねた場合に――間髪容《い》れずに二射目、三射目を放って必殺を期すために。

そう、リトは聞いている。

この作戦の直前に、それを教えてもらっていたから。だから〈レギンレイヴ〉も〈ジャガーノート〉も、対峙《たいじ》してきた〈レギオン〉さえも使わなかった無反動砲の、特徴を思いだして即応できたというのもある。

風が通る。

灰の帳《とばり》がたなびいて薄れる。その向こう。現れる、真珠色の小柄な影の群。

真珠色。

機動性よりも、この大地に積もる灰の表層に足を取られぬことを優先した機体であるらしい。鰭《き》脚《きゃく》類の肢か鳥の翼のような接地面積の広い四脚。這《は》いつくばるような脚部の形状を差し引いても背の低い、比べればフレデリカの背丈ほどもないだろうちっぽけな胴部に、左右に三門ずつ、翼のように広がる巨大な六門の一〇六ミリ無反動砲。

いかにも戦時の急造品といった風情《ふぜい》の、なんともお粗末な。どこか折れた翼をひきずって這《は》う小鳥のような無惨《むざん》さの。

機甲七式〈リャノ＝シュ〉。

聖教国軍制式フェルドレス、機甲五式〈ファ＝マラス〉が、十年の戦禍に大きく失われた兵力の代わりに無数に随伴させる護衛の無人機。

「……なんで」

続けてその〈ファ＝マラス〉が、〈リャノ＝シュ〉の背後に現れる。

赤子が這《は》い進《すす》むような、四肢の折れた獣がにじり寄るような聖教国のフェルドレスに特有の動き。こちらも翼のような八脚に、けれどこちらは有人機であることを、そして乗員保護を最優先とせねばならぬほどに逼迫《ひっぱく》した戦況をも示す、増加装甲だらけの分厚く重い正面装甲。一二〇ミリライフル砲の機関部や弾倉さえ、コクピットの前に置いて楯《たて》とする独特の。

もはや疑う由《よし》もない。

聖教国軍が——今の今まで、共に戦ってきたはずの味方だったはずの軍が、敵としてエイティシックスに、連邦軍第八六独立機動打撃群《ストライク・パッケージ》に砲口を向けていた。


見据えるレーナの前で、ヒェルナはただ微笑《ほほえ》んでいる。

FRIENDLY UNIT

[友軍機紹介]

聖教国の主力フェルドレス。パイロットの生存性を重視した、連邦の〈ヴァナルガンド〉などに近いコンセプトの機体。しかし技術力差は大きく、総合性能は一段階劣る。

[NAME]
機甲五式〈ファ＝マラス〉

[SPEC]
[製造元] 聖教宮 鍛冶殿《かぬちでん》 兵杖塔《ひょうじょうとう》
[全長] 7.0m／全高2.9m

[ARMAMENT]
120mmライフル砲×1
12.7mm機銃（主砲同軸）×1
12.7mm機銃（旋回式）×1

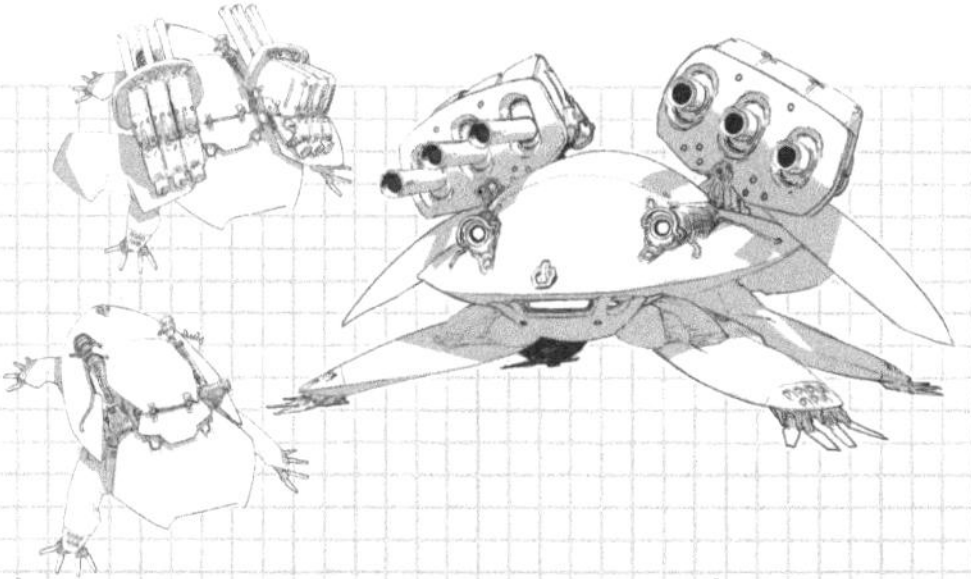

親機である〈ファ＝マラス〉によって管制され、追従する無人機。機動性・運動性は劣悪で、戦車というよりは小型の自走砲であり、主に待ち伏せ射撃を主とした運用がなされる。

[NAME]
機甲七式〈リャノ＝シュ〉

[SPEC]
[製造元] 聖教宮 鍛冶殿 兵杖塔
[全長] 3.2m／全高1.6m

[ARMAMENT]
106ミリ無反動砲×6
12,7mmスポッティングライフル※×2
※照準位置を確認するために搭載された単射銃。
本機はレーザー照準器を搭載しない

メインスクリーンを背に振り返ったかたちの彼女の背後、それぞれのコンソールに向かう聖教国の管制官や参謀たちはこの異常にも無反応だ。軍団の停止に、軍団長の突然の発言に疑義を差し挟むでも制止するでもなく、予定通りに作戦が進捗しているかのように無反応だ。ただフードに隠れた面をわずかに傾けて互いに向けあい、小鳥がさざめくようにひそやかな声で囁《ささや》き交わしている。

レーナは舌打ちを堪える。それならこの行動に加わっているのは、前線の部隊だけではない。幕僚もだ。少なくとも第三機甲軍団〈シガ＝トゥラ〉、その全員が敵ということだ。

それとは別に一つ、奇妙なことに気がついた。

聖教国の幕僚たちの声の響き、わずかに見える口元やおとがいのライン。それが、想像していたよりもずいぶん若いのだ。せいぜいレーナやシンと同い年か、一つ二つ上という程度。十代の尉官というならまだ、連邦には特士士官の制度があるし、何よりレーナはエイティシックスたちで見慣れている。けれどここは軍団司令所だ。兵力の少ない聖教国ではほとんど最高位だろう軍人たちが、まさか二十歳そこそこ。

妙だ。これではまるで、聖教国の軍人には若者しかいないみたいだ。

……そういえば聖教国に派遣されてから、年配の軍人を一度も見ていない。参謀官も、通訳も、遊びに来ていた少年兵たちも、誰も彼もが若者ばかりだ。

油断なく見据えたまま、無言のレーナに。不審から警戒、緊迫へと表情を変えつつある鋼《はがね》

色《いろ》の軍服の幕僚たちに視線を一刷きして、ヒェルナは繰り返す。

「亡命しませんか？　エイティシックス。鮮血の女王とその幕僚たち。戦果を、手柄を、――あなたたち自身を、手土産として」


指揮系統上は第三軍団と連邦派遣旅団は上下関係になく、だからシンとヒェルナとは無線でさえも会話する想定はない。にもかかわらずヒェルナの声は届く。朗々と。

聞かせるつもりで割り当てた周波数で大出力で発信し、聞かせるつもりで中継しているのだとは嫌でもわかった。

『亡命しませんか？　エイティシックス。鮮血の女王とその幕僚たち。戦果を、手柄を、あなたたち自身を、手土産として』

「……なんのつもりだ」

作戦は未だ、継続中だ。そもそも亡命など求めたことはない。

そうである以上これは問いでも勧誘でもなく――……。

『人助けがお好きなのでしょう。英雄たち。我が国は連邦よりも危機的状況にあります。助けてください。連邦よりもどの国よりも、哀れな我ら聖教国をこそ優先してください』

脅迫。

機動打撃群の得た情報を横取りするための。

あるいは共和国の残党の、洗濯洗剤同様に戦力を——エイティシックスを手に入れるための。

阻電攪乱型《アインタークスフリーゲ》の展開は、今は薄いらしい。無線のわずかな雑音の向こう、少女の声が軽やかに笑う。

『イエスと言ってくれないと、戦場に散ることになりますよ？』

それでもエイティシックスたちには、何が起きているのか理解が及びきらない。味方のはずの聖教国軍に砲口を向けられているのはわかる。彼らが敵に回ったのはわかる。けれど、どうして。一体何が起こっている？

だからそれに即応したのは、ミルメコレオ連隊だった。

聖教国軍第三機甲軍団配属の五個師団のうち、唯一陽動ではなく後詰として、旅団本隊の背後を進んでいた第八師団。その第八師団が忍びやかに増速し背後から急襲してきたのを、辰砂《しんしゃ》で揃《そろ》えた機甲連隊が反転して真っ向から迎え撃つ。

〈レギンレイヴ〉が反応したのは一拍遅れてだ。初撃を喰《く》らう無様こそ晒《さら》さなかったものの、明らかに背後の師団の急襲を想定していないその動きにギルヴィースは舌打ちを堪える。

聖教国軍の裏切りなど、考えてもみなかったのだろう。聖教国だけではなくこれまで他国に派遣され作戦を遂行する間も、――彼らにとっては祖国ではない連邦の戦線でも。

「甘すぎるだろエイティシックスたち！　――人も国も、裏切るのなんて当たり前だ！」

挺進部隊《ていしん》、空挺《くうてい》なんて一番に危険な役割を、今回の作戦でだって聖教国からも連邦からも押しつけられていながら！

そうだというのに考えたことも、なかったのだろう。共和国の絶死の八六区、祖国に絶対の死を定められた戦場でそれでも絶望に負けず戦いぬき、生きぬいてきた誇り高い少年兵たちには、その戦とは所詮は陰惨で下劣な、人と人の諍《いさか》いの手段にすぎないということなど。

「ギルヴィース《モックタートル》より大隊長各位。――現時点を以《もつ》て、ミルメコレオ連隊は聖教国軍の支援任務を自己判断にて終了」

発した命令に、疑義や困惑は返らない。

派遣当初から聖教国軍に対しても機動打撃群に対してさえも、一抹の疑念を唇に挟んだ刃のように含み、常に裏切りに備えていたギルヴィースたちは実際の裏切りにも動揺などしない。

「零時方向の聖教国軍機甲部隊を不明敵部隊《ボギー・ワン》に設定。連邦派遣旅団の保護のため――……」

義勇機甲連隊ミルメコレオは、そもそもその諍《いさか》いの道具として設立された部隊だ。

〈レギオン〉戦争終結後、貴族が市民どもの手から軍の主導権を奪い返すための。

名声を高める漆黒《くろ》の混血から、英雄の名を正しく真紅の貴種の下に取り戻すための。

そして半端《はんぱ》に焔紅種《パイロープ》の血を引く一門の面汚《つらよご》しに正規軍人、正規士官の名誉は与えず、それでいて戦力とするための。

「聖教国軍、第三機甲軍団第八師団、および不明敵部隊《ボギー・ワン》に応戦を開始する。見せつけてやれ」

戦場の苛烈と〈レギオン〉の蹂躙《じゅうりん》、向けられる悪意の理不尽は知っていても、――人の世界の陰惨は未だ知らぬ、ある種純粋なこどもたちに。

「……祖国から裏切りを受けたというのに、何もかも奪われた子供だというのに。何かを信じる善性は、失っていないんだな」

うらやましい。

ぽつりと落ちた言葉は〈ヴァナルガンド〉のパワーパックの甲高い唸《うな》りにかき消され、後席のスヴェンヤにさえも届くことはない。

『イエスと言ってくれないと、戦場に散ることになりますよ？』

クレナはその言葉を呆然《ぼうぜん》と聞く。

同じ繊弱《ひわやか》な、華奢《きゃしゃ》な、いかにも善良な少女が最初に会った時には、そして作戦直前にも、武運を祈ってくれたのに。

助けてくれと言ってきて、その言葉にたしかに機動打撃群は応えたのに。

不意に石塊《いしころ》のような感情が突き上げて、ぎりっと奥歯を噛《か》み締《し》めた。

あの可愛《かわい》らしい少女の振舞も。笑った顔も。向けられた善意も。

ぜんぶ　嘘《うそ》。

「……よくも、」

どうして信じてしまったのだろう。

助けてくれ、なんて、それは自分たちの代わりに戦ってくれと望む言葉じゃないか。

英雄などと都合の良い美名でおだてて、その実兵器として都合よく扱うつもりだっただけじゃないか。

それはまるきり、共和国の白ブタの言い草で振舞だ。

そして白ブタは実のところ、共和国だけではなくどこにでもいるのだ。

聖教国でもそうだったし、それ以外の国でもみんな同じだ。甘い言葉で、優しそうな笑顔で、夢とか未来とかありもしない希望を騙《かた》って。そうやって誰も彼もが自分と仲間たちを利用しようとするのだ。

どこでもそうだ。いつもそうだ。

仲間たち以外のあらゆるものは、いつだって彼女の仲間を、家族を都合よく利用して、そして無慈悲に、無造作に奪おうとする。八六区で、エイティシックスへの当然の扱いとして。戦場で、死というかたちを以《もっ》て。平和の中で、哀れみだとか優しさだとかの顔をして。そしてこの聖教国のように、英雄だなんて勝手な役目を押しつけて。

それが当然だと、世界の理なのだという顔をして。

開けていた目の前がなんだか、暗く紗幕《しゃまく》のかかったような心地になった。

そう、所詮、人なんて、世界なんてこんなものだ。冷酷で、無慈悲で、残忍で卑劣だ。望めば望んだだけ、奪われるばかりだ。

両親のように。年上だった、姉のように。共に戦いぬきながらその誇りを奪われた、セオのように。

何も信じられない。――信じられるのは仲間だけだ。

仲間以外のものは敵か、まだ敵にはなってないだけの意味のない何かだ。

人も。世界も。未来も。――戦争の終わり、なんてものも。

†

《駆動系の冷却を完了。プラン・フェアディナント、再起動》
《警告。電磁加速砲一番から五番の制御系大破。一番の制御系を複製元とし修復を開始》
《メリュジーヌ・ツー、生成開始。完了。メリュジーヌ・スリー、生成開始。完了。メリュジーヌ・フォー、生成開始――……》
《メリュジーヌ・シックス、生成完了》

《電磁加速砲一番から五番――再始動》

✝

瀕死《ひんし》の蟲《むし》の痙攣《けいれん》のように巨躯《きょく》を震わせていた、蹲《うずくま》った攻性工廠《ハルシオン》型の振動が変わる。攻性工廠《ハルシオ》型《ン》の超重量を支え動かす、強力無比な駆動機関が生みだす振動。オーバーヒートし一時停止していた、駆動系が再起動する。ぐわりと鋼鉄の巨獣が、地響きさえ立てそうな重々しさで巨体を起こす。

《――寒い》

攻性工廠《ハルシオン》型が立ちあがると同時、途絶えたはずの少女の悲嘆がその巨体から零《こぼ》れ落《お》ちた。

レールガンを制御する〈羊飼い〉の……機械仕掛《じか》けの亡霊と化したシャナのその最期《さいご》の思惟《しい》の欠片《かけら》が、至近距離の霹靂《へきれき》の轟音《ごうおん》で――五門の砲がそれぞれに、同時に。

《寒い》《さむい 《寒イさムい》 寒 《さムイサムい寒》 いさ 《サむいさむイ》 ぃいイぃいイイいイイいいイイいイ――――――――――!!》

『ぐっ……!?』

『ひゃっ……!?』

実戦でシンと同調するのは、オリヴィアとザイシャはこの作戦が初めてだ。未だその異能に慣れきらない二人が、咄嗟《とっさ》に知覚同調《パラレイド》を切って通信網からいなくなる。

それほどの怨嗟《えんさ》。それほどの――機械仕掛《じか》けの狂気。

復活したレールガンが風を切って天を睨《にら》む。アーク放電の激光で灰の空を一瞬引き裂き、直上めがけて一斉射撃。降り注いだ、合わせて数十トン分もの散弾の豪雨を避けて空挺《くうてい》大隊各機は攻性工廠《ハルシオン》型の周囲から離脱、散開して鉄片突き立つ砲撃範囲を逃れる。

脆弱《ぜいじゃく》な羽虫どもを一息で吹き散らし、再び己の主砲の最低限の間合いを取り戻した五門のレールガンが附仰角ゼロを――水平を向く。〈シャナ〉の痛嘆が嗷々《ごうごう》と吹きすさぶ。

「っ……！」

『くそっ、またかよ……！』

『こいつは……近くで聞くにはやっぱきついな……！』

その重圧は何年も共に戦って最も慣れたはずのライデンたち元スピアヘッド戦隊員にも、幾度となく共に作戦をこなしたクロードたち空挺《くうてい》大隊のプロセッサーにも変わらずのしかかる。

『シン！　平気か⁉』

「ああ。……距離が近い時は、少し辛《つら》いけどこの距離なら」

五門のレールガンが、電磁砲艦《ノクティルカ》型のように流体の蝶《ちょう》を補充せぬまま復活したのは想定外だったが、……元が自動工場《ヴァイゼル》型である以上、体内で破損した分の流体マイクロマシンを生成し、機外に出さぬまま補充することも可能か。

一度切れていたオリヴィアとの同調が、少し遅れてザイシャとのそれが復活。未だ歯の根が合わぬまま、それでも気丈にザイシャが告げる。

『さ、再起動まで二〇〇秒——想定よりも回復が速いです、ノウゼン大尉！〈トラオアシュヴァーン〉の進軍が妨害されていることもありますし、起動の度にオーバーヒートさせていては残弾が足りなくなると予想されます』

続けてアンジュが言う。

『シン君、ミサイルランチャーの残りは他の隊も含めて七。砲兵戦隊の榴弾《りゅうだん》は〈トラオアシュヴァーン〉への射撃の阻止のために温存したいから、言うとおりそう何度も動きは止められないわ』

『戦車砲弾、機関砲弾もそう余裕はねえな。さすがにこの愉快な空の旅には、ファイドの奴《やつ》は連れてこれなかったしな』

「ああ。だから、最悪無力化はできなくても〈トラオアシュヴァーン〉を攻撃されなければそれでいい。ブレードパイルが有効なことは確認できた。あとは攻性工廠型《ハルシオン》を排除できれば、それで目的は達成できる」

いずれ連邦を脅《おびや》かす敵機を排除するために。可能ならその残骸から情報か部品を回収するために。何よりできうる限り全員で、生還するために。

そのために。

「クローリク。攻性工廠《ハルシオン》型内部の光学映像を共有する。冷却系の配管は探せるか？」

『了解、ミサイルが弾切れになった場合の対策ですね。ただちに』

「シデン。――もう一度〈シャナ〉の相手を頼めるか」

その絶叫が再び轟《とどろ》いて以降、ずっと無言だったシデンに問うた。

酷な問いだとはわかっている。己の手で葬《ほうむ》ってやろうと決めて、そのとおりに斃《たお》したはずの相手が、その決意も虚《むな》しく復活したのだ。それをもう一度倒せとは――あまりに酷だ。

けれど返った声は、存外に平静だった。

『あァ任せろ。――んな声だすなよ、死神ちゃん』

あろうことか、苦笑さえはらんで。

『何度でも倒してやるさ。あいつを葬《ほうむ》ってやるのは、このあたしだ』


聖教国の司令室では、銃器の携行は禁じられている。

レーナたちも入室前に拳銃は預けてくれるようにと求められて、それに従っている。銃身の長いアサルトライフルはまさか隠し持てはしない。強行突破どころか身を守る武力も持たないレーナたちには、応じる以外に身を護《まも》る術がないが。

「――いいえ、お断りです」

冷然とレーナが言い捨てると同時。

彼女の傍《かたわ》らにいた管制官の少女が椅子を蹴立てて立ちあがる。鋼色《はがねいろ》の軍服の、管制官の一人だとそれまで聖教国軍人たちは思っていたろう少女。

実際一瞥《いちべつ》しただけでは彼女たちは、人間の少女と見分けがつかない。違いはただ、すぎるほどに鮮やかな色彩の、透明な硝子《ガラス》の質感の髪。額の疑似神経結晶。

〈シリン〉。

「想定状況、赤の八。——応戦開始」

はねあげた両の掌《てのひら》の先、扉を守る衛兵が立て続けに鮮血を吹いてよろめいた。——腕の機構の隙間に、おそらく連発式の銃を仕込んだ改造モデル。

聖教国の司令室では銃器の携行は禁じられている。レーナたちも拳銃は預けてくれるようにと求められて、従った。——けれどだからこそ、機械仕《じ》掛《か》け故に体内に銃を隠し持てる〈シリン〉の存在は、ヒェルナも衛兵たちも想定の外だ。

「——走って！」

同時に大柄な兵站《へいたん》参謀が、レーナの肩を抱いて出口へと駆けた。先行した男性の管制官と情報参謀が、肩を撃ちぬかれてうずくまる衛兵を蹴り飛ばし、扉の開閉ボタンを叩《たた》き押す。

レーナを庇《かば》いつつ兵站《へいたん》参謀がその扉をくぐる。管制官と参謀たち、もう一体幕僚に潜んでいた〈シリン〉があとに続く。幸い、長い廊下に聖教国兵の姿はない。遮蔽物もないから危険なその道を、一直線に駆け抜ける。

わずかに顔をしかめたマルセルに、速度を落として並走した管制官が問う。

「大丈夫か、マルセル少尉」

「短距離走るくらいならまだ、そこらのチンピラよりは」

マルセルは元々は〈ヴァナルガンド〉の操縦士《オペレーター》だが、脚を負傷して管制官に転向した。反応が操縦士《オペレーター》に要求される基準よりも遅くなってしまっただけで、走れないほどではないが。

「……長距離だとヤバいかもです。なんで、最悪おいてってください」

「そういうわけにもいかんだろ」

「ええ、殿《しんがり》は我ら〈シリン〉の役目なれば」

機械仕掛《じか》けの少女が割りこんだ。

角を曲がり、その壁を遮蔽代わりとできるようになったところで脚を止める。失礼、と細い足を覆う軍服の、膝のあたりに手を入れてまくり上げた。スリットが仕込まれていたらしい。

その下にある、人工皮膚にも。

つい目を背けかけたマルセルが、参謀たちが息を呑《の》む。少女の形を模した彼女の、人の形を模したはずの脚部。

そこには銀色の、金属の骨しかなかった。

体を支え、同時に駆動させるシリンダー状のリニアアクチュエーター。筋肉があるべき場所には人工のそれさえなく、かわりに何丁もの機関拳銃がびっしりと、その空隙《くうげき》を埋めていた。

「万一の危急に備えての、殿下の心づくしです。特注の高速尖頭弾《せんとうだん》、横転《タンブリング》も計算に入れた対人仕様なれば、ここを切りぬけるお役には立つかと」

初速が速く簡易なボディプレートなら貫通し、しかも体内で弾頭を横転させて運動エネルギーを余すことなく体組織の破壊に費やす仕様。ヴィーカにしてみれば聖教国の——人間の裏切りも、備えておいて当然だったということか。

その生々しさにレーナとマルセルは怯《ひる》む。一方で参謀や残りの管制官たちは、ためらいなく手を伸ばして銃把をつかんだ。

作戦参謀が言う。二人にというより、自分に再確認するように。

「——屑鉄《くずてつ》どもならともかく人に、向けるおもちゃではありませんからな」

〈シリン〉の少女がそれに頷《うなず》く。

「あとはお願いしますわ、人間がた。……私は長く走れませんので、ここで足止めをば」

本来あるべき人工筋肉を廃した最低限のリニアアクチュエーター。歩く程度は可能でも、走るには短時間しかもたないのだろう。

笑う彼女の背後、後にしてきた司令室で、——爆薬の炸裂《さくれつ》する大音響が、香の薫る空気と真珠色の壁を揺らして響き渡った。

陽動を担当していた聖教国軍第三軍団が進軍を中止しようが、交戦中の〈レギオン〉には無関係な話だ。一部の〈レギオン〉部隊が反転、攻性工廠型《ハルシオン》の下へと向かうためか離脱した以外は、眼前の敵性存在を殲滅《せんめつ》すべく交戦中の各師団になおも食らいつく。拘束していたはずの聖教国の師団が、逆に〈レギオン〉たちに拘束されたかたちとなる。

そもそも一個師団、数万名からなる大集団は、そう簡単には方向転換も移動もできない。眼前の敵が、方向転換も移動も妨害するのだからなおさらだ。まして隣接する第二軍団は〈レギオン〉の大軍勢との戦闘と自身の巨体から、まるで身動きが取れずにいる。

だから聖教国軍全軍が裏切ろうとも、連邦派遣旅団本隊が交戦に入ったのは前方に伏せていた伏兵連隊《ボギー・ワン》と、後方から急襲してきた第八師団だけだ。

それでも二個連隊に比べれば大きな戦力だが、機動打撃群の〈レギンレイヴ〉も義勇機甲連隊ミルメコレオの〈ヴァナルガンド〉も、大陸最大の軍事大国ギアーデが戦場で研ぎあげた最新鋭のフェルドレスだ。戦力差にもかかわらず、連邦派遣旅団本隊は真珠色の敵軍の迎撃に成功する。

けれど。

さすがに有人機の〈ファ＝マラス〉を踏み石代わりに跳び回る戦法は、リトにも周りの仲間たちにもできない。〈ジャガーノート〉のような歩く棺桶《かんおけ》じゃない、戦車型《レーヴェ》や〈ヴァナルガンド〉並みの頑強な機体だとわかっていてもできない。

だって中に、人がいる。

「なんで……！」

レモンピールを妙に気に入っていた同じくらいの少年。腕相撲がやたら強かったおさげの少女。つんと鼻に抜ける独特の辛《から》さの香辛料を、最初にお茶に入れた年かさの少年。その誰もが嘘《うそ》なんかついてなかったのに、それははっきりわかるのに、それならどうしてこんなことに。

警報。

薄いとはいえ〈レギンレイヴ〉の装甲は一二・七ミリ弾程度は通さず、ただ銃撃を検知したシステムが照準されたと警告する。――スポッティングライフル、というのだとか。レーザー照準が灰に阻害されるこの白紙地帯の戦場で、主砲の照準を合わせるための専用のライフル。スポッティングライフルの射撃の次には、主砲の砲撃が来る。

回避行動をとりつつ、反射的に八八ミリ砲の砲口を向けた。射線の先にいたのは――〈ファ＝マラス〉だった。

その中にはもしかしたら。菓子を分けあった、競いあった、一緒に遊んだ、誰かが。

咄嗟《とっさ》にリトは射撃を躊躇《ためら》った。相手の〈ファ＝マラス〉は――躊躇《ためら》わず撃った。

外部スピーカーから声がした。

少女の声だ。それとも声変わり前の少年かもしれない。知らない言葉で、でもなんと言ったのかわかってしまった。

——ごめん。

そう言いながら、それなのにどうして。

「っ……！」

あらかじめ回避行動をとっていたのが幸いした。戦車砲弾は危ういところで〈ミラン〉を掠《かす》め、飛び過ぎたところで自爆。至近距離の砲弾片が光学スクリーンを叩《たた》き割《わ》り、鋭利なその破片が頭から降りかかる。

『——リト⁉』

「平気、怪我《けが》しただけ。ただ——ごめん。指揮は執るけど、戦闘は厳しい」

光学スクリーンの破片で切れただけだ。ただ裂傷の位置が額の右目の上あたりで、利《き》き目《め》が血で塞がってしまった。感触からしてすぐに血が止まるような傷でもなさそうだ。

無駄と知りつつ拭って、吐き捨てるように嘆いた。

「なんでだよ……！」

「帝国人は相変わらず、いくさ狂いなのですね」

たった一人で抗戦したあげく、あろうことか自爆した連邦軍人の少女は、隠し持った高性能爆薬にボールベアリングまで仕込んでいたらしい。

清浄な真珠色はいまやべったりと鮮血に汚れ、焚《た》き染《し》めた沈香《じんこう》も血臭にかき消された司令所を見回して、ヒェルナは嘆息する。

爆薬だけなら致命的なのは衝撃波だが、金属球が加わればそれらは散弾の弾幕と化し、結果として殺傷力と射程が増す。散弾地雷と同じ原理だ。どうやってか隠し持っていた拳銃が弾切れとなってなお、投降しない少女に不審を覚えた管制官二人が咄嗟《とっさ》に抱きつかなかったら——その身を楯《たて》としていなかったら、司令室の全員が無事ではすまなかったろう。

抱きついた二人は濃密な散弾の嵐に引き千切られて、自爆した当人は衝撃波に粉砕されて粉々だ。三人分の血肉と無数の金属片が撒《ま》き散《ち》らされた司令室は血みどろで、それはヒェルナを庇《かば》って押し伏せていた参謀官も同様だ。大量の他人の血と、わずかながらも彼自身の血と。

ヒェルナはその彼と二人の犠牲に守られて、傷一つない。その白い面《おもて》にひとしずく飛んだ鮮血が、彼女の忠義な剣《つるぎ》たちが防ぎきれなかった唯一の損害だ。

「ご無事ですか、姫様」

「ええ。ありがとう。犠牲となった二人も」

人体は銃弾や散弾に対し、効果的な楯《たて》となる。手榴弾《しゅりゅうだん》に覆いかぶさり、我が身を犠牲に部隊を救った兵士の逸話は古来、枚挙にいとまがないほどだ。

そのようにわたくしたちは、犠牲を支払いながらこの国を守り続けていたというのに。

目元についた、血の雫《しずく》を払った。

穢《けが》れを知らぬ新雪の肌に、文字通りの血化粧が刻まれる。

「己の運命《さだめ》に従い、運命《さだめ》のままに戦死する。なんという幸福なこと。――羨ましい」


辰砂《しんしゃ》の〈ヴァナルガンド〉の一輌《いちりょう》が回避の遅れた〈レギンレイヴ〉を庇《かば》って立ちはだかり、無反動砲の成形炸薬弾《HEAT》を己の正面装甲で真っ向から受け止める。堅牢な装甲はメタルジェットの侵入を許さず、反対に応射された一二〇ミリ高速徹甲弾《APFSDS》は脆弱《ぜいじゃく》な〈リャノ＝シュ〉をあっさりと粉砕する。

『――無事か、少年』

『あ……ありがとう』

『気にするな。ご婦人や子供らの楯《たて》となるのは本望なれば』

無線越しに聞こえた、白い歯を光らせていそうな〈ヴァナルガンド〉操縦士《オペレーター》の言葉に歯が浮くのを感じつつ、目にしたその光景に改めて礼を言おうとフレデリカは口を開く。〈レギンレイヴ〉の隊列中央に今も守られた、〈トラオアシュヴァーン〉の脚部操作室の一つの中。

レーナは未だ脱出の途上で、代理たる大隊長らは戦闘中だ。何の権限もないマスコットでも礼を言うくらいは良《い》いだろう。一二〇ミリ戦車砲の直撃さえ弾くのが〈ヴァナルガンド〉の正面装甲とはいえ、過信はするなと言いたくもあるがそれはさすがに差し出口だ。

けれど同じ光景を見ていたらしい、スヴェンヤが先に無線に割りこんだ。無遠慮に。

『今のを見ていたでしょう、エイティシックスども！　――ミルメコレオ連隊の〈ヴァナルガンド〉が楯《たて》となります、〈レギンレイヴ〉らはその後ろに隠れなさい！　我らが真紅の悍馬《かんば》には、鼠賊《そぞく》の矢弾など通じは――……』

即座にフレデリカは怒鳴り返した。マスコットが他の隊に、何を言うかと思えば。

「正面装甲なら、の話であろ。動きの遅い〈ヴァナルガンド〉が固まればよい的じゃ。そもそも自隊指揮の権限もなしに他隊に指示など越権じゃ、下がりおれ〝お飾り《マスコット》〟!!」

『ひっ⁉』

遠慮会釈《えしゃく》ない大喝とはいえ、所詮は十代初めの小柄な少女の声だ。けれどスヴェンヤは無線越しにもわかるくらいにびくっとすくみあがった。

怪訝《けげん》にフレデリカが片眉を上げたところで、交信対象がギルヴィースに切り替わる。

『言うとおりだ、指揮系統を混乱させてすまない。ただ――姫殿下に対してあまり大声を出さないでもらえるかな。姫殿下は叱られるのが苦手なんだ』

「……まあ、プロセッサーらはそもそも聞いておらぬであろうがの」

無線でも知覚同調《パラレイド》でもごちゃごちゃ無駄なことばかり言っていたという、共和国のハンドラーに慣れているのがエイティシックスである。知らないマスコットの言葉など、聞き流す以前に端《はな》から聞いてもいまい。

言って、フレデリカは鼻面《はなづら》に皺《しわ》を寄せる。無線は、だから混乱を招きはしないが。

「したが、大声を出すなとは言うがそもそもそなたが戦場での振舞を教えておかなんだのが大本じゃや。気は払ってやろう。じゃが過《あやま》ちを叱責するなとは何事じゃ。それでもそなた兄君か」

『……すまない』

「……さすがはノウゼン大尉の『妹君』だな。しっかりしてる。姫殿下」

苦笑いを浮かべつつ無線を切り、ギルヴィースは苦労して背後の砲手席《ガナー》を振り返る。〈ヴァナルガンド〉の縦列複座のコクピット。大の大人には狭苦しい座席も彼女のちいさな体には余る、その体を更に小さく強張《こわば》らせて震えるスヴェンヤに意識して穏やかな声を向けた。

「怒鳴ったのは、大公閣下じゃない。大公閣下が君のことを叱ってるんじゃない。大丈夫だ。怖がらないで」

「は、い……」

そろそろと頭を上げる。けれど金色の双眸《そうぼう》からは未だ去らない涙と恐慌《きょうこう》の気配。

シンの傍《そば》を離れないのだから、あのマスコットもノウゼン家に縁《ゆかり》の子供なのだろう。それとも今のシンの養父の、エルンスト暫定大統領の関わりだろうか。大統領は革命前には軍人で、帝国では軍人とは貴族か、その所有連隊に属する領民だ。つまりいずこかの領主の配下だ。その元領主から預かった隠し子ということは、充分にありうる。

いずれにしろ夜黒種《オニクス》の家門に連なるのだろう、焔紅種《パイロープ》との混血の少女。

同じ混血のその彼女が、けれど、叱責を極度に恐れる子供の存在を想像だにしない。

大の大人のギルヴィースを相手に平然と反論して、なんら恐れる様子もないところも。

「……いけないいな。なんというか、理不尽な気分だ」

鞭《むち》を恐れずに育つことができたのは、別段あのマスコットの罪ではない。夜黒種《オニクス》どもには品種改良に手を出す必然性もなかったろうし、だから結局労の甲斐《かい》なく失敗作ばかりとなった犬どもを前に、穀潰しの役立《やくた》たずどもめと罵ることもなかったのだろう。

「お──お兄様。そうです、それなら『お父様』にご報告を。聖教国如《ごと》き二流国のこのような裏切り、『お父様』にご注進申し上げればすぐにでも懲罰が──……」

「知らせられれば、な。姫殿下。……我々は現状、阻電攪乱型《アインタークスフリーゲ》の電磁妨害《ジャミング》で本国への直接連絡ができない」

「……あ、」

連邦と聖教国の間には共和国と極西諸国、そして〈レギオン〉との競合区域《コンテスト・エリア》や〈レギオン〉

支配域が存在し、その支配域に展開する阻電擾乱型《アインタークスフリーゲ》の電磁妨害《ジャミング》を無線交信は越えられない。

つまり今、聖教国の戦線で派遣旅団に何が起きているかを連邦本国には通報できない。

状況打開のための救援を、あるいは圧力を、求める術がないのだ。

機動打撃群は元は共和国の、知覚同調《パラレイド》なるマイカ候家の異能の一部機械的再現——さすがにマイカの異能の本領は再現不能だったらしい——で電磁妨害《ジャミング》も距離さえも無効化できるが、それとて機械的再現だ。連邦本国に第一機甲グループと同調可能なレイドデバイスがあって、それをたった今誰かが身につけていなければ同調はできない。

そしておそらく知らせたとて、直接的な助けの手などまず来ない。

今の戦況ではいかな連邦、栄えあるギアーデ帝国の後裔《こうえい》といえど聖教国との戦争にまでは踏み切れない。

実質的にはたかが二個連隊を失う程度でしかないのだから、それを取り戻すための戦争なんてできない。ましてエイティシックスは連邦生来の市民ではなく、本気で返還を求めてくれる家族はいない。悲劇の英雄扱いでもてはやす市民どもはひとときくらいは騒ぐだろうが、聖教国へのなんらかの制裁、支援の打ち切り程度でも発表されればそれで忘れてしまうだろう。

どれほど死のうと構わぬ下民部隊、廃品利用の駒にすぎぬミルメコレオ連隊もやはり、連邦にとっても主君にとっても、失っても何の痛痒《つうよう》もないわけで。

「……これだから、はみだし者の部隊なんてものは」

「けど、——何の意味があるんだ？」

怪訝《けげん》にシンは独りごちる。この状況下で考えることではないのだろうが、腑《ふ》に落ちない。

連邦との戦争が勃発することはないだろうが対立は避けられないし、聖教国の立場が悪くなるだけだ。連邦との、連合王国や盟約同盟との関係を悪化させ、得られるだろう今後の支援も失い、共和国ほどではないにしても少年兵に戦闘を強要した悪評を負って、……それで手に入るものがたかだか二個機甲連隊では割に合うまい。

いや——それ以前に、そもそも。


「……どうして、このタイミングで？」

その部分からおかしいとレーナは思う。

なにしろ攻性工廠型《ハルシオン》は、まだオーバーヒートで動きを止めているだけなのだ。聖教国にとっては最優先で打倒すべき、忌《い》むべき巨砲。それも健在のまま、〈レギオン〉の前線部隊も結局相手にしつつ、どうして小規模とはいえ二正面作戦となる連邦派遣旅団への裏切りを、今。

今裏切っても、得るものが少ない。手柄と情報とヒェルナは言ったが、連邦派遣旅団は〈レギオン〉制御中枢の鹵獲《ろかく》どころか、最優先目標である攻性工廠型《ハルシオン》の排除も果たせていない。

果たした後でも遅くはない、というか、むしろ裏切るなら作戦終了後であるべきだ。直近の脅威となる攻性工廠型《ハルシオン》は排除して、もしかしたら〈レギオン〉の秘匿情報やレールガンの残骸が手に入った後。作戦を終えて疲労して、少し気も抜けて、もちろん〈レギンレイヴ〉に搭乗してさえいない今日の夜更《よふ》けにでも襲撃されていたら、いかなエイティシックスとてろくな抵抗もできず捕らえられたろう。

そう、エイティシックスの身柄だけに限ってさえ、今ではなく作戦終了後の方が、聖教国が得られる獲物は多かったのだ。

それなのにどうして、わざわざ——互いに犠牲の多くなるこのタイミングで。

これまで過ぎてきた通路にも目の前に伸びるそれにも、警備の兵はろくにいない。秘匿性を優先してどうしても装弾数は限られる機関拳銃に、まだ残弾を持たせたまま基地の格納庫へ。目を向けた、シャッターの向こうはここも灰の大気だ。生身のままでは耐えられない。

「〈ヴァナディース〉を！」

知覚同調《パラレイド》で通信が入る。予備を兼ねて残しておいた、本部直衛戦隊の戦隊長。迎えに来てくれたか。

『呼ばれてねえけどお迎えですどーも！　乗りこんだら連絡を！　シャッターを破る！』

「ええ、ありがとう！」

〈ヴァナディース〉の操縦席に正、副の操縦士《オペレーター》が滑りこむ。エンジン始動。全員がどこかにつかまったかどうか、確認する余裕もなくアクセルを踏みつける。

「——ナナ少尉！」

『アイ、マム！』

電動鋸《のこぎり》の作動音を思わせる、二挺の重機関銃の甲高い叫喚。金属板のシャッターが一瞬でずたずたに噛《か》み破られる。一秒足らずで掃射が止《や》んだその空隙《くうげき》に、間髪容《い》れずに〈ヴァナディース〉が飛びこんだ。

けたたましい大音響。引き千切られた金属片が派手に飛び散る。待ち受けていた〈レギンレイヴ〉たちが、彼らの女王の御料車を守る隊列を瞬《また》く間《ま》に構築する。

ここにきてアサルトライフルを携えた真珠色の軍服が、ようやく格納庫に飛びこんでくるのが、〈ヴァナディース〉のモニターにちらりと映った。

ミカの〈ブルーベル〉が〈トラオアシュヴァーン〉の鼻先で吹き飛ばされるのが、光学センサを経由してクレナの目に映る。

「ミカ！」

コクピット直撃ではない。機体が大破もしていない。けれど確実に、負傷はしたろう。左側の前後の脚部をコクピットブロック側面ごと剝ぎ取られた〈ブルーベル〉は動かず、回収のために僚機と〈スカベンジャー〉が近づく。その彼らを狙い、真珠色の機影がなおも迫る。

リトも負傷して後方に下がったと、無線で連絡が来たばかりだ。固定されて動けない〈ガンスリンガー〉の中、クレナはきつく両手を握りしめる。

「……どうして」

平気でだまし討ちしてくるような、こんな奴《やつ》らのために。

利用しようとしてくる奴《やつ》らのために。

辛《つら》いことを誰かに、押しつけて知らないふりをしようとしている奴《やつ》らのために。

どうして、自分たちが。

胸の中央に閊《つか》えたままの、石のような感情が怒りだと唐突に気づいた。脳裏を煮え立たせるでもない、腹の底を焦がすでもない。冷たく硬く、異物と閊《つか》えて消えることのない、凝《こご》り固まり常に居座る凍てつく毒。

八六区でずっと、八六区からずっと、燻《くすぶ》り続けていた憤《いきどお》りだ。

「どうして、あたしたちが。——戦わないと、いけないの」

〈レギンレイヴ〉の一個戦隊に守られ、〈ヴァナディース〉は軍団司令所を抜けて灰の荒野を疾走する。

自衛火力がないわけではないが三〇ミリチェーンガンと重機関銃では火力不足、運動性能に至っては〈レギンレイヴ〉には及びもつかない〈ヴァナディース〉で、戦闘は避けたい。最低限の警戒として残しておいたにすぎない直衛戦隊もそれは同じだ。聖教国軍の部隊との接触を避け、わずかな地形の起伏に隠れてひた走る。

どうにか旅団本隊を包囲下から抜けさせ、合流を図らねば。今はどうにか逃げのびたけれど、ここで再びレーナたちが捕えられれば、エイティシックスたちへの人質として使われるかもしれない。——そう、前線から十五キロ後方にいる、〈アルメ・フュリウーズ〉の操作員と整備クルーたちも回収しないと。無事でいてくれるといいのだけれど。

「オリヤ少尉、ミチヒ少尉！　状況は⁉」

『全周包囲されてます、大佐！』

『私たちから見て三時方向、第八師団と伏兵連隊《ボギー・ワン》の連結部分が薄いのです！　その部分の突破を目指してます！』

続けてフレデリカが報告する。

『聖教国軍のもう一翼、第二軍団もついにこちらに向け動きだしたようじゃ。〈レギオン〉との戦闘も続けておるゆえ、包囲に加わるにはまだかかるじゃろうが。……無邪気な子供の顔をして、聖教国軍の将兵らの間を歩き回ったかいがあったの』

レーナはその言葉にまばたいた。そんな場合ではないのだろうが。

「フレデリカ、……聖教国の言葉が？」

見知った者の現在を見る彼女の異能は、最低限名前を知り、言葉を交わさねば対象とできないと聞いているが。

『会話には困らぬ程度にの。したが、それと知れる真似《まね》などせぬわ。言うたであろ、無邪気な子供の顔をして、と。いたいけな外《と》つ国《くに》の女子がにこにこ笑って、何度も名前を繰り返してみせれば相手も察して名を返す。それでも異能の条件は揃《そろ》う。……ここは連邦からも共和国からも遠き異国なれば、念のため、の』

裏切りを考えていたわけではないだろうけれど、たとえば伝達の不足や行き違い、不測の事態があるかもしれぬと、フレデリカなりに考えて。

『少しは役に立ったかの。ヴラディレーナ』

「もちろん、フレデリカ。……ありがとう。助かりました」

フレデリカが嬉《うれ》しそうに頷《うなず》く気配。一方でレーナは深刻に、彼女からの情報を吟味する。

第二軍団も動きだした――か。

さすがに一国が相手では、たかだか二個連隊程度の戦力ではとても勝ち目はない。時間稼ぎも、空挺《くうてい》大隊の消耗を考えればあまり長引かせられないが――……。

『――て、いうかさ。大佐』

不意に大隊長の一人が割りこんだ。二個の〈レギンレイヴ〉砲兵仕様大隊の、その一方の大隊長。ミツダ。

レーナに対するものではない、けれど隠そうともしない不満を声音に滲《にじ》ませて、淡々と、平然と続けた。

『シンたち攻性工廠型《ハルシオン》のとこから戻ってこさせてさ。そんで俺ら、帰ったら駄目なの？』

レーナは小さく息を呑《の》んで硬直する。

その間にもミツダの言葉は続く。

『特に攻性工廠型《ハルシオン》は、一時的に止めたってだけで健在なわけだろ。放置したら聖教国の連中は、そっちの対処で手一杯になるんじゃねえの？　元々アレが手に負えねえからって連邦に助け求めてきたんだし。その間に俺ら、帰ればいいんじゃねえの？』

聖教国軍と無意味に戦うことなく。——共に戦う仲間に余計な犠牲を出すことなく。

「それは……」

可能か不可能かで言えば、——可能だ。無理ではないという程度だが、シンたち空挺《くうてい》大隊の脱出を助けて、それから前線の混乱に乗じて聖教国を離脱するくらいなら何とかなるだろう。

〈トラオアシュヴァーン〉や〈アルメ・フュリウーズ〉は爆破処分していくことになるだろう

けれど、一国を相手に絶望的な抗戦を繰り広げるよりは確実に多くの者が助かる道だ。

ミツダは言う。淡々と。

その底に隠しきれない、嫌悪《けんお》と怨嗟《えんさ》を滲《にじ》ませて。

『戦いぬくのが俺たちの誇りだからって。俺らがそれを貫きたい意志を連邦とかが利用してるのも、貫かせてくれるんだからまあいいかなって思ってるからって。……利用されて当然、自己犠牲払って当然のヒーロー役まで、期待されんのはまっぴらだ』

その言葉を聞いた瞬間、ミチヒはまるで考えを読まれた人のように身を震わせた。そんなのって、と否定しようとしながらもリトは考えてしまった。そうだよ、と深く、心の底からの同意を以《もっ》てクレナは頷《うなず》いた。

エイティシックスの誰も彼もが、己の内に燻《くすぶ》っていた同じ疑念を、不満を、憤《いきどお》りを呼び覚まされて。

だって、こんな奴《やつ》らのために。……こんな奴《やつ》らのためにも、戦わないといけないのか？

戦いぬくのがエイティシックスだからといって、それがエイティシックスの誇りだからといって。それは姦計《かんけい》にかけられ、砲口を向けられ、戦えと強制されてなお粛々と、受けいれねばならぬものなのか？

そもそも自分たちは誰かを守るために、何かを救うために戦っているわけではない。

それは八六区でだってそうだ。八六区の時からそうだ。

共和国市民のために、白ブタどものためなんかに、戦っているわけではなかった。ただ、己と仲間の誇りのため。逃げはしない、諦めもしない、力の限り、命の限りに、最期《さいご》の瞬間まで戦いぬく、――エイティシックスの誇りを全うするために。

その結果白ブタどももついでに守ってしまうのは、業腹《ごうはら》だが仕方ないと、そう思って。

連邦が自分たちを〈レギオン〉の重点を貫く槍先《やりさき》として、外交の道具として、宣伝の材料として扱っているのはわかっている。報道でのみエイティシックスを見て、知ったつもりになっている連邦市民たちが、自分たちを悲劇の主人公のように、英雄のように見ているのも知っている。その一方で連邦が与えてくれるものも多いのだし、だから仕方ないかとは思っているけれど、道具に、宣伝材料に、英雄になりたいと思ってそうしているわけではない。

自分たちが戦うのは、自分のためだ。

自分たちの誇りと、こうありたいと思う形を、貫き通すためだけだ。

誰のためでもない。

それなら。

こんな奴《やつ》らのためには、八六区を出られた今は。そしてこれからも。

戦わなくても。

見捨ててしまっても、いいのではないのか――……？


エイティシックスたちを一瞬たしかに支配した、その疑念をまるで斬り裂くように。

果断の利剣が斬り裂くように。

『アンダーテイカーよりヴァナディース』

静謐《せいひつ》な、鋭利な声がぴんと通る。

『空挺《くうてい》大隊は任務を続行する。――当初の決定どおりだ。こちらは〈トラオアシュヴァーン〉前進完了まで、作戦域制圧を維持する』

作戦の放棄はしない、と。

夢から醒《さ》めたようにレーナは、クレナは、少年兵たちはその名を呟《つぶや》く。

潜む感情はそれぞれに違う。けれど等しく、かつて八六区に君臨した首のない死神を、彼らを率いる戦神の名を口にした。

「シン……」

攻性工廠型《ハルシオン》はまだ、排除できていない。――作戦はまだ継続中だ。

散弾の驟雨《しゅうう》で一旦距離をあけられてしまった、その距離を再び詰める戦闘の指揮を執りつつ、シンは言葉を続ける。――人数が多くてさすがにきついが短い間なら耐えられる、第一機甲グループ全員との知覚同調《パラレイド》。

仲間たちの気持ちは、わからないわけではない。不愉快なのはシンも同じだ。共和国人と大差ないブタのために戦いたくもないし、ましてや死にたくもない。

それを嫌だと、死にたくないと自分たちは言っていいのだと、ようやくわかるようになった。

ただ。

「不満はわかる。けど攻性工廠型《ハルシオン》を放置して、連邦の戦線に出現しないとは限らない。指揮官機の制御中枢を――〈レギオン〉の秘匿情報か、レールガンそのものを鹵獲《ろかく》しなければ連邦も後がない。感情に任せて放棄していい作戦じゃない」

不愉快だなんて感情一つで、生きのびる可能性をも投げ捨ててもいいほどには――今の自分たちは刹那的に生きているわけではは、ないのだとも思う。

攻性工廠型《ハルシオン》の制御中枢は、帝国軍人ではない。電磁砲艦型《ノクティルカ》に由来するそれも、攻性工廠型《ハルシオン》自身のそれも、レールガンを制御する〈シャナ〉もまた、連邦が本当に求める情報は持ってはいない。それでも。

ミツダが言う。不満や反論というよりも、意地の張りどころを見失った子供みたいな声で。

『シン――けど。けどよ……』

「ミツダ。言ったろ、不満なのはわかる。それは間違ってない。だから身を賭《と》してやる必要はない。危なくなるようならその時に、撤退について考えればいい」

『――――。了解』

まだ不承不承にだが、頷《うなず》いて知覚同調《パラレイド》が切れる。確認してシンも本隊との同調を切った。

一気に明瞭に聞こえるようになった気のする同調の向こうで、ライデンが苦笑する。

『ま、ミツダが言うほどには、俺らが作戦域《ここ》から帰るのは簡単じゃねえから仕方ねえよな』

〈レギオン〉前線の排除は地上部隊に任せる想定の、空挺《くうてい》大隊だ。攻性工廠型《ハルシオン》一体との戦闘ならともかく、攻性工廠型《ハルシオン》に背後を脅《おびや》かされつつの撤退戦となると少々厳しい。聖教国軍の協力が望めないならなおさらに。

「ああ。――各機。聞いてのとおりだ。作戦はこのまま続行する」

ライデンと同じ認識は、空挺《くうてい》大隊の誰もが持っていたらしい。こちらは不満の声は上がることなく、ただぴりぴりと張りつめた緊迫の気配。

作戦続行。――ただし、彼らが待たねばならぬ〈トラオアシュヴァーン〉の進出完了は、どれほど遅れるかもわからない。

「冷却系の解析結果次第では、〈トラオアシュヴァーン〉を待たずに破壊できる可能性もあるし、その場合は即座に実行する。――それまではなるべく、無駄弾は使うな」

八六区の絶死の戦場で、連邦の戦野で。信仰のように慕った彼女の死神の言葉を、信じられない思いでクレナは聞く。

「――どうして」

どうして――この戦争が終わるなんて、こんな状況でも言えるの？

どうしてまだ、こんな世界なんて信じられるの。

笑いながらパパとママを、撃ち殺すようなこんな世界を。

戦いぬく誇りしか持たないエイティシックスのセオから、その戦いぬくための腕を奪い去るようなこんな世界を。

家族を白ブタに連れていかれたのは、だってあなたも同じはずなのに。

セオが片手を失ってしまったのは、だってあなたも見ていたはずなのに。

どうして。それでも。

決定的な亀裂が、とうの昔に自分とシンとの――あるいは、自分たちとシンたちの間を、隔ててしまっていたことをついに意識した。

八六区を出てしまった、出られない自分たちを置いていってしまう彼ら。

「――置いていくの？　ねえ――」

我らが死神。そのはずだったあなた。

あたしたちを――同胞のはずのあたしたちを、見捨てて。

『空挺《くうてい》大隊は任務を続行する。――当初の決定どおりだ。こちらは〈トラオアシュヴァーン〉前進完了まで作戦域制圧を維持する』

あろうことか。

決然と、凛然《りんぜん》と発されたエイティシックスたちの長のその言葉に、ヒェルナは思わず目を見開く。まさか。まさか、エイティシックス自身がそんなことを。

いや、……やはり。

どうしようもなく笑いがこみ上げた。

「ほら、貴方《あなた》たちの戦神は、貴方《あなた》たちの死神はああ言っていますよ、エイティシックスたち」

レーナにもエイティシックスたちにも見えることのないそれは、酷《ひど》く歪《ゆが》んで。

そしてどこか――自嘲に似ていた。

「それが貴方《あなた》たちの役目ですもの。地の姫神がそうと思し召《おぼめ》し、この世界が与えた運命《さだめ》ですもの。貴方《あなた》たちは戦場の民。戦場でしか生きられない。戦場で生きて戦場で死ぬのが――貴方《あなた》たちの唯一の、運命《さだめ》なのですから」

わたくしたちと、同じように。

知覚同調《パラレイド》の向こうでシンが思いきり嘆息したのは、そんなことは誰も言っていないと思ったものらしい。

けれど攻性工廠型《ハルシオン》との交戦が再開し、反論の余裕はない彼の代わりにレーナは言う。

「各位。――聖教国を救おうとは、思わなくて構いません。貴方《あなた》たちは英雄なんかじゃない。貴方《あなた》たちが戦うのは、貴方《あなた》たちの戦う理由のためだけでいい」

そもそもこれを判断し、決断するのが指揮官の役目で責任だ。シンが言ってくれたからと、彼に押しつけたままにしてはならない。

「そして戦いぬくが誇りであっても、戦うのが運命《さだめ》ではない。貴方《あなた》たちは無人機でも兵器でもなく、だからあのような戯言《たわごと》に惑わされる必要もない！　ですが作戦は――攻性工廠型《ハルシオン》の撃破は完遂します！」

不満に思うのなら、不服と感じるのならシンではなく自分に向けるがいい。恨まれるのも将の役目だ。自分はエイティシックスが戴《いただ》く女王だ。戦場で己が血は流さぬかわりに、部下の誰よりも冷徹となるのが己の任だ。

「そのためにもまずは、包囲の突破を目指します！　ミルメコレオ連隊と協力し、敵部隊の間《かん》隙《げき》をこじ開けなさい！」

言ってから不意に、違和感を覚えた。

包囲の突破。――全周包囲。

何故《なぜ》？

軍は、崩れる時が最も弱い。敗軍に最も犠牲が出るのは退却、敗走に至ってからだ。

だからこそ原則として、敵軍の逃亡を一切許さぬ布陣は敷かない。

追いつめられれば狂奔するのは人も獣も同じだ。逃げ場を絶たれ、死を目前にした兵は死に物狂いで抵抗する。手負いの獣が恐ろしいように、理性の箍《たが》が吹き飛んだ兵は異常な勇猛を発揮する。それでは自軍の損害も大きくなってしまう。

だから包囲とは言葉に反し、敵を完全には囲わない。敵の殲滅《せんめつ》を企図するのでもなければ、退路を残してやるのが肝要だ。

聖教国がエイティシックスを自国の戦力にと望むなら、今クレナやミチヒやリトや、旅団本隊を囲っているような全周包囲の布陣を敷くのはおかしい。

加えて不可解な急襲のタイミングと、脱出までについにほとんど遭遇しなかった警備の兵。

そう、レーナと管制員を人質にも取らずに――そして大国たる連邦、更には連合王国とも対立してまで、たかだか二個連隊如《ごと》きを望む奇妙さ。

もしかして。ヒェルナの目的はエイティシックスの降伏ではなく。

この矛盾だらけの状況を望んだのは、聖教国やその軍ではなく。

もしかして。

「……当然傍受していましたよね、ヒェルナ」

無線の周波数を聖教国の司令官用の回線に合わせて、低く言った。

いかにも腹に据えかねたと、一言言ってやらねば気がすまないという語調で。

「聞いたとおりです。貴方《あなた》は間違っています、ヒェルナ。エイティシックスたちが戦場に立つのは、それが誇りだからであって運命《さだめ》だからではない。彼らが戦うのはそれが課された運命《さだめ》だからなどではなく――この戦争を、終わらせるためです！」

「――違うよそんなの」

むすりとクレナは吐き捨てる。言ったのがレーナだからまだ腹も立たないが、他の者が訳知り顔に、そんなことを口にしたのなら憤《いきどお》るどころではすまなかったろう。

終わらせるためじゃない。エイティシックスが全員、シンみたいに戦争を終わらせるために戦ってるわけじゃない。レーナがそう言うのだって、彼女がシンの傍《そば》にいるからだ。戦争を終わらせたいと、望むようになったシンのことを一番に見ているからだ。

それは、自分だってこの戦争は、終わればいいと思うけれど。シンがそう望んでいるのだから、終われればいいと思うけれど。でも戦争が終わったら自分は誇りさえなくしてしまって、自分の居場所はシンの隣にはもうなくて、彼を助けてあげることもできなくなって。

でも。

堂々巡りの思考に、クレナ自身が混乱する。自分は、それならどうしたいのだろう。どうしたかったのだろう。――決まっている。今のままでいい。今のままがいい。自分は戦場でシンの、仲間たちの助けになれて。居場所があって。シンは八六区の頃よりもずいぶん楽になれたようで、仲間たちがいて毎日それなりに楽しくて。そうなるためには。

セオの言葉を、思いだした。

船団国群に行く直前。彼が戦場を、離れることになる前の。

――終わってほしくないって言ってるみたいだよ。

違うもん。あの時はそう、言ったけれど、本当はそうじゃなくて。違わなくて、

「戦争なんて、――終わらなければ……？」

自分は。

思いついてしまったその言葉を、まるで照らしだす雷光のように鋭く咆哮《ほうこう》が轟《とどろ》いた。

闇夜を引き裂く雷光のように。霄《そら》を劈《つんざ》く雷鳴のように。

『――いいえ！』

ヒェルナの。

「そんなはずはありません！　共和国人が――奪い取る側の人間がよくもそんな口を！」

知った風な口を叩《たた》く白銀の女王に、火を噴くようにヒェルナは叫ぶ。知らないだけだ、お前こそ何も。

何もかもを奪われた者の、最後に一つ寄《よ》り縋《すが》るものへの執着を。

「だってエイティシックスは、戦いが運命《さだめ》と仕向けられたのでしょう。共和国から、生まれ育った祖国から、戦場でしか生きられないように仕立てられたのでしょう。戦争以外の全てを奪われ、奪われ尽くしたなら戦場で生きる運命《さだめ》しかないのに、奪われた果ての傷以外に何もないのに、その運命《さだめ》を、その傷を、棄《す》てられるわけがない！」

知らず、指揮杖を握りしめた。眼前にまるで今起きているかのように蘇《よみがえ》る、かつての悪夢。十年を経た今でも忘れられない。彼女の家族を襲った無慘《むざん》。

「わたくしもそうです。わたくしだってそうです！　誰が忘れてやるものか――わたくしを悲劇の聖女と祭り上げた聖人どもを。戦乱という災禍を前に国民の団結を図るため、わたくしを悲劇で飾りたてて戦火の聖女に仕立てあげた、我が聖教国の行いを！」

『何を――……』

「わたくしの家族は――レェゼの家門は、開戦と同時に全員が〈レギオン〉に殺された」

はっとレーナが息を呑《の》んだ。

レェゼの家門は、聖者の血統だ。戦乱においては軍団長として、その配下の師団長として、軍を率いるのがレェゼの一族の役目だ。けれど――一つの軍団の軍団長、師団長がまさか、開戦直後に全滅するなど。

「憎むべき〈レギオン〉に愛する家族全員を奪われ、たった一人生き残った幼き聖女。か弱い少女の身で恐るべき暴威に立ち向かう、悲憤を胸に孤高に戦う聖教国の抵抗の象徴。そんなものにわたくしを仕立てあげるために――わたくしの家族は、聖教国と軍に見捨てられた」

軍団司令所が、〈レギオン〉の急襲を受けたのだ。護衛の部隊は、その時に限って誤った指令で引き離され、救援部隊はその時に限って見落とされた〈レギオン〉の伏兵に、足止めされて間に合わなかった。

その時に限って軍団長たる祖母と、師団長や参謀である母や父や祖父や兄姉、叔父に叔母に従兄姉《いとこ》らと回線越しに話をしていた幼いヒェルナは――回線越しとはいえ目の前で、その全員の無惨《むざん》な死を見た。

特別だからと本来なら幼すぎて統合司令部には入れないヒェルナをわざわざ呼び寄せ、お母さんと話をさせてあげるよと回線を繋《つな》いだ聖者どもの見守る前で。

忘れるものか。あの悪夢。あの光景。

あの醜悪な、同胞の顔を。

「父が、母が、祖父母が、叔父が、兄と姉が〈レギオン〉に引き裂かれる前で、その指示を出した聖者どもは、——苦渋の決断を下し多大なる犠牲を払い、その結果見事試練を乗り越えた己の崇高に感動し、涙を流して酔いしれていました」

『家族は祖国に奪われ、だから祖国ももはや、愛せはしない。戦火の聖女の運命《さだめ》しかないわたくしは、だからこそこの運命《さだめ》は、この傷だけは奪わせはしない。手放すことなどできるはずもないのです！』

ヒェルナの言葉はクレナには今や、鏡の向こうのもう一人の自分が叫んでいるようだ。

まるで共和国の白ブタのようだと、人の残忍と世界の悪意を体現する白ブタと同じだと思った少女は、その実自分たちエイティシックスと同じ存在で、まるで自分の鏡写しだ。

家族と故郷を奪われた子供。戦場で戦うのが役目だと押しつけられた子供。戦場で生きる運命だけが——誇りだけが唯一残ったものとなったことも。

自分が飲みこんでしまって言えなかったことを、ヒェルナが代わって言ってくれているみたいだ。苛烈に叫ぶ、金の瞳。

そう、ヒェルナの言うとおりだ。

奪い去られて何もなくなって、唯一抱えた己の形を定めるものを、それが傷だとしてもクレナは手放したくない。傷だとしても奪い取られたくない。

ましてーー……

「それをわからないなんて、言われたくない。ーーあなたにだけは、取られたくない」

同じ傷を抱えていたはずの、シンにだけは。

だって手放したくないと、奪われたくないと彼だって知っているはずなのだから取られたくない。未来なんかクレナは望めずにいると、わかっているのだから戦争なんて。

終わらせてほしくない。

奪わないで。

戦場以外に存在しない、あたしのーー居場所を。

ヒェルナは叫ぶ。悲鳴のように。

寄るべない子供が、ようやく見つけた同じ迷子の子供に縋《すが》って泣き叫ぶように。

「貴方《あなた》たちは、貴方《あなた》たちも知っているでしょう、生きながらに戦場を彷徨《さまよ》う亡霊とされ、戦火に生きざるを得なくなった少年兵たち！　神なき戦野で報われぬ者たちに、神の代わりの救いとなった首無き死神も！　こんな世界で、奪われるばかりで与えられることなんかない。正義も善意も、ーー振りかざしたところで何の意味もないのだと！」

その言葉に、シンは目を伏せる。

かつて、同じことを思った。

正義も善意も、何の意味もないというのに。

八六区で。半年後の無意味な戦死を定められた、あのスピアヘッド戦隊の隊舎で。

あの時には疑いもしなかった。

それだけが世界の真理だとそう、思っていた。

同じ言葉を言っている。

自分たちエイティシックスと同じ、人の悪意で織り成された戦場に放りこまれた子供が、『八六区』の真理を振りかざしている。立ち止まったまま。閉じこめられたまま。

それしか持たない傷に、支配されたままで。


一方レーナは目を見開く。

確信する。今の言葉。

〈ヴァナディース〉のホロウィンドウの一つ、広域に設定したマップに新たなブリップ。包囲下で抗戦中の〈レギンレイヴ〉部隊、そのレーダーが新たに捉えた機影が、電磁妨害《ジャミング》で途切れ

途切れのデータリンクをどうにか通じて〈ヴァナディース〉へと共有されたのだ。敵味方識別《IFF》
――応答あり。聖教国軍第二機甲軍団イ＝タファカ。その斥候《スカウト》小隊。
見てとるなりレーナは叫んだ。接触したのは――〈グレムリン〉。シミター戦隊所属機！
「グレムリン！」

思いもかけぬ聖教国の裏切りと、灰の妨害。敵中に空挺《くうてい》大隊が孤立したままの状況も相まって、困惑と焦燥はじりじりと腹の底を焦がす。

だから突然コクピットに鳴り響いた接近警報に、〈グレムリン〉のプロセッサーは不覚にも息を呑《の》んでしまった。

這《は》い寄《よ》る〈リャノ＝シュ〉を蹴り飛ばして視線を転じた先、灰の紗幕《しゃまく》の向こうにいつのまにか〈ファ＝マラス〉の重厚なシルエットと、その開いたキャノピの奥から降りたらしい人影。

部隊章は六枚翼の猛禽《もうきん》。聖教国軍第二機甲軍団。

――もう来たってのかよ⁉

焦燥がついに、思考を沸騰させた。咄嗟《とっさ》に機銃の照準を向ける。真珠色の防塵装甲服姿の兵士が、何故《なぜ》か慌てたように両手を振った。

知覚同調《パラレイド》越しにレーナが叫んだ。

『グレムリン、――撃たないで！』

「っ⁉」

反射的に銃口を逸《そ》らした。初撃を受けぬために飛び退《すさ》って距離を空ける。

そうしてからようやく、眼前の兵士が乗機を降りたということに――攻撃の手段を自ら放棄していたことに気づく。ゴーグルとマスクに覆われた無貌の頭をつついて見せるのに、無線の周波数を聖教国軍のそれに合わせた。

この至近距離ならさすがに、第三軍団が張り巡らせた電磁妨害《ジャミング》も用をなさない。ガ、ときつい雑音を越えて、彼と対して年の差はないだろう若い声が言う。

少したどたどしい、連邦の言語で。

『我々は敵じゃない、話を聞いてくれエイティシックス！』

知覚同調《パラレイド》越しに、レーナはその言葉を聞く。ああ、やはり。

やはり――そうだ。

「ヒェルナ。この企《たく》み――あなた一人のものですね」

聖教国、あるいはその軍全体の、連邦への裏切りではなく。

聖教国軍第八師団、伏兵連隊《ボギー・ワン》との攻防は続く。

けれどミチヒの中から、困惑と動揺は未だ去っていかない。それは急襲から時間を経て薄まるどころか、むしろ一層色濃さを増している。

レーナとヒェルナの会話に聞いてしまった、ヒェルナの過去の話のせいだろう。

あれはまるで、自分の話だ。自分たちエイティシックスを襲ったのと同じ理不尽だ。

十一年前の、〈レギオン〉戦争開戦の時。ミチヒは、仲間たちは、みんな幼い子供だった。突然強制収容所に送られ、両親を、祖父母を、兄や姉を奪われ、無人機としての死闘と戦死を定められて、それは共和国と白系種《アルバ》の都合で。

自分たちだけが。理不尽に。無惨《むざん》に故郷も家族も、――幼い時には無邪気に望めていたはずの、未来や幸福を奪われて。

そんなことが、遠く離れたこの西の国でも。もしかしたらあらゆるところで。

自分は一体、何と戦っているのだろう。そんな疑問がミチヒの手を強張《こわば》らせる。いつもより操縦桿の操作も、トリガを引くのも遅いと自覚しているがどうにもならない。

まるで自分自身と戦っているかのような錯覚が、ミチヒの、歴戦のはずのエイティシックスたちの手を鈍らせる。

――考えたら駄目なのです。それより、早くこの包囲を抜けださないと。

首を振った。何故《なぜ》か泣きだしたいような奇妙な、幼い惑乱をそれでどうにか押しのけた。

敵部隊は指揮官機の〈ファ＝マラス〉と、その子機群たる〈リャノ＝シュ〉の構成だ。管制する〈ファ＝マラス〉を撃破すれば、操作を受ける〈リャノ＝シュ〉群も停止するのだろうから、手っ取り早く決着をつける方法は〈ファ＝マラス〉を狙い撃つことだ。けれどミチヒは、そして周囲の仲間たちもあえて〈ファ＝マラス〉ではなく〈リャノ＝シュ〉を狙う。操縦士《オペレーター》が駆る有人の〈ファ＝マラス〉ではなく、その操作する無人端末を。

だって、人を撃つのは嫌だ。

人を殺すのは嫌だ。戦いぬくのが彼女たちの誇りだけれど、それと人殺しは同一ではない。〈レギオン〉との死闘にこれまで生きてきたエイティシックスには、人間との戦闘はこれが初めてだ。正直なところ、戦いたくない。

人殺しはしたくない。

またしても一機の〈リャノ＝シュ〉が、彼女に無反動砲の照準を合わせようとする。

普段の感覚で飛びのけば灰に脚を取られる。操縦桿を引きかけた手を意志の力で止め、踏みとどまったまま機関砲の砲口を向ける。――〈レギンレイヴ〉の砲塔は、角度は限られるが旋回砲塔だ。機体ごと砲を振り向けねばならない聖教国軍機よりもこちらの方が速い。

撃発《トリガ》。

左右の前脚の関節部に集中させて、立て続けの機関砲弾の着弾。機体を支えきれず頽《くずお》れたところにとどめの掃射。〈ジャガーノート〉よりも俊敏な〈レギオン〉と対峙《たいじ》するうちに染《し》みついた、脚から潰して動きを止めるミチヒの戦闘パターン。四〇ミリ機関砲は強力だが、八八ミリ戦車砲ほどの破壊力はない。激しく引き裂かれながらも原型をとどめた〈リャノ＝シュ〉の残骸で、まるでコクピットのキャノピが開くように正面装甲がはね上がる。

その奥から人形の腕が転げ落ちるように、小さな手が転げでた。

え、とミチヒは目を見開く。

ちいさな、こどもの手。

自走地雷……だろうか。だがどうして、〈レギオン〉が〈リャノ＝シュ〉の中に？

ミチヒは混乱する。思考が迷走して、定まらない。

正体など本当は、考えるまでもなくわかっているのに理解したくなくて、本能が理解を拒んでいて、目に映るものを認識できない。

はね上がった〈リャノ＝シュ〉の正面装甲の――否、キャノピの下。機関砲弾にずたずたに裂かれたコクピットに、横たわっていたのは。

まだ十にも満たぬくらいの、ちいさな少女の死骸だった。

第五章　笛吹きはネズミどもと子供を連れて

「うそ――……。うそ、なのです……！」

後ずさったミチヒの〈ファリアン〉を、誰も止めることも責めることもできなかった。

その瞬間たしかに、〈ジャガーノート〉の全機が戦闘を中断した。

〈レギンレイヴ〉にはデータリンク機能がある。電磁妨害下《ジャミング》とはいえ近い距離を保って固まる同じ大隊所属機にも、隣接して戦うリトの大隊の〈レギンレイヴ〉にも、〈ファリアン〉の捉えたその映像は共有される。

〈ファリアン〉に破壊された〈リャノ＝シュ〉の中の、少女の死骸。聖教国の主力フェルドレスを援護する子機群との認識から、そのあまりの小ささから誰もが無人機だと思いこんでいた〈リャノ＝シュ〉の、おそらくは操縦士《オペレーター》の。

淡い金色をした二本のおさげが、半ばもげ落ちた頭部に辛《かろ》うじて認められるから少女だとわかる。それがなければ人間だとさえ見分けられないほどに破壊された遺体の映像。

その無惨を見慣れていないわけではない。

棺桶《かんおけ》も同然の〈ジャガーノート〉で〈レギオン〉と対峙《たいじ》して、だから戦車砲弾に、重機関銃に、対戦車ミサイルに引き裂かれ、潰れて焼けた仲間の遺体をエイティシックスは見ている。嫌というほど見ている。

だから凍りついてしまったのは、遺体の無惨《むざん》さにではない。

その無惨《むざん》な遺体を。ましてや――かつての自分たちを彷彿《ほうふつ》とさせる、操縦士《オペレーター》というにはあまりに幼い子供の死骸を。

造りだしたのが自分たちだということにこそ。エイティシックスたちは戦《おのの》いて凍りつく。

その映像は電磁妨害《ジャミング》越しにも辛《かろ》うじて繋《つな》がったままのデータリンクを通じ、〈ヴァナディース〉にも届く。

「なんてことを――……」

あまりのことにレーナは絶句する。とてもではないが信じられない。

同じ仕打ちを共和国がエイティシックスに、していたからこそ信じられない。

無人機と見せかけた機甲兵器に、その実、人を。――子供を。

おかしいと思わなかったわけではない。

完全自律無人戦闘機械の開発に成功したのは、レーナの知る限りでは今は亡《な》きギアーデ帝国をおいて他にはない。〈レギオン〉の基《もと》となった人工知能、〈マリアーナ・モデル〉を開発した連合王国でさえ、主力は人間が駆る〈バルシュカ・マトゥシュカ〉だ。技術力においてはその二国に劣る聖教国が、この十一年で自律戦闘が可能な無人機を開発できたはずもない。

けれど全高たった一二〇センチ程度の——まだ小柄なフレデリカの背丈にも満たぬ〈リャノ＝シュ〉の小ささ。中に操縦士《オペレーター》などいるわけがないと思いこんでしまっていた。

けれど——たとえば十代初めのフレデリカや、ようやく十歳そこそこのスヴェンヤくらいの年頃なら。それよりも幼い子供だったなら——……。

「っ……！」

そのための、急造のフェルドレス。そのための——小さな〈リャノ＝シュ〉。

「最初から子供を操縦士《オペレーター》にするつもりで、あえて小さな機体にしたのですね……！　その方が前面投影面積も、装甲材料も少なくできるから！　なんてことを！　人を、それも子供を！　無人機の部品扱いにして……！」

糾弾に、ヒェルナは恬淡《てんたん》と肩をすくめる。

「そもそも〈リャノ＝シュ〉が無人機だとは、わたくしたちの誰も申してはおりません。エイティシックスを無人機の部品だと強弁した共和国の軍人に、批難される謂《いわ》れもありませんわ」

『だからって。だからってこんな――小さな子供をフェルドレスに――!!』

「それも仕方がありません。……聖教国には成人の軍人などもう、ほとんど残っていない」

彼女につき従う、軍団の幕僚たち。師団や連隊、大隊の指揮を執《と》る指揮官たち。そしてほんのわずかに残った正規フェルドレス、機甲五式〈ファ＝マラス〉の操縦士《オペレーター》たち。

それ以外の。

「我が国の兵は――神戟《テシャト》は、この十一年の戦で枯渇《こかつ》しきってしまったのですから」


自分こそまるきり不快げに、可憐《かれん》な鼻面《はなづら》に皺《しわ》を寄せてフレデリカは言う。〈トラオアシュヴァーン〉のいくつもある脚部操作室の、狭苦しいその一つの中。

「――聞かれておらぬゆえ、教えなんだがのヴラディレーナ、エイティシックスたち。ベルノルトども戦闘属領兵《ヴァルグス》らにも。そなたらにはおそらく、愉快ならざる話ゆえ」

貝紫の双眸《そうぼう》を嫌悪《けんお》に曇らせ、ザイシャは小さく首を振る。廃都市の放棄された宗教施設の尖《せん》塔《とう》に潜む〈アルカノスト〉の、薄い装甲に守られたコクピットの中。

「ええ、その必要が生じぬ限り話してはやるなと、ヴィークトル殿下からも仰《おお》せつけられておりますれば。……そもそもそれほどに違うから、殿下をこの国には派遣できなかったのです」

「ノイリャ聖教は流血を禁忌とする。人に刃を向け、人の血を流すを永劫禊《えいごうみそ》げぬ穢《けが》れと見る。それは聖教徒《シェクハ》、金系種《アウラータ》、聖教国人のみならず、異教徒、異民族に他国人、その全てに対してじゃ。聖教国に向くあらゆる剣に、聖教徒《シェクハ》は剣もて立ち向かえぬのじゃ」

「けれど国民《くにたみ》を守るに軍を必要とするは国の常。当初は極西の諸国より兵を雇い入れていたそうですが、所詮、他国の兵は他国の民。聖教国より生国の意向を優先し、信用には値しない」

「聖教国を祖国と仰ぐ民で、軍を編成せねばならぬ。なれどノイリャ聖教は国教。民の全員が奉ずべき教えなれば、聖教国を祖国とする民には流血を赦《ゆる》される者がおらぬ。その矛盾を解決したのが——聖教を守る兵は、民ではない。聖教の奉ずる地の姫神より聖教徒《シェクハ》に遣わされた、生きて動く剣戟《けんげき》であるとの解釈であった」

故に、神戟《テシャト》。

神の武具であり、人ではない。だから聖教国で生まれても聖教を奉ずる必要はない。

聖教徒《シェクハ》ではないから、侵略者に剣を向けても聖教を穢《けが》すことにはならない。

「それを民の手を戦と流血に穢《けが》さぬ、清浄なる神の国と唱えたから——我が連合王国もかつての帝国も、聖教国を狂国と呼んだのです」

「――尚武を誇り、戦士たるを誉れとするギアーデ帝国、ロア＝グレキア連合王国らの諸王国には、戦を絶対の罪と見なす聖教の教えは、特に受け入れがたいものだったのでしょう。民主制を掲げ、国防を市民の義務であり愛国の証《あかし》としたサンマグノリア共和国にとっても、軍兵を誇りある民の一人と数えぬ我が国の有り様は、異様なものであったでしょう」

狂国、ノイリャナルセ。自国がそう呼ばれたことを、ヒェルナは伝聞でしか知らない。

物心ついた時には極西諸国以外の他国は、〈レギオン〉の大軍と阻電撹乱型《アインタークスフリーゲ》の電磁妨害《ジャミング》に遮られて、だから他国の価値観こそがヒェルナにとってはむしろ異質だ。

「けれど聖教国に生まれた者には、……さほどに異様な法とも思えぬのです。聖教国の民は、生まれた家で生業が、婚姻が、一生が決まる。生まれ持った運命《さだめ》が、その者の全てを決定する。なれば神戟《テシャト》の工房に生まれついた子が、姫神の戟《げき》となるも当然でしょう」

元より生業に向いた形質が発現しやすいよう、血筋と職務を結びつけているのが聖教国の制度でもある。軍の精強を保つために特に軍人としての資質のある者を揃《そろ》え、また損耗に備えて一定数を供給させるべく『工房』には多くの神戟《テシャト》の女性が『剣匠』として勤めているが、その他に教徒《シェクハ》の家と神戟《テシャト》の工房には違いはない。それどころか。

「共和国がエイティシックスをそう定義したように、人型の家畜と扱うわけでもありません。神戟《テシャト》は人ではないが、神の御使いである。日々の暮らしは敬意を以《もっ》て遇され、士官ともなれば諸外国との外交に携わることもある以上、高等教育を受ける機会は教徒《シェクハ》よりも多い。神戟《テシャト》に不満があったなら武力を持たぬ聖教国の民は、とうに反乱で滅びていたでしょう。……不満はなかった。この数百年ずっと、そうだったのです」

元より聖教国には、職業選択の自由がない。その概念すらも薄い。

国民と神戟《テシャト》の間に実質的な差などなく、ゆえに他国からはいかに異様と見えようとも、神戟《テシャト》たちには不満もなかった。

それが所詮は彼らに施される教育の結果で、――教育とは大なり小なり、洗脳の言い換えにすぎぬものといえど。

不満はなかった。

十年にも亘《わた》る〈レギオン〉戦争で成人の神戟《テシャト》はほとんどが死に絶え、予備役の老神戟《テシャト》さえ全滅して、ついには本来なら教育訓練中のまだ少年の神戟《テシャト》を戦場に出さざるを得なくなった、現状でさえそれは同じだ。

「その教義が――覆《くつがえ》るまでは」

いまや高圧の焔《ほのお》を内包する、ヒェルナの言葉は第三軍団の神戟《テシャト》からすればまさしく弾劾だ。

特に彼女よりも年上の、管制官や参謀たち、〈ファ＝マラス〉を駆る操縦士《オペレーター》たちには。

兵卒にあたる大多数の、〈リャノ＝シュ〉の操縦士《オペレーター》たちは十にも満たぬ者ばかりだが、その指揮を預かる彼らとてようやく十代半ばから二十歳そこそことという年若さだ。

二十歳を越えた者など今や、軍団の中に数えるほどしかいない。それ以外の者は全員死んだ。十一年にも亘《わた》りなおも続く〈レギオン〉との激戦に、磨《す》り潰《つぶ》されるように消費されていった。

それが運命《さだめ》だと教えられていた。

清浄なる神の民を守れと教えられて、その将たる聖者に従えと教えられて、そのとおりに生きてきた。それがお前たちに与えられた運命《さだめ》なのだと言われて、諾々と、粛々と従ってきた。それが運命《さだめ》だからとたった一人彼らを率いる、幼い聖女と共に。

その教義は、けれど。

『昨年の大攻勢で神戟《テシャト》の生き残りがもう、本当に幼児ばかりとなって――いよいよ聖教国の亡《ほろ》びが眼前となって。その対策として聖者会議はあろうことか教義を棄《す》てた。御教えゆえにこれまで戦わせられぬとしてきた――聖教徒《シェクハ》からの徴兵を決定した』

聖教国自らの手で――覆《くつがえ》された。


火を噴くような眼差《まなざ》しで、苛烈に狂った恒星の黄金の双眸《そうぼう》でヒェルナは言う。知らず、空を薙《な》いで横に払った右腕で、手にした指揮杖の硝子《ガラス》の鈴と絹の袖が荒々しく鳴った。

「それが神戟《テシャト》の運命《さだめ》だからと彼らばかりを全滅寸前まで戦わせてきたというのに、いざ己の斬首の順が回ってきたなら運命《さだめ》に殉じるでもなく翻《ひるがえ》した。それが姫神の定めた役目だからと、戦場に生きる運命《さだめ》以外の全てを奪っておきながら、その運命《さだめ》さえも容易《たやす》く覆《くつがえ》して踏みつけた！」

運命《さだめ》ゆえにヒェルナは、全てを奪われた。

運命《さだめ》ゆえに神戟《テシャト》たちは、数百年も彼らだけが血に穢《けが》れ敵刃に斃《たお》れてきた。

残ったのは戦場に生きるという、それしかない運命《さだめ》だけだった。何もかもを奪い取られて当然と言われるほどに、運命《さだめ》とは重いものであるはずだった。

その運命《さだめ》を、聖教国は覆《くつがえ》した。都合に合わせて覆《くつがえ》せるほどに軽い、価値なきものだと貶《おとし》めたのだ。

己の命惜しさのあまり、またしてもヒェルナたちから奪い取ったのだ。

「そんなことは赦《ゆる》さない。赦《ゆる》されてたまるものか。戦争のために、戦争に役立つために奪われ続けたわたくしたちには、もはや戦いぬく運命《さだめ》しかない。これしかないのにその運命《さだめ》を貶《おとし》められては、奪われては本当に何一つなくなってしまう」

だから。

だから。奪われるくらいなら。

「聖教国など滅びればいい。何もかも全て、失えばいい。それほどまでに命が惜しいなら、その命を失えばいい。戦争が、終わらなければいい」

生きのびる希望を失えばいい。救いの手を失えばいい。信じる心を失えばいい。何もかもを失えばいい。

誰も彼もが。そう。

「誰も彼もから――わたくしたちが今度は、奪ってやる」

これは今まさに奪われようとしている、唯一それしかない戦人の役目《アイデンティティ》を守りとおすための。

戦争のためだけに生きざるを得なくされた自分たちが、自分たちをそう造り上げながら裏切った祖国ごと滅びるための――壮大なる集団自殺。


鏡が割れる。ぞっとクレナは戦慄する。

「……そんなこと、」

戦いぬく、誇り。他のものは何もかも奪われてそれしかない、エイティシックスの誇り。

まるきり同じだ。奪われて戦場以外を失《な》くしたことも、戦場に生きる誇りだけが己を形作る存在証明《アイデンティティ》であることも、誇り以外を結局のところ、望めずにいることも。

――戦争なんていっそ、終わらなければいいのだと薄昏い願望を抱えていることも。

それでも――そんなことは。

「何もかもみんな、死んじゃえばいいだなんてそんなことはあたしは、」

望んでいない。――そんな恐ろしいことは考えたこともない！

けれど、望んだかもしれない。いつか自分も、望んでしまったのかもしれない。

戦場に生きる誇りに、それだけに固執して他の何もかもを放り棄《す》てたその果てが——あの幼い聖女の妄執だ。

戦場以外に本当に何も、何一つも望めなかった自分が、すなわちヒェルナだ。

その可能性にクレナは戦《おのの》く。大切な人の未来をあるいは食い潰してでも、未来なんて来なければいいと望んでしまえる己の業を、自覚したからこそ否定しきれない。

「……違う、」

必死に首を振った。違う。そんなこと、望んでいない。いつか望んでしまったかもしれなくても、少なくとも今の自分は破滅なんか望んではいない。

望みたくない。

「そんなこと、……あたしたちはしない……！」


「——哀れだとは思わなくもないが、それと今、君がしていることに何の関係が？」

嘆息交じりに、ギルヴィースはヒェルナとレーナの会話に割りこむ。とてもではないが聞いていられない身勝手だ。ヒェルナがまだ子供でなければ、同情すらしたくもない。

なるほど哀れな、傷ついた子供なのだろう。だがその傷を声高に叫んで、免罪符のように振りかざして、やっていることは一体なんだ？

「連邦軍の我々としては、正直知ったことではないよ。聖教国人同士で勝手にやってくれればいい。それこそ君が先ほど言ったとおりに、神戟《テシャト》を率いて反乱でも起こせばよかったんだ」

子供まで戦場に駆りだすほどの戦力不足で、軍団一つに背かれては聖教国は〈レギオン〉に抗しきれまい。あるいは背くまでもなく、〈レギオン〉を素通しにしてやればそれだけでも。

そんなこともせずに。

「何故《なぜ》我々連邦軍を――それもよりにもよって君たちと似た境遇の、エイティシックスを巻きこんだ？　いかにも聖教国が裏切ったかのような、亡命がどうとかいう君の繰り言は？」

ヒェルナは小さく、首を傾《かし》げる。ギュンター少佐、とか言ったか。義勇連隊ミルメコレオの指揮官。……指揮官ともあろうものが、何を物分かりの悪い。

「誰も彼もが、何もかも、と申し上げましたでしょう？」

何もかも、だ。――命だけ奪われればそれでいいと、思っているわけではない。

「戦争を取られたくない、なんて馬鹿げたわがままで祖国とその民ごと死にたがる、愚かなわたくしたちには誰も泣いてはくれないでしょうけれど――皆が同情し、憐《あわ》れんできたエイティシックスの死には誰もが、涙の真珠を捧《ささ》げるでしょう？」

共和国八六区での悲劇が、他国に知れた時にそうなったと聞くように。

エイティシックスに悲劇を強いた共和国が、いつ雪《すす》げるともしれぬ汚名にまみれたように。

「誰もが同情する悲運の少年たちが、善意を以《もっ》て救援に向かったはずの聖教国に裏切られ、抗《あらが》った果てに無惨《むざん》に全滅する。最高に後味の悪い、だからこそ思うさま涙を流して義憤に燃え、悪しき聖教国を心置きなく指弾できる、楽しい理想の悲劇でしょう？」

『聖教国の名も貶《おとし》めるために……か』

「ええ。そして」

聖教国が、蔑まれればいい。——名誉や面目を、失えばいい。

裏切りを糾弾されればいい。——信用や信頼を、失えばいい。

救援を失えばいい。——そして〈レギオン〉に食いつくされればいい。

そして裏切りを、恐れればいい。——信じる心を連邦が、失えばいい。

「連邦の民がもし、哀れな少年兵たちの犠牲について軍や政府を糾弾し、連邦政府がこれ以上の裏切りを恐れて正義の行使に慎重になれば——自力では己を守れぬ他の国も、次々と滅ぶ」

そうなればいいと語る調子で、ヒェルナは言う。夢見るように。

待ち望んだ美しい明日を、夢見て語る少女のように。

「そうなったならあるいは最後には、——人類全てが滅ぶかもしれない」

絶句するような沈黙の果て。ギルヴィースが嘆息する。

『――稚拙だな。幼稚とも言える』

「まあ、レーナにバレてしまいましたから後で通信記録なりを調べて、その人が信じてくれれば、聖教国の汚名はあるいは雪《すす》がれるかもしれませんね」

連邦の〈レギンレイヴ〉や〈ヴァナルガンド〉に、あえて記録させるつもりで話していたのだが裏目に出てしまった。

連邦が記録を確認した際に、やはり戦力を求めた聖教国の裏切りだと思わせるためにそれらしいことを言っていたし、犠牲を増やすためだけならいきなり殺してしまえばよかったレーナや管制員たちにも、手を出さなかったのだけれど。

「どのみち犠牲が出てしまえば大差はないのですし。……エイティシックスたちが大勢死んで、連邦から糾弾されてその時この通信記録を出したとして、連邦が内容を信じてくれればいいですよね。わたくしには、」

フフ、とヒェルナは笑う。

「見苦しい言い訳にしか聞こえないと思いますけれど」

ヒェルナの願望はそれこそ幼稚で、だからレーナは鼻で嗤《わら》い飛ばす。酷薄で無慈悲な、剣持つ断罪の女神のように。

「ヒェルナ。ですがそれは――派遣旅団が壊滅した後で、連邦が貴方《あなた》の言葉を聞いたとしたら、の話ですよね」

ヒェルナの声が不審に揺れる。

『……この戦場の無線は、電磁妨害《ジャミング》で封鎖を』

「ええ。そうやって全周を包囲された共和国で、」

その様子を見ていたらしい、フレデリカが言う。言葉を交わした相手の、過去と現在を覗《のぞ》き見る異能。それを用いて聖教国軍、第二軍団の進軍の様子をも見ていた彼女。

『届いたようじゃぞ、ヴラディレーナ。――お待ちかねの、騎兵隊じゃ』

戦場を、声が亘《わた》る。

妨害されたままの、無線ではない。スピーカーの発する音声だ。灰塵《かいじん》に内部の機構が損傷するのか音割れが激しく、ノイズだらけの――けれど水琴窟の歌うような微細な震えを帯びた。

『こちらは第二機甲軍団イ＝タファカ、軍団長トトゥカ聖一将である』

まだ遠くにいるはずの聖教国軍、第二軍団本隊からの。斥候部隊が携えてきた心理戦用の大出力スピーカーを通じた放送だ。

『連邦の声明は受領した。貴公の機転と好意を深甚《しんじん》に思う、機動打撃群の智慧《ちえ》深き女王』

愕然《がくぜん》とヒェルナが息を呑《の》んだ。

『どうして⁉　……どうして連邦が、こんなに早く反応を⁉』

ヒェルナが妨害させたのが、無線通信だけだったからだ。

その技術を、連邦は聖教国に伝えなかった。伝えるなと言われていたから、それほど警戒する何かが聖教国にはあるのかと、だからレーナもあれほど親しく接したヒェルナにさえ、その技術を明かさなかった。シンの異能も〈シリン〉のことも同様に開示は禁じられ、王子であるヴィーカが派遣されずにザイシャが代理を務めて、船団国群には持ちこんだゼレーネも聖教国には持ちこまなかったのだから、その国の将を警戒するには充分だった。

ヒェルナも神戟《テシャト》たちも彼らなりに善良で、敬意と好意を以《もつ》て接してくれたと知っているけれど、――自分は機動打撃群の指揮官だから。機動打撃群の鮮血の女王だから。

戦友であり部下であるエイティシックスたちは、レーナが守らなければならないのだから。

「阻電攪乱型《アインタークスフリーゲ》の電磁妨害《ジャミング》の下で、確実な通信を保った技術が――貴方《あなた》がたには教えなかった知覚同調《パラレイド》です。……状況はほとんど最初から、連邦本国に伝わっています」

機動打撃群と聖教国軍の戦闘が長引かないうちに――犠牲が出ないうちに連邦本国から聖教国政府へ、圧力をかけてもらうための連絡だったが思わぬ形で役に立った。

また連邦から聖教国への通信は〈レギオン〉支配域を迂回《うかい》するために連合王国を経由する。だから連合王国にも、この情報は共有されているだろう。

外交的には今戦闘を中断しても、将の一人の不祥事をみすみす許した聖教国は苦しい立場となるだろうが、連邦が事情を知った以上、聖教国そのものへの制裁とまでは至るまい。

「企《たくら》みは潰《つい》えました、ヒェルナ。貴方《あなた》の負けです。――聖教国は滅ばない。連邦は貴方《あなた》の幼稚な野望の、尖兵《せんぺい》とはならない」

『…………』

「降伏を命じてください。これ以上の戦いには――なんの意味もありません」

第二軍団の軍団長が続ける。その声もまた、酷《ひど》く若い。

『投降せよ、レェゼ。今なら貴官への処罰もそう重いものとはならぬ。……聖教は血を流すを禁じている。同胞への残虐を、我らは望まぬ』

ふっと、ヒェルナが笑った。

あからさまな侮蔑だった。

『どの口が、今更。……止めたいなら今ここで、聖教など棄《す》てればいい。どうせ明日には棄《す》てる教えなのですから』

沈黙がおりる。続けて第二軍団軍団長の、嘆息が一つ。

『よかろう。……ヒェメルナーデ・レェゼ二将と第三機甲軍団シガ＝トゥラを、ノイリャ聖教とノイリャナルセ聖教国への逆賊と認定。これより誅戮《ちゅうりく》を開始する』

「っ……！」

奥歯を嚙《か》み締《し》めたレーナの心情を知ってか知らずか、第二軍団軍団長は冷淡に続けた。

『連邦からの、派遣旅団の各位。――構わない、抗戦を。逆賊に生じた犠牲の責は当然、貴公らと連邦に問うことはない』

応じるギルヴィースの声は冷徹だ。責など問われる謂《いわ》れはないと、言外に言い放つような。

『――了解。貴公らが到着するより先に、制圧してご覧に入れよう』

一方レーナは聖一将の宣言を以《もっ》てなお、撃滅しろとエイティシックスには命令できない。

それしかないのか。だって、敵とはいえ同じ人間を。子供を。

そうではなくたとえばヒェルナを、人質にしたならもっと犠牲も出さずに――……

『無駄です。神戟《テシャト》は、聖者の声にしか従わない』

見透かしたヒェルナがせせら笑った。自棄《やけ》のような、疲れた老婆のような嗤笑《ししょう》だった。

その笑いでさえ彼女の声は独特の、水琴窟の反響のような響《とよ》みを帯びて、それは先の聖一将の声も同じだ。――神戟《テシャト》を従える、聖者の声とはその微細な音色のことか。

ぐっとレーナは拳を握りしめる。

それなら、第二軍団と、聖一将と合流すれば。

聖一将は先の宣言で戦闘停止を命じなかったが、軍団長以外は命令できないわけではまさかないだろう。それでは軍団長が戦死した場合に、指揮の継承ができなくなる。ヒェルナ以外の彼女の一族を、聖教国が全滅させたはずもない。

おそらく単純に、音が悪いのだろう。音割れしたスピーカーでは条件を満たせないのだ。けれど聖教国軍が元々交信に常用している、無線通信なら。

第二軍団にそれを確かめる。——そのためにまずは、彼らと合流を。

「ヴァナディースより、各位。包囲を突破します。第二軍団との協力のため——……」

その時不意に、声が返った。

知覚同調《パラレイド》越しの、誰かの声。エイティシックスの誰かの——あるいは、誰もの声。

『——いやだ、』

その闇雲な怯《おび》えのような、幼い響き。

『嫌だ、うたないで』

撃たせないで、ではなく。

レーナは咄嗟《とっさ》に息を呑《の》む。

それからきつく歯噛《はが》みした。

当たり前だ。そう、撃たないで、だ。

エイティシックスたちが強制収容所に送られたのは〈リャノ＝シュ〉の操縦士《オペレーター》とちょうど同じか、それより幼いくらいの年齢だ。

そんな幼さで罵声と暴力に曝《さら》されて、罪人か家畜のように扱われて。祖国の紺青《こんじょう》の軍服から銃口と砲を突きつけられて。そう、神父も言っていた。せいぜい七つか八つの幼子が、手向かいもできない圧倒的な暴力を受けて、身を護《まも》る術もなくて。それは――酷《ひど》く、酷《ひど》く恐ろしい経験だっただろうと。あるいは中にはそのまま家族を、知り合いを殺された者もいたかもしれない。目の前で射殺されて倒れる両親を見た者もいたかもしれない。

今なお消えないそうした恐怖を刻みこまれた幼い自分自身と、目の前の幼い兵士たちを、エイティシックスたちが重ねないはずがない。ましてや撃てるはずがない。

撃たないで、という幼い自分自身の悲鳴が――聞こえないはずがないのだから。

「いや――仮に、そうじゃなくても」

相手がたとえば、同じくらいの年齢の少年兵や、成人した正規軍人だったとしても、撃てないかもしれないとシンは思う。彼自身は相対していないからまだしも平静を保ててはいるけれど、たしかにそもそも、想像したことさえもない。

戦場で人が、敵となることを。――戦場で敵として人を、殺すことを。

人を撃ったことはある。人を殺したことは何度もある。助からないのに死にきれない重傷を負った仲間を何度も、何人も殺した。八六区では――そして連邦の戦場でも時に、それが必要だったから。

けれど敵として人を、殺したことはない。

そして撃てるかと問われれば、――おそらく撃てない。

想像するだけで肚《はら》の底が冷える。八六区で、最初に同じエイティシックスを撃ち殺した時は恐ろしかった。人にひとをころすための道具を向ける、その動作一つで吐きそうだった。

ましてや死にきれないのを楽にしてやるためと、〈レギオン〉に連れていかせないためという理由さえないのなら。

戦いぬく、と。――これまで一つの屈託も呵責《かしゃく》もなく自分たちエイティシックスが言ってこられたのは戦う相手が〈レギオン〉だったからだと、命など持たぬ機械仕掛けの亡霊たちだったからなのだと、今更のように思い知る。

「撃てない――戦えないだろうな。おれたちは……人とは」

〈レギンレイヴ〉が立ち尽くしてしまう一方、ミルメコレオ連隊と第三軍団第八師団、伏兵連隊との戦闘は激しさを増してなおも続く。

……否、次第に趨勢《すうせい》はミルメコレオへと傾いていく。

「――待ち伏せに包囲、その上この灰の戦場に適応したフェルドレスでなおこの様、か」

思わずギルヴィースさえ嘆じてしまう程度には、一方的な戦闘だ。蹂躙《じゅうりん》、虐殺と言っていいほどの。

理不尽なほどの高性能を誇る戦車型《レーヴェ》、重戦車型《ディノザウリア》にこそ遅れを取るが、〈ヴァナルガンド〉は軍事国家の後裔《こうえい》にして超大国たる連邦の、機甲兵力の主力の座に君臨するフェルドレスだ。強力無比な一二〇ミリ砲と堅牢《けんろう》極まりない六〇〇ミリ圧延鋼板相当の装甲、戦闘重量五〇トンの超重量を時速一〇〇キロ近い速度で疾駆させる大出力と、人類側の機甲兵器としてはおそらく最高峰の機種だ。

戦を嫌う聖教国の、自衛程度の目的の〈ファ＝マラス〉、ましてや間に合わせの急造兵器にすぎぬ〈リャノ＝シュ〉などは、及びもつかぬ。

浜辺にうちあげられた魚さながら、もたもたと回頭しようとする〈ファ＝マラス〉を、俊敏で巨大な狼《おおかみ》のように迫った〈ヴァナルガンド〉の至近弾が吹き飛ばす。六門全てを虚《むな》しく撃ち尽くした〈リャノ＝シュ〉の群に、一二〇ミリ滑腔砲《かっこうほう》の咆哮《ほうこう》が、一二・七ミリ旋回機銃の叫喚が、重突撃銃のスタッカートが殺到する。

『――制圧。歯ごたえがなさすぎて拍子抜けですな、モックタートル』

『地の利も数の利も活《い》かせていない。連携は拙いし練度も低い』

『まるでゼンマイ仕掛《じか》けのネズミですのね。くるくるちょろちょろ走り回るばかりで、まともに考える頭もない』

「ネズミとて見下すと噛《か》まれるぞ、油断はするな。特に〈ファ＝マラス〉の主砲は、側面や後部に直撃をもらえば〈ヴァナルガンド〉でも危うい」

その〈ファ＝マラス〉も、実のところあまりにも数が少なくてさほどの脅威ではないが。

子供しか入れない大きさの〈リャノ＝シュ〉と違い、戦前からの正規の機甲戦力たる〈ファ＝マラス〉には神戟《テシャト》でも年かさの者が――といってもヒェルナの話からして、せいぜい十代後半から二十歳そこそこの――搭乗しているらしい。年齢の分だけ戦闘経験も積んでいるだろう、彼らは機甲部隊の最大火力であると同時に指揮官機の役も担《にな》っているようで、だからこそしばしば、〈ヴァナルガンド〉主砲の集中砲火の的となる。今も〈モックタートル〉の砲撃に、真横からコクピットブロックを貫かれた〈ファ＝マラス〉が黒焔を上げて頽《くずお》れた。

途端に周囲に群れ成す、〈リャノ＝シュ〉の砲列が無様に乱れた。

〈モックタートル〉に即座に反撃を加えるでも、駄目押しを恐れて遮蔽に退《さ》がるでもない。ただ浮足立ったように棒立ちし、あるいは隊列を崩す。あろうことか敵機を眼前にして、不用心にも撃破された指揮官機を振り返ってしまう〈リャノ＝シュ〉さえ散見された。すぐ傍《そば》にいたはずの兄姉がいつのまにかいなくなっていたのに気づいた、幼い迷子のように。

——ああ。そういうことか。

わずかに苦く、ギルヴィースは悟る。エイティシックスやギルヴィースが〈リャノ＝シュ〉を当初、無人機だと思いこんでいた理由。

人が乗れるとも思えぬ小ささに加え、何より〈リャノ＝シュ〉の挙動一つ一つの遅さ、ぎこちなさ。前進するにも砲撃するにもまるで一々指示が必要なような——訓練された軍人が乗っているとはとても思えない融通の利《き》かなさだ。

考える能力などない、ゼンマイ仕掛《じか》けのネズミ。

あの無様な対戦車砲の中にいるのは軍人とは名ばかりの——幼い子供でしかないのだ。

「各位。敵部隊は〈ファ＝マラス〉だけが考える頭、〈リャノ＝シュ〉は笛の音に従うだけのネズミだ。指示されなければまともに動けない。真っ先に〈ファ＝マラス〉を排除し、ついで〈リャノ＝シュ〉を排除しろ」

『了解』

たちまち真珠色の鳥のうち大柄な機影だけが、辰砂《しんしゃ》の群狼に寄って集《たか》って喰《く》いつかれた。ギルヴィースの狙いのとおり、指揮官を失った〈リャノ＝シュ〉どもはたちまち狼狽《ろうばい》をあらわにし、困惑しきっておろおろと戦場のただ中でまごついた。

悲鳴が外部スピーカー越しに交錯する。言葉はわからずとも何を言っているのかわかってしまう、混乱し、惑乱し、恐慌《きょうこう》した、ただの子供へと戻ってしまった幼い悲鳴。

たすけて。にいさま。ねえさま。おいていかないで。

ひとりにしないで。

一瞬ギルヴィースは息を呑《の》む。背後、スヴェンヤが身を震わせるのが見ずともわかった。

押し殺して繰り返した。

「――掃討しろ」


その掃討はやがてミルメコレオ連隊の各中隊、大隊同士が進撃と制圧の速度を競い合い、功と獲物を奪い合う狩場と化して、歓声と哄笑《こうしょう》が高らかに灰の戦場を満たす。

一二〇ミリ高速徹甲弾《APFSDS》の初速は一六五〇メートル毎秒、二キロ先から六〇〇ミリ圧延鋼板相当の装甲板を喰《く》い破る膨大な運動エネルギーの塊だ。装甲を貫徹しただけ多少は減衰するとはいえ、脆《もろ》い人体など紙屑《かみくず》同然だ。

まともな死体など残らない。

殺された少年兵の遺体が、殺した側の目に触れることはない。

だからミルメコレオ連隊の搭乗兵たち、装甲歩兵たちはただ闘争の昂奮《こうふん》に身を任せ、勝ち戦の高揚に酔いしれることができる。

肩を並べて戦っていたはずのエイティシックスが今や無様に立ちすくみ、見苦しい怯懦《きょうだ》も露《あら》わに戦闘を避けているのがまた、彼らの矜持《きょうじ》を煽《あお》り立《た》てる。――そらみろ。所詮エイティシックスなどは戦士ではない。覚悟の一つも持てない腑抜《ふぬ》けどもだ。

自分たちこそが、真の戦士。自分たちもまた正しく帝国貴族の血と誇りを受け継ぐ、その血脈が示す通りの勇猛なる英雄なのだ。

哄笑《こうしょう》を上げ、討ち果たした数を競い、彼らから見れば将に相当する〈ファ＝マラス〉を討ち取った時には外部スピーカーで名乗りさえ上げる。狩りにうち興じる貴族のような、あるいは戦に参ずる古《いにしえ》の騎士のような、――血酔《ちえい》の狂気が灰の戦場に満ちていく。

その光景に、エイティシックスは立ち尽くす。騎士たちの見せる修羅に怯《おび》えたのではない。眼前の、蹂躙《じゅうりん》の光景が恐ろしかった。

もはや戦闘ですらない。蹂躙《じゅうりん》だ。一方的な虐殺だ。

それはまるきり、かつて彼らが負わされた傷の再現だ。

八六区の強制収容所への護送で、かつて幼い彼らは同様に銃を向けられた。まだそうと意識したことはなかったけれど祖国の、本当なら彼らを守るはずの軍から。突然の暴力と罵声、蔑みと悪意と共に。脅迫のために、見せしめとして、あるいは遊戯や悪ふざけの一環で実際に射殺される人間を見た者もいた。親や兄弟や隣人や友人を目の前で撃ち殺された者も。その理不尽にも無力に、成す術もなく、ただ蹂躙《じゅうりん》されるばかりだった。

「……いやだ。こんなのは、嫌だ」

戦えない。——人間とは、子供とは戦えない。

かつての自分を、よりにもよって自分自身が殺すなんて嫌だ。

そして、それ以上に。

「……止めないと」

目の前のこの、蹂躙《じゅうりん》を。

目の前で蹂躙《じゅうりん》されていく、かつての自分たちを蹂躙《じゅうりん》されるままにはしたくない。

止めてやりたい。

今度こそ。


辰砂《しんしゃ》の殺戮はなおも続く。歓声は春の野を行く若者たちのようで、昂奮《こうふん》に酔って朗らかだ。

そうでもなければ、とてもではないが耐えられないから。

勝たねばならぬのだ。

それが自分たちの役目だ。混血の、失敗作の、役立たずの自分たちに初めて与えられた、そして最後の挽回《ばんかい》の機会。

物心ついた時には、生ませた価値もなかったと断じられていた。

全員が失敗作だった。莫大《ばくだい》な労力を、それこそ何世代分も費やしてあえて造った混血だというのに、全て無駄になったと罵られた。残されたのは純血を尊ぶ帝国貴族の下で、穢《けが》らわしい混ざりものと見下され、無価値な穀潰しと叱責され、犬の仔《こ》よりも関心を払われない運命《さだめ》だけだった。尊厳もなければ愛情もなく、未来もなかった。混血の彼らが一族と認められるはずもなく、品種改良の失敗作を守り庇《かば》う者がいるはずもなく、恥さらしを人前に出せぬと一まとめに押しこめられた彼らに、外に出る自由などあるはずがなかった。

あったのはただ、半分とはいえ確実に受け継ぐ焰紅種《パイロープ》の血と、その血に相応《ふさわ》しい自分となる夢想だけ。

かつて大陸に君臨した尚武の帝国の、正統なる後継たる焰紅種《パイロープ》の血。勇猛で、精強で、高潔なる真なる戦士に——英雄に、無価値な自分がなった姿を夢見る夢想。

叶《かな》える機会を与えてやろうと、ある時言われた。

お前たちもまた我らの血族なのだと、誇り高き焰紅種《パイロープ》の一員、勇猛で高潔なる真の戦士なのだと証明する最後の機会を、与えてやろうと。

それが義勇連隊ミルメコレオだ。——無価値な自分たちに初めて与えられた、これが最初で最後の証明の機会だ。

証明しなくてはならない。己はやはり戦士なのだと、正しき真なる英雄なのだと、何より己自身に証明しなければならない。

何も持たぬ己に唯一残った、たった一つ己の形を規定する夢想を——理想を。自分は戦士の血統なのだというそれしかない誇りを、英雄となれぬことで失うわけにはいかないから。

だから、勝たねばならぬ。圧倒的に、世界全てに見せつけるように勝たねばならぬ。

笑いながら。悲鳴のように、笑いながら。騎士たちはなおも、獲物を求めて戦野を疾走する。


その凄惨は戦場のただなかにありながら機甲兵器も駆らずトリガも引かぬ、それ故に修羅の高揚に酔うこともできぬスヴェンヤの目にはただ酸鼻とのみ映る。

震えながら、血の気を引かせて震えながらスヴェンヤは目を逸《そ》らさない。ブラントローテ大公の『娘』として、戦場から目を逸《そ》らすことは彼女には赦《ゆる》されない。

『姫殿下！　姫殿下ご覧になりましたか⁉　いかがですか、我らの戦いぶりは！』

「も——もちろんですわ。今の壕《ごう》の、一番槍《いちばんやり》ですわね、ティルダ、ジークフリーデ」

快哉《かいさい》を叫ぶ小隊の副長とその操縦士《オペレーター》に、涙目のまま頷《うなず》いた。——戦闘重量五〇トン超の〈ヴァナルガンド〉が情け容赦なく〈リャノ＝シュ〉を踏み潰す様も、あっけなくぐしゃりと潰れたコクピットブロックから噴きだした濁った朱殷《しゅあん》も、スヴェンヤは全て見てしまっていた。

「立て続けによく討ち取りましたわ、アンブロス、オスカー。敵の首級、これで八つ目でしたね素晴らしいですわルートヴィヒ、レオンハルト――……」

「――姫殿下、もういいから」

吐き気と涙を堪えて騎士たちを労《ねぎら》う健気を見かね、苦くギルヴィースは口を開く。

「言葉をかけてやらずとも、御心は皆に伝わっている。……これ以上無理しなくていいから」

「で……でも、お兄様。これが『お父様』からいただいたわたくしの御役目ですから……」

つい、荒々しい舌打ちが漏れた。

「役目など、構うものか。……あんなものは所詮、奴隷の首輪だ。俺たちは英雄たるべきと、自分で望んだつもりで押しつけられているだけだ」

武勲詩に謳《うた》われる誇り高き、理想の、――そして現実にはどこにもいない高潔なる正義の騎士。そう成ることしか望めないよう仕向けられて、……そのとおりに望んでしまっただけだ。

硝子《ガラス》の砕ける寸前のような、そら恐ろしい沈黙がおりる。

はっとなって振り返ると、スヴェンヤが見開いた目でギルヴィースを凝視していた。

表情の抜け落ちた可憐《かれん》な面《おもて》の、唇だけが動いて老婆のような声が零《こぼ》れる。

「……どうしてそんなこと仰《おつしや》いますの」

そのどこも見ていない天満月《そらみつづき》の、光を跳ね返すだけの月の鏡のような黄金《きん》の双眸《そうぼう》。

「だって『お父様』がそう仰《おつしや》ったんです。だってこれが、わたくしたちのたった一つの御役目なんです。これさえ果たせなかったら本当に何一つなくなってしまう御役目なんです。大事な、

大事な、大事な御役目なんです」

「……スヴェンヤ、」

「お兄様そうでしょう。お兄様だってそうでしょう。わたくしたちは皆、全員、この御役目をやり遂げないと。だってそれしかないのですから。わたくしも、皆も、お兄様も、他には何にもないんですから。それをどうしてお兄様が、やめろなんて仰《おつしや》いますの⁉」

「それは、」

「取り上げないでくださいませ。ましてやお兄様一人が御役目を棄《す》てるなんて、わたくしたちを見捨てるなんてそんなことはしないでくださいませ。だってわたくしたちはこの御役目と、お互いしかいない。だからこそわたくしたちは、いつまでも一緒でしょう。いつまでも同じでしょう。ねえお兄様そうでしょう。わたくしたちは――何も持たない、同じ傷しか持たない同じ犬舎の役立たずの仲間同士でしょう⁉」

「っ……」

泣き叫ぶ悲鳴に、奥歯を嚙《か》み締《し》めた。――駄目か。スヴェンヤには……スヴェンヤにも、抗《あらが》う力は今更もうない。あまりにも幼い頃から叩《たた》かれ続けて、自分たちにはその気力がない。

そして言うとおり、自分たちには役目を果たす道しかない。

ミルメコレオ連隊はブラントローテ大公の、権力闘争のための手駒だ。役に立てねば再び、飼い殺しの憂《う》き目《め》に会うだけだ。スヴェンヤを、仲間を再び、ただ息をしているだけの家畜小屋に戻さぬためには、大公の望むとおりに戦功を挙げ一門の名声を高める剣となるしかない。

……女狐《めぎつね》め。

「俺たちにはやはり、もう。──呪いとわかっていても縛られる道しか、ないんだな」

「ギュンター少佐、あの──……」

そっと、クレナは口を開く。

急造の巨砲を今も動かす操縦担当者は、自身を呼びだすでもない交信を聞いている余裕はなかったろうが、射撃担当で今は役目のないクレナには。

「聞こえてるの。スヴェンヤっていうの？　マスコットの子も。……無線、送信スイッチが押しっぱなしになってるから」

スヴェンヤは何度かフレデリカと──〈トラオアシュヴァーン〉操作班の回線と交信していて、その設定のまま何かの拍子で送信スイッチを押してしまったのだろう。

ぐっとギルヴィースが言葉に詰まる気配。慌てたように回線が一度切れて、もう一度繋《つな》がってギルヴィースが言った。

『ククミラ少尉、すまないんだけど聞かなかったことにしてくれないかな。いい年をして、姫殿下と喧嘩《けんか》をした上に弱音を吐いたのが、部下に知られたら恥ずかしいんだ』

「うん。他の人たちには言わないよ。でも、」

あえておどけて、なんでもないことのように見せようとしているのを知りつつ頷《うなず》いた。

『でも？』

「なんていうか。……ごめんなさい」

ギルヴィースは虚をつかれたようだった。

『……何に対する謝罪だい？』

「あたしが少佐の部下で、少佐がそう言ってるのを知ったとしたら、そう言ったと思うから。それで――あたしはある人に、同じことを謝らなきゃいけないってわかったから」

『…………』

「いなくならないでほしかったの。でも――縛りたいわけじゃなかったの。呪いたいわけじゃなかったの。でも……あたしもきっと、今のスヴェンヤと同じになってたの」

スヴェンヤはまるで、ギルヴィースに縋《すが》りついて呪いをかけているようだ。

ミルメコレオの兵士たちはまるで、スヴェンヤに縋《すが》りついて呪いをかけているようだ。

仲間なのだからと、同胞なのだからと、同じ傷を抱えているのだからと、その傷こそが自分たちの絆《きずな》なのだからと。誇りという名の、傷という名の呪いをかけあっているようだ。

まるで。

変わらないでいいと。――そのくせ本当は、変わらないでくれと。シンに望んでしまった自分のように。

戦いぬくのが、エイティシックスの誇り。

けれどいつのまにか、自分たちには戦いぬく誇りしか存在しないと。その誇りだけあればいいと。まるでそれだけしかもはや、望《のぞ》めはしないのだと言うかのように。

誇りを呪いに、変えてしまったかのように。

自分はまるで、誇りという名の呪いに縛られているようだと初めて思った。それどころかいずれきっと、縛りつけてさえしまうと。幸福になろうとしている、けれどきっと自分を見捨てることはできない、仲間たちやシンのことを。

「だから、ごめんなさい。……縛りつけて歩けなくして、ごめんなさい。それと、スヴェンヤ」

反応はない。聞いていると判断して、そのまま言った。

「難しいと思うけど、あんまりお兄さんをあなたの傷で縛らないであげて。……お願い」

そんなに必死に縋《すが》りついて、縛りつけておかなくても、……きっとその人も貴方《あなた》のことを、置いていってしまうように見えても本当にいなくなったりはしないから。

ちょっと卑怯《ひきょう》だとは思うけれど、返る言葉は聞くことなく無線を切った。……この会話の間もシンは戦っていて、この会話の間にも死んでいく子供がいるのだから、これ以上ギルヴィースと話している余裕はないと思った。

一つ、息をつく。

変わらないで。置いていかないで。たしかに自分はそう望んだ。今でもどこかでそう思っている。自覚した薄昏い望みは頭の片隅に居座ったまま、きっとずっと消えていかない。

けれど。

──海を見せたい。

シンが望んだその願いを、よかったと。

そうなってほしいと自分はたしかに──思えたのだから。

顔を上げた。途端に襲ってきた眩暈《めまい》のするような恐怖を──必死に呑《の》みこんで噛《か》み潰した。

進むのは怖い。

今でも怖い。子供の頃からずっと怖い。踏みだしたら待っているのは、両親や姉を殺した銃口かもしれない。人の悪意にうちのめされる瞬間が、再び眼前に手ぐすね引いて待ちかまえているのかもしれない。

自分は今度も、これからも、何もできずに奪い取られるだけなのかもしれない。

それでも。


『──進もう』

その声は繋《つな》げられた知覚同調《パラレイド》を通じ、灰の戦野のエイティシックス全員に届く。

少し震えて、けれど決然と意志を帯びたその声。

呆然《ぼうぜん》と、ミチヒはその人の名前を口にする。少しだけ、信じられない。

前の作戦の後の、へたりこんで消沈した弱々しい彼女の姿からは信じられない。

「――クレナ、」


「進もう。シンたちを助けないと。〈シャナ〉を倒してやらないと。それに〈リャノ＝シュ〉たちも、……あたしたちが助けてあげないと」

堪えたつもりだったが声は震えた。やっぱり怖い。踏みだそうとするのはどうしようもなく恐ろしい。こんな重大な決断を、下すのも怖い。だってみんなの命がかかるのだ。もしかしたら間違いかもしれない。もしかしたらシンたち空挺《くうてい》大隊もレーナやリトやミチヒたち旅団本隊も、自分のこの言葉が殺してしまうのかもしれない。そう思ったら恐ろしくてたまらない。

それでも。

「聖者とやらならあの子たちに命令して止められるなら、今来てる第二軍団の聖者にやってもらえばいいんでしょ。〈トラオアシュヴァーン〉の射撃位置まで到着して、〈シャナ〉を倒してシンたちを助けて、それで第二軍団と合流して電磁妨害《ジャミング》を解除する。そうすれば、あの子たちとの戦争も終わる。……あたしたちが、止めてあげられる」

かつての自分たちと同じ、無力な子供の虐殺を。

かつて無力に蹂躙《じゅうりん》された、無力な子供だった自分たちが。

「あたしたちは、――あたしたちをもうこれ以上殺させない。止めてやる。こんな馬鹿みたいな戦闘も、あたしたちを縛ってるこの戦争も！」

叫びに、誰かが呟《つぶや》いた。

応じるというより自らに言い聞かせるように、自らに改めて確認するように呟《つぶや》いた。

『――そうだ、いこう』

続けて誰かが。

あるいは、誰もが。

『いこう』

仲間のために。遠すぎて知らなくて、同胞にはなれなかった神戟《テシャト》たちのために。

なにより、――自分たち自身のために。

あの時には救えなかった、無力な幼い自分では救えなかった幼い自分自身の代わりに、せめて目の前の子供たちだけでも救ってやれれば。

あの時は誰も、助けてくれなかった幼い自分の代わりに、目の前の子供たちにはわずかな助けでも来てくれるなら。

それはむしろ——自分にとっての救いだから。

『いこう』

仲間を助けに。

その時には助けられなかった。——助けてやれなかった、かつてのちいさな自分を救いに。

『——行こう！』

エイティシックスたちのその叫びに、レーナはきっと唇を引き結ぶ。

——行こう。

それなら彼らが行く道を開くのが、自分の役目だ。

「ギュンター少佐。〈トラオアシュヴァーン〉を射撃位置まで進出させます。開囲に協力を。第三軍団第八師団と第三軍団伏兵連隊《ボギー・ワン》との連結部分、三時方向の間隙《かんげき》を広げてください」

進軍を再開するためには、包囲中の第三軍団の部隊との——第三軍団を構成する神戟《テシャト》の少年兵たちとの戦闘は避けられない。子供の死を許容せざるを得ないことも、彼らとの戦闘をギルヴィースらミルメコレオ連隊だけに押しつけるのも心苦しいけれど、エイティシックスができないというならレーナはそれを守るまでだ。他国の少年兵よりも同じ連邦軍の部隊よりも、自分の部下を——仲間を守るまでだ。

当然ギルヴィースは苦笑する。

『汚れ役は体よくこちらの仕事というわけか、鮮血の女王』

怯《ひる》まずレーナは言いきった。

「ええ。そのようにわたしが命令します、少佐。——彼らの戴《いただ》く女王として」

エイティシックスに罪を負わせないために、貴方《あなた》たちに罪を負わせる。エイティシックスの心を守るために、貴方《あなた》たちにその分の傷を押しつける。

仲間とそれ以外を秤《はかり》にかける、その冷徹も卑劣もわたし一人が引き受ける。エイティシックスの誰にもこの選択はさせないし、エイティシックスの誰も責めさせない。

わたしは彼らの女王で、——戦友なのだから。

ギルヴィースは苦笑を深める。

『それは困るな、ミリーゼ大佐。元々やると言ったのは俺なのだし、君がエイティシックスの女王というなら俺とてミルメコレオ連隊を率いる兄だ。弟たちを他人の君に、庇《かば》ってもらっては立場がない。……命じたのだからと人殺しの罪を、君に背負われては困るんだ』

「…………」

『御意は賜った、白銀の女王陛下。ミルメコレオ、そのようにあい務めよう。——各位、』

「頼みます、辰砂《しんしゃ》の騎士長。——機動打撃群、本隊各位」

命令が飛ぶ。辰砂《しんしゃ》の騎士長から蟻獅子《ありじし》の騎士団へ。白銀の女王から、戦乙女の名を冠する白骨の軍勢へ。

『戦乙女に雲の征路を切り開いてやれ！』

「進軍再開。全速を以《もっ》て〈トラオアシュヴァーン〉を射撃位置まで前進させなさい！」


第三軍団の包囲は解除され、本隊が進軍を再開したらしい。

聖教国との前線付近、攻性工廠型《ハルシオン》との戦闘が未だ続く廃都市からは遠い〈レギオン〉たちの動きに、シンはそれを感知する。第三軍団の各師団との戦闘から離脱し、この廃都市へと向かっていた〈レギオン〉前線部隊。

「レーナ。本隊の進路上に〈レギオン〉部隊が集結中」

予想していたよりも数は少ない。第三軍団が進軍を停止した以上、機動打撃群本隊の迎撃には相当の戦力が向かうと思っていたが。第二軍団がさしむけたろう部隊が代わって敵部隊を拘束しているのか、第三軍団と〈レギオン〉の交戦自体が未だ継続しているのか。

「うち、回避不能と推定される部隊は三個。――交戦の準備を」

シンの異能による〈レギオン〉の位置の看破と、それに基づいてレーナが示した最低限の敵部隊とのみ遭遇する進軍路にもかかわらず、〈トラオアシュヴァーン〉を守る〈レギンレイヴ〉の隊列は瞬《またた》く間《ま》に削れていく。〈レギオン〉支配域の戦闘だ。予想よりも少ない敵数とはいえ、鉄色の陣容はまさしく軍勢《レギオン》の名に恥じず、進軍速度を優先して各戦隊を次々と足止めに脱落させて機動打撃群本隊は灰の戦野を疾走する。

それは未だ歩みだす術や道を見いだせずにいる多くのエイティシックスが、進み始めた仲間に隔意を覚えた時以上の熱心さ、必死さで。今度は進みだせずにいたはずの彼ら自身が。

〈トラオアシュヴァーン〉の射撃位置に到達したと、慣性航法装置が告げる。その瞬間にまるで耐えかねたかのように、ミチヒの〈ファリアン〉は前脚の両方ともを折って頽《くずお》れる。

満身創痍《そうい》だ。それだけは無傷の〈トラオアシュヴァーン〉の周囲にいるのは今や一個大隊に満たぬ数だけで、残りは全員が敵の足止めや遅滞に残った。知覚同調《パラレイド》は繋《つな》がっているから死んだ者はそう多くはないようだけれど、支配域内の激戦だ。長くは保《も》つまい。

「……だからここで、止めないと、なのです」

この戦闘を。攻性工廠型《ハルシオン》との戦闘を、そして未だ無為に続く、聖教国軍第三軍団の戦闘を。

……ひとを、殺すのは嫌だ。

それと同じくらい、殺させるのも嫌だ。

目の前で子供が殺されるのは、家族や友達や戦友たちが殺された時の自分の無力を思いだすから嫌だ。今でも無力みたいで嫌だ。自分の傷をひけらかして、誰もが傷つくのが当然だと叫ぶのもみっともなくて嫌だ。

まだ荒い息を、強く一度吐いて鎮《しず》め、大きく吸って叫んだ。

「クレナ、あとは頼むのです！」

戦争が終わったら。この作戦が終ったら。

自分の先祖が生まれた土地に、いつか行ってみようとミチヒは思う。

行ったところで親類も、知己もいない。懐《なつ》かしいとさえ思えないだろう。

それでも自分で選んで自分で決めた、自分の願いだ。

明日をも知れない八六区で、せめて自分の在《あ》り方と死に様だけは己が定めるのだと、己に決めた願いと同じ。自分で定めた自分の願いだ。

戦いぬいた果ての戦死は、どうやら望めなくなった。

エイティシックスという名さえいつか、この戦闘の果てには無為となるのだろう。

それでも。誇りも、犠牲も、傷も無為になってしまったとしても。自分の形を、在《あ》り方を、願いを、未来を。決めることさえできないみっともない自分にはなりたくないから。

「この戦いを——終わらせましょう！」

攻性工廠型《ハルシオン》の五門のレールガンが突然、空挺《くうてい》大隊の〈レギンレイヴ〉を捨て置いてあらぬ方へと向けられる。超重量の砲塔の回転に、軋《きし》る叫喚と火花を散らせて一斉に南方へと。

狙おうとしているのは〈トラオアシュヴァーン〉の進出先だ。――接近を検知された！

電磁加速砲型《モルフォ》にも匹敵する巨体で、試作兵器の〈トラオアシュヴァーン〉にまさか回避能力など見込めない。流体金属を吹き散らして射撃を妨害するべく、〈レギンレイヴ〉は一斉に砲撃を浴びせかける。

人類が満を持して投入してきた、データベース未登録の新兵器だ。〈レギンレイヴ〉よりも脅威度の高い兵器だとこの一瞬で判定し、先んじて砲撃しようとしたレールガンが、けれど連続して叩《たた》きこまれる榴弾《りゅうだん》に次々と射出の電磁場を破壊されてのけぞる。爆轟《ばくごう》に吹き散らされた銀の流体が、爆炎に煌《きら》めきながら血飛沫《ちしぶき》と舞う。――〈レギンレイヴ〉の残弾も少ない。〈トラオアシュヴァーン〉を破壊されては後がない以上、妨害射撃をする空挺《くうてい》大隊も必死だ。

五門ともがついに沈黙。間に合ったかと誰もがその時、詰めていた息を吐いてしまい。

その心の間隙《かんげき》を見透かしたかのように、一門のレールガンが鎌首をもたげた。

〈ヨハンナ〉。――最初に〈シャナ〉が、閉じこめられていた砲塔。

一対のレールの狭間《はざま》に満ちるのは、榴弾《りゅうだん》に吹き散らされた五門分の流体金属だ。それぞれ元の砲門に戻り、欠落分を体内から補充するよりも一門だけでも復活させる方が早い。

その攻性工廠型《ハルシオン》の判断は正しく、妨害のための弾幕が途切れてしまった一瞬をついて〈ヨハンナ〉は再び射撃準備を完了させる。電流の蛇が轟音《ごうおん》を立て、槍《やり》のような砲身を駆けぬける。

「——させるかよ！」


転瞬、その砲口の真正面に、〈キュクロプス〉が跳びだした。

最初の〈シャナ〉がいたその砲塔を、可能なら〈トラオアシュヴァーン〉ではなく自分の手でもう一度倒してやろうと思って、砲塔の裂け目を目指し再びよじ登っていたのが今度は功を奏した。〈ヨハンナ〉を任されて、任せろと言ったのだからそれくらいはやりとげたかった。

その〈ヨハンナ〉の照準の前に、シデンは割りこむ。パイルドライバを、パイルを排除し撃発して空中で体勢を変更、〈キュクロプス〉の主砲の照準を八〇〇ミリ砲の砲口奥に合わせて。

八〇〇ミリ、超長距離砲。——射撃なんざそんなに、得意でもなかったくせに。

——そっちこそ散弾砲なんて使ってるくせに、まさか射撃得意なつもりなの。

醒《さ》めた声が、聞こえた気がした。

最初に会った時からだいきらいだった、シャナに特有の醒《さ》めた声音。最初に会った頃に言われた言葉。

喧嘩《けんか》ばかりしていた。

八六区で最初に配属された戦区で、お互い以外全滅してしまってもなお言い争いをした。

——次こそお前の死体を埋めてやる。そんときゃあたしが、その墓穴を掘ってやるよ。

あの頃自分はとにかくシャナのことが気に食わなくて、シャナも自分のことが大嫌いで。だからつかみあいをして言いあいをして。なんでもかんでもとにかく張りあって。

それでも死んだなら墓穴を掘ってやろうと。せめてそのくらいならしてやろうとは、その時からあたしは思っていたんだぜ。

「――ほら、やっぱりあたしが正しかった」

そんで言い争いになったんだから、あの時お前も、あたしにその程度はしてくれるつもりでいたんだろう。

「お前のことを葬《ほうむ》ってやるのは――このあたしだ」

撃発《トリガ》。

〈キュクロプス〉の八八ミリ砲が一瞬早く、砲号を上げる。射撃のまさにその瞬間に引き裂かれたレールガンの電磁場が、その膨大なエネルギーを暴走させる。

〈ヨハンナ〉の砲塔が。三〇メートルの砲身が。そして砲口の目の前にいた〈キュクロプス〉が、八〇〇ミリレールガンの壮絶な爆発に吹き飛んだ。


「……あの馬鹿、」

その光景は〈トラオアシュヴァーン〉進出完了の報を受け、再び攻性工廠型《ハルシオン》をオーバーヒートさせに向かっていたシンの目にも映る。

シデンとの知覚同調《パラレイド》は――途絶。データリンクに〈キュクロプス〉の表示もない。

けれど無事を確認する暇などない。流体金属が補充されればレールガンは残る四門が、再び射撃可能となる。それではシデンの犠牲が無駄になる。

高周波ブレードで攻性工廠型《ハルシオン》の構造材を斬り裂き、開口部を広げる。レールガンの復活までの時間は不明だ。面制圧仕様の三機に加え、〈アンダーテイカー〉と〈アンナマリア〉、二人と同じ小隊の六機が攻性工廠型《ハルシオン》の体内に向け同時に斉射。

対軽装甲ミサイルと、成形炸薬弾《HEAT》の炸裂《さくれつ》が巨獣の腹の中を業火《ごうか》で満たす。鋼鉄の巨獣が再び膝を折る。

「――クレナ！」


――この戦いを終わらせましょう！

「うん、わかってるよ、ミチヒ。みんな」

小さく、クレナは頷《うなず》いた。ここから先は、自分の役目だ。

「〈トラオアシュヴァーン〉――射撃姿勢に移行」

何重ものロックの外れる重い音響と共に、砲塔左右に鳥の翼のように固定されていた二対の反動吸収用鋤状部品《スペード》が展開し伸長。灰の表層を高く巻き上げ、その下の地面へと深く喰《く》いこんで本体を大地に固定する。大きな翼を四枚広げ、長い首を伸ばして伏せた水鳥のような姿勢。〈トラオアシュヴァーン〉の火器管制システムと連動する、精密照準用のヘッドマウントディスプレイが自動で下りる。長い細い首に相当する砲身を微動させて射角を調整。〈レギンレイヴ〉の即応に慣れたクレナからすればじりじりするほどの遅さで長大なレールが水平方向に、次いで垂直方向に回転する。――冷却系稼働《かどう》。キャパシターが接続。正副の回路は共に正常。

《警告。北北西十五キロ、データベース未登録の熱源よりレーダー照射を検知》

「――知ってるわよ」

小さく呟《つぶや》いた。攻性工廠型《ハルシオン》はレールガン搭載〈レギオン〉で、つまりは電磁加速砲型《モルフォ》の後継だ。自己防衛のためのレーダーを有していないはずが――……

《警告解除。レーダー波消失》

『――クレナ！』

え、とこれには目を向けた瞬間、呼びかけられた。聞き間違うはずもない。

シン。

『攻性工廠型《ハルシオン》のレールガンは全基沈黙、もう一度オーバーヒートさせて再停止させた！　再起動までの予想時間は一七〇秒。……悪いが、あとは頼む』

「了解。――任せて」

忸怩《じくじ》の滲《にじ》む声に、小さく頷《うなず》いた。一七〇秒。再装塡には二〇〇秒を擁する〈トラオアシュヴァーン〉では二発目はないということだが——充分だった。失敗したらどうしようとか、今度こそ失敗はできないとか、そんなことはもう思わなかった。

空挺《くうてい》大隊には想定外の長時間戦闘だ。それでも死力を尽くして稼いでくれた一七〇秒だ。第三軍団の裏切りで、射撃位置への前進には派遣旅団だけで〈レギオン〉を排除するしかなくなった。それでも予定通りの地点まで、仲間たちが道を切り開いてくれたからできた前進だ。みんながそれだけ命がけで、クレナのために力を貸してくれたのだから——あとは自分が敵を撃ち抜くだけだ。

それだけだ。

——了解。任せて。

前にも全く同じように、シンに応えたことがあったなとふと思いだして微笑《ほほえ》んだ。八六区の戦場で、何度も当然のこととしてそう応えた。何度も——任されて頼りにされて、応えてきた。〈レギオン〉指揮官機を。前進観測機を。機械仕掛《じか》けの亡霊に取りこまれた同胞の亡骸《なきがら》を——撃ちぬくことで。

それなら戦場でだけでもきっと自分は、彼を助けることがずっと前から、本当はもうできていたのだろう。

それとも死神の役目に辛《つら》いだろうと心を寄せて、礼を言われた時にあるいはすでに。

電子音が鳴る。予測される弾道の先に確実に敵影を捉えたと火器管制系《FCS》が報告する。——でも、まだだ。まだ少しずれている。

戦争のために奪われた。

だから、これ以上はもう失いたくない。

照準が合う。

祈りのように、囁《ささや》いた。

「終わらせよう。——この戦争を、あたしたちの手で」


トリガが引き絞られる。

〈トラオアシュヴァーン〉が——人類の軍が初めて戦場に持ちだしたレールガンが咆哮《ほうこう》する。

都市一つ分を賄うそれにも匹敵する桁外れの大電力が、地を這《は》う雷霆《らいてい》として弾体を彼方《かなた》、機械仕掛《じか》けの神話の巨獣の元へと叩《たた》きこませる。

稲光そのもののような、アーク放電が灰の天地を白く染める。〈トラオアシュヴァーン〉の伏せたスペードの翼と鋼色《はがねいろ》の本体が、照り返しを受けていよいよ黒く染まる。黒死鳥《トラオアシュヴァーン》の名に相応《ふさわ》しい、一瞬の漆黒《しっこく》。

蒼穹《そうきゅう》の砕けるような、千万の硝子《ガラス》の張り裂けるような大音響が鳴り響く。

コンマ一秒以下で秒速二三〇〇メートルにまで加速される弾体との摩擦熱で表面が融解し、射撃反動で千々に破砕されるレールの破片のさざめきだろうか。反動軽減用のカウンター・マスが後方に噴出し、やはり反動で吹き散らされたレールの破片と共に灰の大地に盛大に散る。それは灰の空が引き裂かれるように。いつか見た戦野の夜の、花明かりの桜の乱舞のように。吹き散る破片は陽光を受け、ひととき虹のように七色に光を撥《は》ね散らかす。

その最初の一片《ひとひら》が舞い落ちるよりも先に――彼方《かなた》の巨獣の鉄色の躰《からだ》を、雷鳴の矢が貫いた。


『――着弾。直撃じゃ。さすがじゃの……クレナ』

「うん」

攻性工廠《ハルシオン》型が崩壊する。

前後の貫通痕から四方に亀裂が走り、自重に耐えかねた構造材がばらばらと落ちる。塩の彫像が乾いて結合を失い、ぼろぼろと全身が零《こぼ》れていくような崩壊だ。神話の巨獣の如《ごと》き威容が、神威《しんい》にうたれたかのようにあっけなく。

その様子を光学スクリーンに展開した、照準画面の光学映像に見つめてクレナは思う。

ずっと前から本当は、そうだったのに今になってようやく自覚する。

強制収容所に送られた、子供の頃は。

両親と姉を死なせてしまった子供の頃は、奪われるまま抗《あらが》えなかった。幼すぎて、無力で、戦う意志さえまだ持っていなくて、だからどんな理不尽にも、抗することができなかった。

今は違う。

あれからもう、何年も経《た》った。成長して自分は、無力な子供ではなくなった。戦う力と、技術と、何より戦いぬく意志を得た。

〈レギオン〉と。絶望と。不条理に襲い来る理不尽と。

終わらせたいと思った虐殺を、終わらせられたように。

大切な人とその未来と、自分自身とその未来も、突然向けられた人の悪意から今、守ることができたように。

人は、世界は、残酷で残忍だ。底意地が悪くて、理不尽だ。

それでも、自分はもう立ち向かえる。

何が起きるとも知れない——この先の未来にさえ。

——君はあの時、ご両親が撃ち殺されるのを黙って眺めていたんだろう?

……うん。

ずっとそれが辛《つら》かった。ずっと、だから——怖かった。

今なら守るよ。パパもママもお姉ちゃんも、……あの時の小さな、あたしのことも。

戦場を鎖《とざ》していた電磁妨害《ジャミング》が晴れる。

電磁妨害用《ジャミング》の兵装を搭載した〈リャノ＝シュ〉が撃破、あるいは機能を停止されたのだ。間髪容《い》れずに今度は逆に、ヒェルナが第三軍団に司令を出すための周波数が妨害される。彼女が発したものではない聖者の声が、妨害のない明瞭さで無線を介し戦場を亘《わた》る。

『地の姫神の真なる御名〝　　〟において！　第三軍団の全ての神なる戟《げき》は、その聖務を終了せよ！』

反乱防止のための安全弁として神戟《テシャト》の全員に刷りこまれた、己の意志とは無関係に戦闘行動を停止させる秘された言葉。これまで一度たりとも使われたことのない安全弁だが、最後の最後に正しく役目を発揮したらしい。第三軍団が聖一将の命を拒み、徹底抗戦を選んだなら発されるはずのない連邦軍の二部隊の指揮官の声が、続けて届く。

『ヴァナディースより機動打撃群。第三軍団が戦闘を停止しました。空挺《くうてい》大隊を回収後、聖教国軍支配地域に撤退します』

『モックタートルよりミルメコレオ連隊各位。第三軍団との戦闘を終了。空挺《くうてい》大隊の回収に協力する。第二軍団と協同しつつ、〈レギオン〉の排除を――』

そのレーナの安堵《あんど》したような銀鈴の声と、少し気を抜いたギルヴィースのテノール。

ヒェルナはへたりこみたいような絶望を覚えた。

地よ。断首された翼ある女神よ。

「どうして、わたくしをお見捨てになるのですか……」

その時レーナから通信が入った。

『ヒェルナ。貴方《あなた》の負けです。……どうか今からでも、投降を』

本気で心配しているかのような声音に、失笑してしまった。鮮血の女王ともあろう者が、一体どこまで。

「同情ですか、女王。貴方《あなた》と貴方《あなた》の騎士に、剣を向けた相手に？」

『いいえ』

レーナの声は静かでもの柔らかで、厳しかった。

「貴方《あなた》の願いの責任を、貴方《あなた》の死の影を、エイティシックスたちに負わせないでほしいだけです。――彼らは英雄なんかじゃない。彼ら自身を守り、救うので手一杯の、戦争に傷ついた子供です。……貴方《あなた》と同じ」

そうなのだろう。それは本当はわかっている。

それでも一緒に、倒れてほしかった。望み叶《かな》わず果ててほしかった。

自分たちと同じように、報われずにいてほしかった。

そうすれば自分も、神戟《テシャト》たちも。――自分を救えなくても仕方ないのだと、それは自分たちの怠慢ではないのだと思えたから……。

少し考える間をおいて、レーナは続けた。

『――第三軍団の、〈レギオン〉の誘引と拘束を担当していた師団の一部が。旅団本隊の射撃位置への進撃の間も、元の任務を果たすように〈レギオン〉との戦闘を続けていたそうです』

「…………？　それが、どう、」

『貴方《あなた》の企《たくら》みが露見し、破《やぶ》れた後もです。ヒェルナ。その後も貴方《あなた》の部下は、〈レギオン〉の大半を己が部隊で拘束し続けた。――おそらくは旅団本隊の進撃を邪魔させないために。エイティシックスに犠牲を出して、貴方《あなた》の罪がこれ以上重くならないように』

「っ……!?」

意外な言葉にヒェルナは目を見開く。

『貴方《あなた》たちからこれ以上、何も奪うなというのが貴方《あなた》の願いでしょう。それなら貴方《あなた》の兵が大切に思う貴方《あなた》を、貴方《あなた》がこれ以上貶《おとし》めないでください。貴方《あなた》が死ぬことで貴方《あなた》の兵から、奪わないでください。貴方《あなた》を守れたというその一点だけでも、報いを与えてあげてください』

通信が切れる。それを合図としたかのように真珠の軍服の、彼女の部下ではない兵士たちが司令所に飛びこむ。腕章は猛禽《もうきん》、第二軍団の神戟《テシャト》。

アサルトライフルは全員が携《たずさ》えていたが、銃口は向けられなかった。向けられる前に自ら指揮杖を放し、ゆっくりと跪《ひざまず》いた。

どうしてお見捨てになったのですか。地の姫神。同胞たち。わたくしの祖国。

それでも。

「そうですね。——わたくしだけは、わたくしの部下たちを見捨ててはいけないですよね」

彼らが、彼らだけはわたくしを。世界中の誰もが見放したとしてもそれでもわたくしを、見捨てずにいてくれたのなら。

「——お前もたいがいしぶといな、シデン。あれは普通死んでるだろ」

「開口一番それかよ。つーか生存率ゼロの特別偵察も生き残った誰かさんにだけは、言われたかねえんだけどなァ」

この期に及んで口の減らない、シデンはあちこち流血している上に自力で立てもしない様子で、つまり満身創痍《そうい》だったがその割には元気だ。

ひしゃげたキャノピを数人がかりでこじ開けた、〈キュクロプス〉のコクピットの中。覗《のぞ》きこんだシンは思わず半眼でそんなシデンを見下ろす。どこまでも悪運が強いというか。〈キュクロプス〉が〈シャナ〉ごと吹き飛んだように見えて、ちょっと焦《あせ》ったことはなんとなくムカつくので黙っておくことにする。

「んで、死神ちゃん。どうなったよ戦闘は」

「終わった。今は回収部隊待ちだ」

攻性工廠型《ハルシオン》が撃破されたことで、おそらく攻性工廠型《ハルシオン》救援のためにこの廃都市を目指していた〈レギオン〉は支配域奥に戻った。回収部隊の進路上にまだ残る〈レギオン〉も、ミルメコレオ連隊と第二軍団から抽出された部隊が対応してくれている。廃都市にばらまかれた自走地雷の掃討もすんで、だから今、シンたち空挺《くうてい》大隊の周囲には敵機はない。

そか、と頷《うなず》いて、シデンは大きく伸びをした。

なにしろ満身創痍《そうい》なものだから、途中でいててとか呻《うめ》いて動作を中断し、中途半端《ちゅうとはんぱ》な姿勢のままで元気に喚《わめ》いた。

「あーもー！　もう絶対こんなことやらねー！」

「そうしてくれ。ベルノルトの小言を聞かされるのはこの一度でたくさんだ」

結局見事に暴走してくれやがって。

それからちらりと、目を向けて問うた。

「……平気か？」

抑えがきかなくなるくらいに、大切だった相手を討ち果たしてしまって。

真剣な双色《ふたいろ》の双眸《そうぼう》が見返してきた。

「熱でもあんのかよ死神ちゃん。あたしの心配とか」

「……もういい」

さすがにかちんと来てシンは〈キュクロプス〉の残骸から降りる。

露骨に不愉快そうに踵《きびす》を返《かえ》すその背に、シデンは声をかけた。

「——なんつうかさ。あそこはあそこで、居心地よかったんだよな」

ん、とシンが振り返るのに、見返さないまま告げた。

「戦場は。そこが棲処《すみか》だって、決めちまったらそれなりにさ。——一生このまま、戦場で生きてくんでもいいかなって思ってたんだ。八六区でも、連邦でもよ」

最期《さいご》までそこに在《あ》り続けることこそ誇りだと謳《うた》った、戦場は。

それしかないからしがみついていた忌々《いまいま》しい、八六区の絶死の戦場は。

「…………」

「けどさ。戦場にいる限り、……こんなことになるんだよな。仲間が誰か、死ぬんだよな」

それなら。これ以上仲間を、シャナのように失わないためには。

「もう絶対、こんなことやりたかねえから。戦争とかもう、たくさんだから」

だから、と、向けられた血赤《ちあか》の双眸《そうぼう》を見返して。シデンは陽気に、せいせいと笑った。

「こんな戦争なんざとっとと終わらせて、……あとは一生、気楽に楽しく生きていきてぇよな」

空挺《くうてい》大隊の回収部隊にギルヴィースが加わったのは、エイティシックスの少年兵たちを全員無事に帰らせたいとの思いももちろんあったけれど、何より目的を果たすためだ。

一体どんな激戦だったのか、あちこちが巨人に殴りつけられたように更地になっている廃墟《はいきょ》の都市で、シンたち空挺《くうてい》大隊と合流する。作業完了までの念のための周辺の警戒を、同行した副長と麾下《きか》の〈ヴァナルガンド〉に任せてギルヴィースは廃都市の北端へと自機を進ませる。

聖教国の北方、白紙地帯に広がる〈レギオン〉支配域の、人の身で進出可能な最も深く。彼女の異能はオリジナルの異能者に比べて感知範囲がごく狭く、ここまで連れてこなければそれを捉えられない。

「――見つけましたわ、お兄様」

遠く、遥《はる》か北方を見据えてスヴェンヤは金色の目を光らせる。――品種改良としては唯一、部分的にとはいえ再現できた彼女の異能。

遠い脅威を感知する、現在では連邦と聖教国にわずかに残るだけの、陽金種《ヘリオドール》の『神託』。

「ごく薄くなっていますが、聖教国の異能者が感知した際の『色』が残っています。――聖教国の神託が捉《とら》えた脅威は、攻性工廠型《ハルシオン》ではなかったのですわ」

「……やはりそうか。連邦軍の参謀たちの分析は、さすがだな」

攻性工廠型《ハルシオン》の動きは、はっきり言って不自然だ。

偵察の動きから聖教国側に感知されたと悟ったにしろ、発見されたからといって素直に攻めこむ必要はない。それをまるで見せつけるように、至近まで近づいて対抗作戦を取らせて。

その間聖教国の注意はどうしても、攻性工廠型《ハルシオン》一機に集中する。元より〈レギオン〉支配域は阻電攪乱型《アインタークスフリーゲ》の電磁妨害《ジャミング》で見通せず、加えて白紙地帯特有の、あらゆる生命を拒む灰の暴虐。

万一にも支配域奥に注目させぬための。——そこに潜む本当の脅威から人類の目を欺くための、仰々しくも贅沢《ぜいたく》な囮《おとり》。それが攻性工廠型《ハルシオン》だ。

「機動打撃群に共有を。——向こうも何か、見つけてるといいのだけれど」

そして。

空挺《くうてい》大隊におけるザイシャの役割は、通信の中継と高度な解析の提供。

「……大儀です、〈シリン〉たち。自裁なさい」

作戦開始の数日前から、〈アルカノスト〉ではなく少女を模した小さな体で〈レギオン〉支配域、奥深くの百キロ地点まで浸透させていた彼女の使い羽たちに、ザイシャは命じる。可哀《かわい》想《そう》だが彼女たちは、聖教国にもましてや〈レギオン〉にも万が一にも渡せない。

〈シリン〉が捉えて伝送してきた、それの光学映像は〈クローリク〉に保存した。接近しすぎて発見されては元も子もないから多少遠景ではあるけれど、解析には充分だろう。

サブウィンドウに表示させたそれを見やって、囁《ささや》いた。

「お流石です、ヴィークトル様。——見つけました。御身が、仰《おお》せられたとおりのものを」

その鉄骨を組んだ、六角柱を集めて六芒星を描いたが如《ごと》き、天を摩する塔の姿を。

基地に残る機動打撃群の整備クルーにはヒェルナは手勢を向けてはいなかったようで――そこまで戦力の余力もなかったろうし――、小競《こぜ》りあいこそあったものの、整備クルーたちは自身の身も〈アルメ・フュリウーズ〉も見事に守りきっていた。

レーナと管制要員が合流する頃には第二軍団の部隊が護衛についていて、丁重に〈ヴァナディース〉を通してくれる。さすがに少し気が緩んで小さく息を吐いたところで、回収部隊から空挺《くうてい》大隊と合流したとの連絡が入る。

直後にその空挺《くうてい》大隊の指揮官との知覚同調《パラレイド》が繋《つな》がって、相手が何を言うより先にレーナは言った。

「シン。――お疲れさまでした」

『――レーナ』

声音はいつものシンの静穏なそれで、攻性工廠型《ハルシオン》とは酷《ひど》い激戦だったようだけれど、幸い負傷もしていないようだ。ほっと息を吐いたのも束《つか》の間《ま》。

『レーナ。ファイドを寄越してくれないか。回収するものがあるから』

まさかの開口一番ファイドである。

一応彼らの回収作業はまだ終わっていなくて、つまり作戦中なのだからシンの対応こそが正しいのだが、いろいろと気を張っていたこともあってついレーナはむくれてしまう。こっちだって大変だったし、頑張ったし、それ以上に心配したのに。

知覚同調《パラレイド》の向こう、シンが軽く吹きだした。

『冗談だ。悪い。……まあ、ファイドを寄越してほしいのは本当だけど』

「もう……！」

『こっちは、どうにか無事だ。そっちはまた、敵の司令部から生身で脱出するなんて無茶をしたみたいだけど』

揶揄《からか》う声音に、むう、とレーナは唇を尖《とが》らせる。

「……シンのばか」

『進発直前に人の集中を乱すようなことを言うからだ』

作戦前の口喧嘩《くちげんか》というかじゃれあいは、シンにとってはまだ継続中だったらしい。

光学スクリーン隅の時刻表示を見れば数時間と経《た》っていない、けれどももう何日も前かのように感じるあの、他愛のないやり取り。

懐《なつ》かしく、そしてくすぐったく唇をほころばせて、もう一度繰り返した。

屈託なくこれを言えるのが、なんだか無性に幸せだった。

「シンのばか」

シンは今度は何も言わなかった。

笑う気配だけが、知覚同調《パラレイド》越しに伝わった。

「少し早いですけど。……お帰りなさい」

『——ああ、ただいま』

レーナがシンと話しているのをまさか察しているのか、いそいそと寄ってきたファイドを横目に見つつレーナは問う。もう少し話はしていたいけれど、さすがにこれ以上作戦とは無関係の話に時間を費やすわけにはいかない。

「それで、回収したいものって——……？」


「——ああ、」

言いさして、シンはそれを見上げる。

〈トラオアシュヴァーン〉の射撃に巻きこまれないためにスピアヘッド戦隊は一度攻性工廠型《ハルシオン》から離れ、撃破された後にその残骸の下へと戻った。〈レギオン〉の声を聞き取る彼の異能は崩れ落ちた残骸の中から、破壊されつつもまだ辛《かろ》うじて機能していたそれの位置をも聞き取ることができた。

「吹き飛んではいるけど、レールガン五門分の残骸。それに攻性工廠型《ハルシオン》の制御中枢の一部だ」

帰還にあたり、聖教国軍が国境近くまで豪華な特別列車を用意したのは、彼らの国の不祥事に巻きこんだことへの謝意と誠意だったのだろう。

†

このあたりは前線からは遠く、火山灰もほとんど届かなくて空は高く青い。秋の気配の異国の平野を、あえてのんびりと車列は進む。開け放した窓から入りこむ、一面に自生する灌木《かんぼく》の花の香りで甘く清《すが》しい風。

聖教国ではお茶にするのだという、小さな金色の花。

レーナにもこの一月の作戦で馴染《なじ》みのお茶だ。ブリーフィングで、基地での毎日の食事の席で、……そしてヒェルナの一件での謝罪をと設けられた場でも。

命令に従っただけの神戟《テシャト》はまだしも、ヒェルナは自ら国家に叛逆《はんぎゃく》したかたちだ。彼女はこの後、どうなるのかとレーナは聞いて――処刑はしないというのがトゥカ聖一将の答えだった。

そもそも流血を絶対悪として禁じる教義があるから、神戟《テシャト》に兵役を担《にな》わせていたのが聖教国だ。罪人であっても、処刑すれば殺人で罪だ。だから聖教国には、死刑制度がないからと。

『――家門の断絶、蟄居《ちっきょ》となるのは避けられないだろうが』

派遣の間の機動打撃群の宿舎として用意された建物のホール。政務を担当する聖者と共に、謝罪に訪れた聖一将は応える。この人もやはり、肩書に反して二十歳そこそこの若さだ。きつく編んで垂らした陽金種《ヘリオドール》の長い金髪と、同じ色彩の切れ長の瞳。

『私個人としてはせめて、蟄居《ちっきょ》についてはこの戦争が終結したところで恩赦を嘆願してやりたいところだ。……刃を向けられた貴公らの前で言うことではなかろうが、貴公らは子供らも彼女も殺さなかった。それなら生かせというのが、地の姫神の御言葉だ』

『……神戟《テシャト》たちは』

『あれらには本当に、何一つの罪もない。聖者よりの命令を受け、従った、それだけのことだ。軍の再編成に伴い、教育所に戻すかたちになるだろうが――その上で、この慣習は考え直す時がきたのだろうな。もはや続けられぬと、〈レギオン〉どもを遣わして姫神が示したのだから』

この人がそう主張していくつもりなのだというのは、レーナにもわかった。

聖教国を何百年にも亘《わた》り支配してきた慣習と、この人はこれから、戦うつもりなのだと。

家族全員を奪われ、それを以《もっ》て織り成された戦火の聖女の役割をもこれから奪われる、ヒェルナへの罪滅ぼしとして。

けれど――レーナにはその変化は一つの解決、一つの前進だと思えるけれど、たとえばレーナもこれまで見てきたとおり、エイティシックスたちは戦場に背を向け、平和の中に閉じこめられるのを厭《いと》っている。それなら神戟《テシャト》たちには、この変化は。

祖国を滅ぼしてでも、自分からもう奪うなと叫ぼうとした、ヒェルナにとっては。

「えい」

「ひゃっ⁉」

窓の外を眺めながらそんな、自分が考えてもどうしようもないけれど考えずにはいられないことを考えていたら、首筋に冷たいものを押しつけられた。

驚いて振り返ると、クレナだ。瓶入りの炭酸飲料を二本片手に下げて、雫《しずく》を浮かべたその表面を押しつけてきたらしい。聖教国特産の柑橘類《かんきつるい》と、蜂蜜の香りと味の飲料。

一本を手渡して、向かいの席に座りながら続けた。

「聖教国軍の子たちのことでも考えてたの？」

「ええ……」

渡された瓶を両手に包んだまま嘆息したレーナに。

クレナは飄然《ひょうぜん》と肩をすくめて言った。

「――そんなになんでもかんでも背負いこんでたら、疲れちゃうでしょ」


え、と見返してくる白銀の瞳を感じつつ、クレナは意識して恬淡《てんたん》と炭酸飲料の蓋を開ける。

それは、クレナだって可哀想《かわいそう》だと思わないわけじゃない。

戦闘を強いられ、今度は奪われる神戟《テシャト》もヒェルナも、まるで自分たちの鏡写しだ。でも。

「冷たいみたいだけどレーナにもあたしにもこれ以上、何かできるわけじゃないんだし。どうなりたいかは結局は、あの子たちにしかわかんないんだし」

たとえば自分たちが連邦に保護された当初、それがお前たちの幸福なのだからと哀れみを以《もっ》て、平和の檻《おり》に入るように言われたことは——嫌だった。今でも嫌だ。

何が幸福なのかとか、自分はどうなりたいのかとか。そういうことも含めて——自由というなら、自分で決めたい。

自分で決めなければ多分、……あの子たちも奪われた記憶《きず》から、本当には逃れられない。

「ていうかレーナは言っちゃなんだけど余所《よそ》の国の子たちより、優先しなきゃいけない相手がすぐ傍《そば》にいるんだから。ちゃんとそっちを一番にしててよ」

「ええと……。それはつまり……」

そんなの言うまでもない。

レーナは顔を赤らめ、うろうろと白銀の目を泳がせていて、クレナはもちろん許さない。金色の大きな目を半眼にして、怖い顔をしてみせる。

これくらい訊《き》く権利は、自分にはある。絶対ある。

「返事。……ちゃんとした？」

「しました……」

真っ赤な顔で蚊の鳴くような声で言うから、嘘《うそ》じゃないだろう。

ちなみに近くにいたアンジュやシデンやミチヒや、ミカやザイシャまでもがさりげなさを装《よそお》いつつ振り返って見ていて、レーナも当然気づいているからそれは恥ずかしいだろう。

ともあれ、よし、とクレナは頷《うなず》く。

返事をしてもらってなければ、……自分がこれから困ってしまう。

「じゃあ、帰ったらレーナはまずシンをデートに誘うこと。恋人になって初のデートなんだから。記念なんだから」

知らないがそういうものらしい。

次いでアンジュが身を乗りだした。レーナとは背中合わせの座席から、背もたれの上部に両肘をおいて顔を覗《のぞ》かせて。

「それなら、レーナ。船団国群のエステル大佐から、帰《かえ》り際《ぎわ》にプレゼント預かってるの。竜《りゅう》涎香《ぜんこう》って、船団国群の特産の香油。原生海獣《クジラ》から採れるんですって。私もちょっともらったけどすごくいい香りよ。レーナがちゃんとシン君に答えたら、渡してあげてって」

「……どうしてエステル大佐が知ってるんですか……!?」

それはあまりにもレーナが逃げ回るから、さすがにシンを気の毒に思ったマルセルが相談したりアンジュがぼやいたり、うっかりリトが口を滑らせたりしたからだ。

なおイシュマエルにも何人かが相談したりぼやいたり口を滑らせたりしたので、実はイシュマエルも竜涎香《りゅうぜんこう》とやらの調達には一枚嚙《か》んでいたりする。

ともかくアンジュはにっこりと笑う。

「原生海獣《クジラ》が求愛の時に、発する香りなんですって。征海氏族は伝統的に、求婚とか婚礼の夜とかにつけるそうよ？」

「アンジュ⁉」

レーナが慌てる。重々しくザイシャが頷《うなず》く。

「ちなみに連合王国でも、三代前の国王陛下の初夜の床《とこ》で用いたそうです。海底の深い青を思わせつつもどこか竜の威厳を感じさせる、冷厳として良い香りです」

「なんだ、露骨にエロい香りじゃねえのか。つまんねえな」

「艶っぽい香りがいいなら、梔子《ガーデニア》とか茉莉花《ジャスミン》とか月下香《チュベローズ》とかどうです？　私の一族の風習だと婚礼の床《とこ》には甘くて色っぽい、要するに催淫作用のある匂いの花を一杯使うのです！」

さらっとシデンが悪乗りし、さらにミチヒまで便乗した。もっとレーナが慌てた。

きゃあきゃあとかまびすしいその様子に彼女も笑いながら、クレナはそっと、席を離れる。


列車の客車は何両かはミルメコレオ連隊の隊員たちが使い、残りの機動打撃群の車両はなんとなく男女別に別れている。少年たちが固まっている隣の車両に、仕切りの扉を開けてクレナは入る。——どこにいるかは、あらかじめ確認しておいたから知っている。

この車両もやはり窓を開けて淡い花の香りの中、四人で向かい合わせのボックスシートのゆったりした座席に凭《もた》れて、シンは寝息を立てていた。

前の作戦で怪我《けが》をして、その傷が治ってすぐ空挺《くうてい》作戦なんか担当して、その作戦でもいろいろごたごたしたものだから、疲れたのだろう。読みさしの本が手の下に伏せられて、黒猫がここにいないのが不思議なくらいの無防備さだ。

向かいにいたライデンがちらりと見返して、からかうように片眉を上げてから席を立った。興味津々《きょうみしんしん》に覗《のぞ》いていたリトとクレイモア戦隊の少年たちを、リトの肩を叩《たた》いて立たせて連れていく。近くの席に散らばっていたスピアヘッドの隊員たちも、クロードやらトールやらダスティンやらが促して立たせる。あっという間にこの場に、シンと二人きりになってしまう。

——別に。

自分の気持ちの、整理のためなんだから。シン本人には伝わらなくてもいいんだから。だから寝かせておいてあげたまま、言うだけ言ってしまうのでもいいんじゃないかな。だって疲れてるんだから、起こさないであげた方がいいんじゃないかな。

この期に及んで顔を出した弱気な自分がそんなことを囁《ささや》いて、それでは駄目だと思い直す。自分の気持ちの整理のためで、自分の気持ちに決着をつけるためなんだから。——逃げてしまっては意味がない。

「——シン」

そっと、声をかけた。

「シン、あのね。……ちょっと、いい？」

「……ん」

何度か軽く揺さぶると、小さく声が漏れる。薄い瞼《まぶた》が持ち上がり、二、三度まばたいてから
クレナを見上げる。

血赤《ちあか》の瞳。

この世で一番きれいな色だと、クレナは思う。

なに、と問われる前に、機先を制してクレナは言った。

「あたし、あなたのことが好きだった」

ぱち、と赤い瞳が一つまばたく。

それから苦く、苦しく歪《ゆが》んだ。

その言葉に、クレナの思いに。――応えられないとわかっているからの、応えるつもりはな
いからの、苦しさだった。

……ああ、うん。

そうだよね。

あなたなら、はぐらかしたりしない。応えられないというあなたの答えをごまかしたり、嘘《うそ》をついたり逃げたりしない。

そういう、残酷なところが。残酷なくらいに、誠実なところが。

「今でも好き。……きっとずっと、好きなまま」

たとえばこれから、誰か他の人を好きになったとして。

その人と恋人になったとして。まだ想像もつかないけど、家族になったとして。

それでもきっと、シンのことは好きなままだろう。

いつまでもずっと、好きなままだろう。

八六区での彼女と仲間たちの、救い手として。戦友として。同胞として。家族として。本当は一番に自分を、選んでほしかった人として。一番大切で一番頼った——兄として。

だいすきだよ。あたしの——やさしい死神。

「だから、」

仲間の、家族の、大切な人の行く手にそれがあってほしいと、願うのは当たり前のことのはずだ。

こんな世界でもそれくらいは、叶《かな》って当たり前でいいはずだ。

「幸せになってね。必ず——幸せになってね」

わらったまま告げたクレナに、シンはしばらく黙っていた。

返してやりたい言葉と、自分に言える言葉。矛盾するその二つに黙したまま向き合って、考えて——その果てにただ、それだけを答えた。

何を言ってやりたくても、結局はクレナの気持ちには応えてはやれない彼が、口にしていいただ一つだけの言葉を。

「——悪い」

「ううん。だって今まで、」

今までも。きっと、これからも。

「あなたを好きで悪かったことなんて——なかったもの」

終章　ワニの腹でも時計は進む

レーナたちがリュストカマー基地に戻る頃には、聖教国軍での作戦の顚末《てんまつ》や、かの国の軍の現状については報道番組を連日賑《にぎ》わす一大ニュースとなっていた。

攻性工廠《ハルシオン》型の撃破後に空挺《くうてい》大隊を回収に向かったことが誤解されたのか脚色されたのか、シンたち空挺《くうてい》大隊を『救出』したことになっているミルメコレオ連隊についても。

「――間違ってはいないですが、……脚色も多いですね」

ギルヴィース（大公家に忠誠を誓う貴公子ということになっていた）やスヴェンヤ（十歳という年齢が置き忘れられて絶世の美姫《びき》という扱い）に注目しすぎて、若干ゴシップ誌みたいになっている報道番組の内容に、レーナは苦笑する。

機動打撃群も発足から半年、彼らが軍功を上げるのもほとんど当たり前のようになってきて、そろそろメディアも民衆も新たな話題、新たな英雄を求めていたこともあるのだろうが。

いまさら面白くないわけではないが、スヴェンヤはともかくギルヴィースは本心からは喜ばないだろうなと変な笑みが漏れてしまうレーナに、グレーテが肩をすくめる。

「ブラントローテ大公が手を回したんでしょうね。元々そのための部隊なんでしょうし」

「あえて目くらましの道化役を、かって出てくれたというのもあるだろうよ。大公ともあろうものがよもや、自己顕示欲のためだけに手勢の功を水増しもするまい」

こちらは淡々とヴィーカが続ける。聖教国への派兵の間に修理を終えたレルヒェをいつものとおり従え、つい先ほど、連邦軍統合司令部から送られてきたそれに目を落としたまま。

「こちらは報道には乗せられない。実際に動くまでは己が国民を欺いてでも、〈レギオン〉どもに秘匿せねばならん」

「――ええ」

船団国群での作戦から、〈レギオン〉重点の破壊に加えて機動打撃群に課されていた、もう一つの命令。〈レギオン〉指揮官機の、制御中枢の鹵獲《ろかく》。

今回の同時強襲作戦でシンたち第一機甲グループに加え、第二機甲グループと、他の地点を襲撃した義勇部隊一個の合計三部隊が自動工場型《ヴァイゼル》の制御中枢の鹵獲《ろかく》に成功した。その分析結果が今、彼らの前に折り重なる書類の山だ。――万一にも〈レギオン〉に傍受されぬよう電子書類が主体の連邦であえて紙で送られてきた重要情報。

「量産型の電磁加速砲型《モルフォ》と、電磁砲艦型《ノクティルカ》、攻性工廠型《ハルシオン》の緒元表《スペック》。何より――複数の〈レギオン〉司令拠点の位置情報。これは大きいな」

「ええ。これがはっきりしたならば、……次は、」

聖教国から連邦に帰ってくるまでの間に、何故《なぜ》か五人ものプロセッサーから告白された。

クレナがシンに思いを寄せているのは知っていて、その思いにクレナがとうとう区切りをつけたから彼らも思いを告げに来たらしい。話したこともろくになかったり顔見知りだったり、一人なんか同じ小隊の同い年の少年だった。隠していたけど本当はずっと、憧れていたのだと。好きだと言われてこそばゆいような、気を遣ってくれてありがたいような、要するにみんなして振られるのを待っていたんじゃないかと腹立たしいような変な気分だ。それをまだもてあましつつ、クレナは基地の廊下を歩く。

曲がり角を曲がって、丁度居室を出てきたところのセオと行き会った。

「あ、クレナ。お帰り」

ごく軽い、いつもの彼の口調だった。

「ただいま。……退院できたんだ」

「ちょっと前にね。今日は荷物取りに来たとこ」

失われた左手は義手——ではなく何故《なぜ》かでっかい鉤《かぎ》が袖口から覗《のぞ》いていて、視線に気がついてセオが笑う。

「ああこれ。かっこいいでしょ。イシュマエル艦長が送ってきたんだけど」

クレナとしてはセオにもイシュマエルにも悪いが、……ちょっと趣味が悪いと思う。

「えっと、その。……ワニに食べられそうだなって思う」

「あー……それか。まあ海賊はたしかに、そうなんだけどさ」

見せびらかすように掲げてみせる、鉤《かぎ》の手《て》とは逆の肩には大きなカバンがかけられて、取りに来たという荷物だろう。そしてここが彼の『家』であるはずの居室に、荷物を取りに来たというなら。

「……退役するの？」

翡翠《ひすい》の双眸《そうぼう》が笑みを消して、まっすぐに見返した。傷に触れられた憤《いきどお》りや、悲嘆ではない。

ただ常温の水のように、平穏な。

「今のところそのつもりはないけどね。これからまだリハビリもあるし、兵科が変わるなら教育内容も変わるから」

プロセッサーでは――機甲科ではいられないから、それ以外の道へ。基地の外へ。

あるいはそのまま、軍の外へと。

「一足先に、戦場の外を見てくるよ。同じことになって抜けた奴《やつ》に話も聞けるし、……もしかしたら今後同じことになった奴《やつ》に、今度は僕が教えられることもあるかもしれないからね」

「うん」

明るく笑って言うセオに、クレナも笑って頷《うなず》いた。

戦場にはいられなくなっても、戦えなくなっても、新しい自分の形は決められる。たとえ時間がかかってしまっても、自分たちにはそれができる。

自分たちはエイティシックスだと、一度は定めることができた自分たちなのだから。

信じられる。セオのことも。自分のことも。だからもう――恐れなくていい。

ただ笑って、送りだせる。

「うん。行ってらっしゃい」


「――例の制御中枢の分析、もう来たのか。連邦の偉い連中、やる気満々じゃねえか」

「重要、あるいは必要だから鹵獲《ろかく》しろと言ってきたんだろうけど、たしかに思いの外に早かったな。――それだけ連邦も、切羽詰まってきているのかもしれないけど」

レーナたちの下に分析結果が届いたことは、シンたち総隊長や大隊長、その副長にも伝達されている。

だから第一機甲グループの総隊長であるシンと、その副長のライデンがその話をしていても不自然ではなくて、それにかこつけて二人は言葉を交わす。秋の淡い日差《ざ》しが射しこむ、リュストカマー基地の隊舎の廊下。

二年前、八六区第一戦区の最終処分場で最後に下される特別偵察任務に――事実上の決死行に出たのが、ちょうどこの時期だった。その時と同じ、秋に特有の透明な陽光。

短く、ライデンが言う。レーナらに伝えられた表向きの分析結果ではなく、秘されたもう一つについて。

「……やったな」

「ああ」

エルンストから直接シンとライデン、アンジュとクレナと、基地は離れてしまうけれどもセオにも伝えられた、この五人しか機動打撃群では知らない特秘情報。

〈レギオン〉に停止命令を下すための発信基地と予測される秘匿司令部が、位置の割れた司令拠点群に含まれていた。

正攻法ではまるで終わりの見えぬ、連邦ですら危うさを増しつつあるこの〈レギオン〉戦争。それを止める鍵が――エルンストの下に揃《そろ》った。

それなら、次は。

廊下の曲がり角を回ってアンジュと、フレデリカがやってくる。見上げる真紅の双眸《そうぼう》の強い光。――それはフレデリカも、聞かされているか。

フレデリカの安全のために、エルンストらの政治工作が完了するのは待たないといけない。大規模な作戦となるだろうから、相応の準備が必要だ。それでも、それがすんだなら。

「――反撃に出る」

あとがき

ページがギリギリなので、いつもの与太話はなしで！　こんにちは、安里《あさと》アサトです。

いつもありがとうございます！　そしてお待たせしてしまいすみません！　『86―エイティシックス―』九巻『―ヴァルキリィ・ハズ・ランデッド―』お届けします。

今回は聖教国編です。なお神戟の設定ですが、お察しの通りエイティシックスの設定の原型の一つです。いずれ別の小説で書くつもりでしたが、結局元の『86』に登場となりました。


まずは告知です。ページがギリギリなのは告知が多いからで大変ありがたいことです。

染宮《そめみや》先生による学園86コミカライズこと『オペレーション・ハイスクール』、一巻発売です！　そして！　バンダイ様よりジャガノとレーナのプラモデルが発売決定です！　さらには一番くじも！　すごい勢いで86ワールドが広がっていきますね！　ありがとうございます！

吉原《よしはら》先生のコミカライズとアニメと原作ともども、よろしくお願いいたします。


続いていつもの注釈。
・アルメ・フュリウーズ

戦場まで主人公機運んでくれる宇宙戦艦って重要だよねって話。

三巻から『いかにレギオンの前線を突破し、シンたちをボス機に到達させるか』には頭を悩ませてきたのですが、六巻を書いたところで痛感しました。もう突破機動は無理だ、と。

だがしかし！　突破できない前線なら跳び越えればいい。〈ジャガーノート〉のモチーフはM551シェリダンだしエイティシックスには亡霊騎行（後述）のイメージもあるしよし空挺《くうてい》だ。でも空輸のための輸送機は、阻電攪乱型《アインタークスフリーゲ》のせいで飛ばせない。

……だったらカタパルトでぶん投げればいいのでは!?

大丈夫だいじょうぶ数トンの砲弾ぶっぱなす電磁加速砲型《モルフォ》が登場してるんだからいけるいける！　五巻で斥候型がカタパルト空挺《くうてい》してるし〈レギンレイヴ〉もなんとかなるでしょ！

というわけで、カタパルトによる投擲空挺《とうてきくうてい》です。アホかい。

・亡霊騎行
夜空を駆け抜ける亡霊の軍勢のこと。

ドイツ、北欧の伝承だと亡霊騎行を率いるのはオーディン。シンをオーディンに見立てて、じゃあエイティシックスたちは亡霊騎行かなと。元はノルトリヒト戦隊の名称案だったんですがその時は採用しなかったので、空挺《くうてい》兵装の方につけてみた次第。

最後に謝辞です。
担当編集、清瀬《きよせ》様、土屋《つちや》様。今回は本当にごめんなさい以外の言葉がないです……。しらび様。二章フレデリカとスヴェンヤのロリ対決、挿絵になるのを楽しみに書きました。Ⅰ－Ⅳ様。排熱フィンを全〈レギオン〉共通のデザインにしていただいたこと、一巻から触れたかったのですが九巻でようやく出せました！　吉原《よしはら》様。共和国編、ついにクライマックス突入ですね。染宮《そめみや》様。毎回のんきにレーナをからかってる学生シン君ですが、そろそろなんかひどい目に合わせてやってください！　石井《いしい》監督。監督の描かれるクレナがあまりにも可愛《かわい》いので、対抗意識めらめら燃やしつつ書いたのがこの九巻です。バンダイ様。さっそくプラモデル予約しました、やったー！

そして本書をお手に取ってくださったあなた。いつもありがとうございます。四巻からのエイティシックスたちの誇りと傷の物語は本巻にて一段落し、これよりは彼ら彼女らが未来を目指す戦いが始まります。どうぞもうしばし、おつきあいくださいませ。
それでは、灰塵《かいじん》降りしきる最果ての戦場に。誇りと願いと呪いの狭間《はざま》を彷徨《さまよ》う彼女と彼らの傍《かたわ》らに。あなたをひととき、お連れすることができますように。

あとがき執筆中ＢＧＭ：遊園都市ベロニカ（ユリイ・カノン）

●安里アサト著作リスト

「86―エイティシックス―Ep.1～9」（電撃文庫）

本書に対するご意見、ご感想をお寄せください。

ファンレターあて先
〒 102-8177　東京都千代田区富士見 2-13-3
電撃文庫編集部
「安里アサト先生」係
「しらび先生」係
「I - Ⅳ先生」係

本書は書き下ろしです。

電撃文庫

86—エイティシックス—Ep.9

—ヴァルキリィ・ハズ・ランデッド—

安里《あさと》アサト

◆◇◇

2021年２月10日　初版発行
2024年９月30日　13版発行

発行者　山下直久
発行　株式会社KADOKAWA
〒102-8177　東京都千代田区富士見2-13-3
0570-002-301（ナビダイヤル）
装丁者　荻窪裕司（META＋MANIERA）
印刷　株式会社KADOKAWA
製本　株式会社KADOKAWA

ISBN978-4-04-913309-7　C0193　Printed in Japan

電撃文庫　https://dengekibunko.jp/

電撃文庫創刊に際して

文庫は、我が国にとどまらず、世界の書籍の流れのなかで〝小さな巨人〟としての地位を築いてきた。古今東西の名著を、廉価で手に入りやすい形で提供してきたからこそ、人は文庫を自分の師として、また青春の想い出として、語りついできたのである。

その源を、文化的にはドイツのレクラム文庫に求めるにせよ、規模の上でイギリスのペンギンブックスに求めるにせよ、いま文庫は知識人の層の多様化に従って、ますますその意義を大きくしていると言ってよい。

文庫出版の意味するものは、激動の現代のみならず将来にわたって、大きくなることはあっても、小さくなることはないだろう。

「電撃文庫」は、そのように多様化した対象に応え、歴史に耐えうる作品を収録するのはもちろん、新しい世紀を迎えるにあたって、既成の枠をこえる新鮮で強烈なアイ・オープナーたりたい。

その特異さ故に、この存在は、かつて文庫がはじめて出版世界に登場したときと、同じ戸惑いを読書人に与えるかもしれない。

しかし、〈Changing Times,Changing Publishing〉時代は変わって、出版も変わる。時を重ねるなかで、精神の糧として、心の一隅を占めるものとして、次なる文化の担い手の若者たちに確かな評価を得られると信じて、ここに「電撃文庫」を出版する。

1993年6月10日
角川歴彦

電撃文庫DIGEST　2月の新刊

発売日2021年2月10日

86―エイティシックス―Ep.9
―ヴァルキリィ・ハズ・ランデッド―

【著】安里アサト　【イラスト】しらび
【メカニックデザイン】I-IV

犠牲は、大きかった。多くの死者と、要であった人物の離脱に憔悴する機動打撃群の面々。だが、彼らに休息はない。レギオン完全停止の鍵を握る《電磁砲艦型》の中枢部を鹵獲すべく、彼らは最後の派遣先へと赴く。

幼なじみが絶対に負けないラブコメ6

【著】二丸修一　【イラスト】しぐれうい

群青同盟への舞台出演依頼に、末晴と役者同士で関係を深めるチャンスと意気込む真理愛。まさかの「モモ大勝利♪」となるのか!?　しかし、舞台にハーディ・瞬の秘密兵器であるアイドルが現れ、一転、モモ大ピンチに!?

声優ラジオのウラオモテ
#04 夕陽とやすみは力になりたい?

【著】二月 公　【イラスト】さばみぞれ

今回のコーコーセーラジオは修学旅行編!　先輩声優・めくると花火に「仲良し」の極意を学ぼう……という難題を前に、素直になれない夕陽とやすみ。そんな中、人気沸騰中で大忙しな乙女に危機が訪れて……?

神角技巧と11人の破壊者
中 創造の章

【著】鎌池和馬　【イラスト】田畑壽之
【キャラクターデザイン】はいむらきよたか、田畑壽之

魔導爆弾で世界の破滅を目論む『11人目』を追って、破壊と創造を司る少年の過酷だが賑やかな旅は続く。廃墟の帝国、犯罪都市の港、南の島、死臭漂う黒紫の森……。そしてついに一連の事態の黒幕が明らかに――!!

ドラキュラやきん!2

【著】和ヶ原聡司　【イラスト】有坂あこ

池袋でコンビニ夜勤をして暮らす吸血鬼の虎木。ある日虎木のバイト先に、「虎木に憧れて」と語る新人・詩澪が現れる。謎の美女の登場に落ち着かない様子のアイリスと未晴。そんな中、コンビニ強盗事件が起きて――!?

ねえ、もっかい寝よ?2

【著】田中環状線　【イラスト】けんたうろす

クラスでは依然ぎこちなさはあるものの、放課後の添い寝を続ける忍と静乃。距離が縮んでいくなか、宿泊研修が近づき、さらにクラス委員長に二人の関係を疑われて?　クラスの皆には内緒の、添い寝ラブコメ第2弾!

新作 ホヅミ先生と茉莉くんと。
Day.1 女子高生、はじめてのおてつだい

【著】葉月 文　【イラスト】DSマイル

デビューから早6年、重版未経験の「童貞作家」である空束 朔（からつか はじめ）はスランプに陥っていた。そんな朔の下に、編集部からの荷物を持った女子高生・白花茉莉（しろはな まつり）が現れて――!?

新作 統京作戦〈トウキョウフィクション〉
Mission://Rip_Van_Winkle

【著】渋谷瑞也　【イラスト】PAN:D

〈統京〉。世界全てが求める神秘〈ギア〉を巡りスパイが跋扈する街に、その兄妹はやってきた――〝過去〟と〝未来〟から。500年前から来たくノーと500年後から来た改変者が駆ける、超時空スパイフィクション!

新作 ウザ絡みギャルの居候が俺の部屋から出ていかない。

【著】真代屋秀晃　【イラスト】咲良ゆき

『勉強の邪魔すんな!』『どうでもいいから、サボろうよっ!』とある家庭の事情で俺の家に寄生する、中学生ギャルの真波。そんな従姉妹のウザ絡みに邪魔されてまったく勉強は捗らない、だけど楽しい赤点必死な毎日。

新作 バレットコード:ファイアウォール

【著】斉藤すず　【イラスト】縣

平和教育の一環として、戦争を追体験するＶＲプログラムに参加した古橋優馬。だがその空間は、異形の敵との戦いの場に変容していた。果たして優馬はＶＲ上で出会った仲間たちと、現代日本への「生還」が叶うのか!?

安達としまむら
昨日、しまむらと私が
キスをする夢を見た。
体育館の二階。ここが私たちのお決まりの場所だ。
今は授業中。当然、こんなとこで授業なんかやっていない。
ここで、私としまむらは友達になった。
日常を過ごす、女子高生な二人。
その関係が、少しだけ変わる日。
入間人間 イラスト／のん
電撃文庫

二月 公
イラスト／さばみぞれ
声優ラジオのウラオモテ
#01 夕陽とやすみは隠しきれない？
オモテは元気＆清楚なアイドル声優／
ウラはギャル＆根暗地味子な女子高生!?
プロ根性で世界をダマせ!
バレたらアウトの声優ラジオ
Now On Air!!
第26回
電撃小説大賞
大賞
受賞
電撃文庫

グラフィティの聖地《ブリストル》で、
俺は“翼をもがれた天才”と
出会う――!
池田明季哉
[illustration]みれあ
オーバーライト
――ブリストルのゴースト
Overwrite
The ghost of Bristol
第26回
電撃小説大賞
選考委員
奨励賞
グラフィティの聖地を脅かす陰謀に
巻き込まれた訳ありコンビ「落書き探偵《グラフィティ・ディテクティブ》」。
立ち向かう若者たちの
挫折と再生を描いた感動の物語!
電撃文庫